G

BAD ROMANCE
Cruel Summer

Ad Alesstar, ad Alice e a mio marito.
Mi avete mostrato che l'amore supera le distanze,
i confini e qualsiasi ostacolo.

Indice

Può l'amore più pulito
sopravvivere nel posto più cruento?

1
June

There was a little girl from a broken family,
with a silent fantasy.

«Che cosa vuole tuo padre?»

Logan è seduto sul bordo del mio letto. Si sbottona la camicia con movimenti meccanici, rimane a torso nudo, e mentre io butto alla rinfusa tutte le mie cose in una valigia, mi fissa con un'espressione imbronciata.

«Non lo so, Scott non me lo ha detto, dice che preferisce parlarmi di persona.»

Spazzolino, crema corpo, balsamo, ho preso tutto?

Saltello in giro per la stanza come una cavalletta, non riesco a concentrarmi, lo ammetto: sono nervosa. Agguanto cose a caso e le butto una sull'altra come chi è indeciso se partire sia una condanna o una salvezza.

L'eco di un clacson irrompe nella camera e mi distrae. Scosto la tenda che copre la finestra e do un'occhiata alla strada su cui affaccia il mio appartamento. C'è traffico, la Hollywood Boulevard è gremita di auto e taxi che guizzano a destra e a sinistra neanche fossero manovrate da piloti disperati che tentano di evitare l'ingorgo inevitabile, e il marciapiede ornato da una fila di palme in pieno stile californiano, è affollato come fosse il quattro luglio.

Sono le nove passate, i negozi sono quasi tutti chiusi, la Walk of fame viene calpestata con noncuranza da una folla di gente che se ne frega di camminare sul suolo costellato di targhette che portano il nome dei più celebri personaggi del cinema degli ultimi cent'anni. Nessuno fa caso a dove poggia i piedi, se in quello stesso punto Frank Capra o James Cameron hanno lasciato il loro marchio indelebile nella storia, tutti corrono verso la loro meta, probabilmente diretti in uno dei tanti locali *in* di Los Angeles.

Ricordo ancora la prima volta che ho fatto un giro panoramico della città, mi sentivo come Alice che viene catapultata nel paese delle meraviglie. Lo sfarzo delle maestose ville con piscina che torreggiano sulle colline pittoresche di Beverly Hills, le spiagge popolate da ragazze in bikini e ragazzi che mettono in mostra i loro fisici statuari durante una partita di beach-volleyball, i ristoranti sempre pieni, i bar che fanno musica dal vivo, la movida notturna che non si ferma mai.

Per una come me, che viene da una piatta cittadina priva di qualsiasi attrazione, era come stare al Luna Park. Un enorme parco giochi che, con i suoi mille colori e la sua brulicante vitalità, mi ha completamente catturato e ammaliato.

Los Angeles è abbagliante, frenetica, caotica. È un concerto dei Maroon 5 visto dalla prima fila, con le casse che ti pompano nelle orecchie. Mi chiedo se mi mancherà tutta questa energia allo stato puro.

«E quanto starai via?» Logan mi strappa dalle mie divagazioni mentali, mi ricorda che non lascio solo la mia città, ma anche lui.

Torno alla valigia, ci metto dentro un paio di ricambi di riserva, nel caso dovessi fermarmi più del previsto.

«Non starò molto, al massimo qualche giorno.»

Come sarà il rientro a Roseville, come sarà ritornare in quella piccola realtà provinciale e retrograda, ora che ho assaporato l'agio e l'innovazione di una grande metropoli? Abituata al rumore del traffico, alla calca di gente che solca le strade, ai caotici ristoranti dove ceno ogni sera con Logan, come mi sentirò in un posto pacifico e silenzioso come la mia vecchia casa?

«Non è che stai scappando da me, tesoro, perché ti ho regalato l'anello?»

Mollo ciò che stavo facendo e sposto lo sguardo sul mio fidanzato. Si è messo la t-shirt dei Rolling Stones, quella con la bocca che fa la linguaccia, la usa come pigiama, quando dorme da me. Coi suoi capelli ricci e castani castigati dal gel, il viso accuratamente rasato e il Rolex in oro bianco che porta al polso, su di lui, quella maglietta suona stonata, come una macchia su un vestito bianco.

Un trentenne avvocato penalista di successo che per quattordici ore al giorno indossa completi scuri ed eleganti, la sera veste i panni del giovane trasgressivo patito di musica rock. Ho sempre trovato buffo questo particolare, ma stasera quella linguaccia sembra adatta, pare sia rivolta a me e alla mia decisione scellerata di partire.

I suoi occhi color cioccolato sono tristi, mi osservano malinconici e abbacchiati e io mi rendo conto di non averlo mai visto così vulnerabile come adesso.

Come dargli torto, lui mi chiede ufficialmente di sposarlo, organizza una romantica serata su uno Yatch lussuoso, mi fa una proposta in pompa magna, con tanto di anello di diamanti, e io, non solo gli chiedo tempo per pensarci, ma mi preoccupo più di cosa mettere in valigia che di lui. Sono una stronza, o una pazza, oppure entrambe le cose.

Abbandono vestiti e cosmetici e lo raggiungo sul letto. Gli accarezzo una guancia e lo bacio, gli sfioro appena le labbra. «No, amore, non sto scappando da te, perché dovrei?»

Mi stringe in un abbraccio quasi disperato, per poco non mi soffoca. La sua t-shirt da rockettaro si scontra con la mia camicia da notte di seta nera. «E allora potrei venire con te, prendere una vacanza e accompagnarti. In fondo vorrei conoscere il mio futuro suocero.»

Infilo le dita tra i suoi capelli folti, all'altezza della nuca, e lo guardo negli occhi, sperando che capisca le

9

mie motivazioni e mi lasci libera di andare, senza troppi drammi.

Nemmeno io muoio dalla voglia di vedere Scott, figuriamoci se mi va di presentarlo a Logan. Se decido di impegnarmi seriamente con lui, prima o poi dovrò farlo, ma temo che fargli fare una visita panoramica a Roseville non sia un'idea grandiosa. Sa poco e niente delle mie origini e del mio passato e io preferisco sia così.

«È una cosa che devo fare da sola. Andrà tutto bene, tornerò ancora prima che tu senta la mia mancanza.»

Sospira, non è soddisfatto, i dibattiti è abituato a vincerli con tanto di complimenti da parte del giudice.

«Va bene, ma chiama appena arrivi, non farmi stare in pena.» Agguanta la mia mano sinistra, intreccia le sue dita alle mie e mi bacia l'anulare. «E quando torni parliamo del nostro matrimonio.»

Non porto ancora il suo anello di fidanzamento, l'ho lasciato nella scatoletta di velluto bordeaux, nella cassaforte di casa sua, in attesa della mia decisione definitiva. Pare però che il mio anulare libero abbia i giorni contati.

La mattina seguente faccio colazione con Logan da Starbucks e, dopo averlo salutato e rassicurato per la milionesima volta sulla breve durata del viaggio, passo in ufficio per chiudere un paio di pratiche urgenti, che proprio non potevo rimandare. Nonostante i miei buoni propositi, non riesco a liberarmi prima di mezzogiorno. Trangugio un panino al volo, programmo il navigatore, faccio il pieno alla mia Honda Civic e parto. Direzione: Roseville, il luogo dove sono nata e cresciuta, dove ho vissuto i miei anni peggiori.

Solco le trafficate strade della città, mi guardo nello specchietto retrovisore e rido amaramente dell'assurda situazione in cui mi trovo.

Mi sono trasferita a Los Angeles in cerca di un nuovo inizio. Sono scappata da un padre alcolizzato e violento, da un paesino di provincia che sembrava non potermi offrire nessuna possibilità, se non quella di finire col diventare la moglie di un brav'uomo senza ambizioni, che fa la commessa in un supermercato o la maestra in un asilo, mentre attende di mettere su una famiglia tutta sua. Quattro anni dopo mi ritrovo di nuovo in fuga, questa volta da un uomo fantastico, dalla mia occasione d'oro, dalla prospettiva di una vita scintillante e piena di agi. Mi ritrovo ancora al punto di partenza, se non fossi così agitata, probabilmente riuscirei a cogliere la lezione karmica che la vita cerca di insegnarmi.

Ci metto più di sette ore per raggiungere il tranquillo centro storico di Roseville. Non è cambiato niente, sembra che qui il tempo abbia smesso di scorrere, le panchine del parco sono le stesse, così come le altalene e gli scivoli anneriti dalle intemperie. L'insegna luminosa di Miss Cream, la gelateria della zona, è ancora rotta; le prime tre lettere non funzionano, il risultato è che la scritta che lampeggia sopra il tetto forma la parola 'scream'. Alla destra della 'paurosa' gelateria, sorge la statua di Benjamin Franklin che fissa severo le allegre famigliole del posto che passeggiano serene tra le vetrine, mentre i figli scorrazzano in giro come cani sciolti.

Roseville è immune al progresso, mi chiedo se in fondo anche io non sia la stessa persona di quattro anni fa.

Mi lascio alle spalle la piazza col campanile di mattoni rossi e svolto a destra, verso la via che conduce alla zona periferica piena di villette, una la copia dell'altra, dove abita Scott.

Parcheggio alla fine del viale alberato, davanti al numero ventisette. Facciata abbrustolita dal sole, un fazzoletto di erba appena falciata che fa da giardino e

11

una fila di lampioni che conduce fino al porticato, anche casa mia è esattamente come l'ho lasciata.

Sono stanca, vorrei sgranchirmi le gambe e ho tanta fame che pagherei oro per una bistecca al sangue accompagnata da un buon bicchiere di vino. Resto seduta al volante ancora per un paio di minuti e mi accendo una sigaretta.

Con le dita che tremano, aspiro avida grosse boccate di fumo e osservo l'ingresso di casa. Per un attimo mi rivedo, da bambina, quando tornavo a piedi da scuola col mio zaino della Barbie di seconda mano, da adolescente, con addosso la mia solita felpa grigia extra-large che mettevo quasi ogni giorno, per nascondere il mio corpo che sbocciava, con il quale mi sentivo sempre più a disagio.

Sbatto le palpebre, una, dieci, venti volte, ma quella ragazza infelice è sempre lì, davanti ai miei occhi, impressa nella mia mente e io non so se sono pronta a sfidarla.

Braccata da un passato che non so come scrollarmi di dosso, getto il mozzicone dal finestrino e metto mano alla chiave ancora nel quadro dell'auto. Forse è stata una pazzia venire qui, forse una vita come moglie di un avvocato non è così male come la immagino, posso andarmene, sono ancora in tempo. Qualsiasi cosa debba dirmi Scott, lo può sempre fare per telefono, che sarà mai successo di così importante?

E poi, proprio mentre sono sul punto di cedere ai miei fantasmi e andarmene, mio padre spunta dalla porta d'entrata e mi vede. Si ferma per un istante, come se io fossi frutto della sua immaginazione, e poi cammina svelto nella mia direzione con un sorriso raggiante.

Sono fottuta, adesso mi tocca restare.

«June, bambina, che fai in macchina?» Apre la portiera, mi fa cenno di scendere e prende la mia valigia dal sedile posteriore. «Ti aspettavo, non sapevo a che ora saresti arrivata. C'era traffico? Ci hai messo molto? È tanto che sei qui fuori?» Tra una domanda e l'altra, quasi non prende fiato.

«Sono appena arrivata, stavo fumando una sigaretta.» Smonto, schiaccio la mia Camel sotto la suola delle scarpe e lo seguo.

Corre, ogni tanto si gira per accertarsi che tenga il suo passo. «Puoi fumare anche dentro, lo faccio pure io, anche se dovrei smettere, ormai ho una certa età.»

Raggiunto l'atrio, lo guardo meglio alla luce della lampada all'ingresso, sembra invecchiato di cent'anni. Gli sono rimasti pochi capelli, la pelle del viso conta molte più rughe dell'ultima volta ed è anche più magro di quel che ricordo. Il tempo non è stato clemente con lui e la terapia di disintossicazione deve essere stata dura.

Rimango ferma sulla soglia della porta e mi guardo intorno, mentre lui è già in cucina, con il mio bagaglio come ostaggio. La casa è linda e ordinata, non puzza più di chiuso e fumo, profuma di detersivo per pavimenti al limone. È impeccabile, sembra la dimora di una casalinga che trascorre le giornate a rassettare e fare il bucato.

Stento a credere che sia opera di Scott, non ha mai saputo nemmeno accendere un aspira-polvere, quando lui e la bottiglia erano un tutt'uno, le faccende domestiche sono sempre toccate a me.

Do una sbirciatina alla mensola che c'è accanto all'attaccapanni, ci passo l'indice. Non c'è nemmeno un granello di polvere. «Sei tu che fai le pulizie qui dentro?»

Passa in rassegna la stanza, da un lato all'altro, e annuisce, con aria soddisfatta. «Sono diventato un esperto, ho imparato a cucinare e anche a fare la lavatrice senza combinare disastri coi bianchi e i colorati, sono meglio di una domestica!»

Ride di gusto. Sollevo le sopracciglia e resto a guardarlo, che ne è stato dell'uomo tormentato e taciturno di un tempo? Molla a terra la mia valigia e sposta una delle tre sedie della penisola che c'è in cucina. «Vieni, siediti, sarai stanca, hai cenato? Ti preparo qualcosa?»

Gli vado incontro, deposito borsa e soprabito e mi accomodo. La fame se n'è andata, mi si è chiuso lo stomaco. «Sono a posto.» Al centro del tavolo c'è un cesto di ceramica con qualche mela, così rossa e lucida da sembrare finta.

«Allora faccio un caffè. Ho comprato questa macchinetta, un maledetto venditore porta a porta è riuscito a convincermi, ma non sono tanto pratico.» Armeggia con la macchina per espresso che sta accanto al lavandino. «Non l'ho mai usata, ma dovrebbe essere semplice. Qui ci va la cialda e poi devo schiacciare questo pulsante.» Preme il tasto dell'accensione, ma non succede nulla. «O forse prima devo far scaldare l'acqua? Non me lo ricordo.»

È in palese difficoltà, non sa dove mettere le mani, gira manopole a caso e borbotta. È buffo, stento a crederlo, ma non riesco a far a meno di sorridere.

Prima che la faccia esploda, mi alzo e gli do una mano. «Lascia, faccio io.» Logan ha un modello simile a questo, nel suo appartamento. «Mettiti seduto, è pronto in un attimo.»

Scott si fa da parte. Rimane al mio fianco e mi osserva, sento i suoi occhi addosso.

«Hai cambiato taglio di capelli, sono più lunghi, anche i tuoi vestiti sono diversi, sembri più grande. Stai molto bene, sei una donna ormai. Non ti fanno male i piedi con quei tacchi? Ho un paio delle tue vecchie pantofole se vuoi.»

Anche lui pare essere un'altra persona, ma i suoi modi gentili e premurosi non riescono a dissipare del tutto la mia diffidenza. «Ci sono abituata.» Non le conto più le volte in cui mi ha promesso che avrebbe chiuso con l'alcol. Ogni volta gli davo credito e ogni sacrosanta volta le cose tornavano esattamente come prima. Ho smesso di credergli, se sono qui è solo perché ciò che deve dirmi sembra essere di vitale importanza.

Apro i pensili della cucina, uno alla volta li controllo tutti, con la scusa di cercare tazzine e cucchiaini. Trovo una montagna di cibi in scatola, il servizio di piatti con i fiorellini azzurri, i bicchieri tutti spaiati e le tazze per la colazione. Di bottiglie di alcolici non c'è l'ombra, magari le nasconde in qualche altro posto.

Do il primo caffè a Scott e aspetto in piedi che anche il mio sia pronto.

«Grazie.» Ci mette due cucchiaini di zucchero e mescola, senza staccare lo sguardo da me. «Il lavoro come va? Ti trattano bene in quello studio di avvocati?»

Scrollo le spalle. «Non c'è male.» Afferro il mio espresso e rifiuto lo zucchero che mi porge Scott. «Lo prendo amaro, di solito lo correggo con un goccio di brandy, ne hai?»

Provo a essere il più disinvolta possibile, se anche lui tenesse qualcosa di alcolico in casa non significherebbe necessariamente che beve ancora. Trattengo il fiato, in attesa di una sua risposta, col cuore che sbatte ritmicamente nel petto.

Scott incassa l'implicita accusa nella mia domanda, un'ombra scura cala sul suo viso. Socchiude gli occhi per qualche istante prima di parlare. «Te l'ho detto, sono pulito da più di un anno, te lo giuro.»

Mi mordo l'interno della guancia, allento la presa solo quando il dolore si fa intenso. Che si aspettava, che gli credessi così su due piedi?

Ingoio il mio caffè in un solo sorso, passo le mani nei capelli, li sistemo dietro le orecchie. «Non era quello che intendevo.» Lascio perdere, non è per questo che sono qui.

Mi volto e lavo la mia tazzina con meticolosità, solo per sfuggire al suo sguardo.

Scott vuole di più. Si piazza accanto a me, non si sposta nemmeno quando qualche schizzo d'acqua colpisce la manica della sua camicia color cachi. «Sono quasi quattrocento giorni che non bevo, so che non ti fidi di me, ne hai tutte le ragioni, ma non sono più quello di una volta.»

Insapono la spugnetta col detersivo dei piatti, sfrego con foga e lo ignoro. Non avrei dovuto espormi così, dovevo aspettarmi che avrei ottenuto questa reazione e l'ultima cosa che voglio è imbarcarmi in questo discorso spigoloso.

Scott non molla, poggia una mano sul mio braccio e la ritrae subito, non appena mi sente scattare. «Guardami, sono un uomo nuovo. Non pretendo che mi perdoni, ma ho bisogno che tu mi creda. L'ho fatto per te, bambina, solo per te.»

Lo guardo, vedo un uomo pulito, sbarbato, che indossa una camicia stirata, probabilmente nuova di zecca, qualcuno che non ha niente a che vedere con l'alcolizzato che non si cambiava per giorni i vestiti e che a stento si rivolgeva a me, ma che piuttosto mi trattava come se fossi un peso, una delusione.

Non so se sia guarito come sostiene, ma comprendo che concedergli il beneficio del dubbio è l'unico modo per evitare che mi assilli. «Sono venuta qui, no?»

Sospira e annuisce, con un mezzo sorriso sulle labbra. «È un inizio.»

Mi asciugo le mani nel canovaccio appeso alla maniglia del forno e mi verso un bicchiere d'acqua. Tutti questi discorsi pesanti mi hanno seccato la gola. «Allora, perché mi hai chiamata? Sembrava una cosa importante.»

Scott si gratta la nuca, apre la bocca e la richiude subito dopo.

Se è sobrio da così tanto tempo, cosa deve confessare? Dovevo immaginare che c'è qualcosa che non va.

Sfila una Marlboro dal pacchetto che tiene nella tasca posteriore dei pantaloni, l'accende e ne offre una anche a me. Scuoto la testa, aggiro la penisola, mi siedo di nuovo al mio posto e tolgo le mie sigarette dalla borsa.

Lui prende tempo, fa crescere a dismisura il pesante sentore di attesa che aleggia tra noi, ora che i convenevoli sono finiti. Prende un posacenere a forma di tartaruga e lo deposita sul tavolo, e poi, finalmente, ha il coraggio di sollevare lo sguardo su di me. «La disintossicazione è stata dura, il mio mentore dice che il peggio è passato, ma io non posso permettermi di abbassare la guardia. Devo eliminare qualsiasi tentazione.» Il suo pomo di Adamo va su e giù e i suoi occhi tornano a fissare il pavimento. «Non posso più lavorare al Draxter.»

Rimango paralizzata, con la Camel a penzoloni tra le labbra. È come se una pallottola mi avesse colpito in pieno petto e tolto la facoltà di movimento.

Il Draxter, il locale di cui papà si è occupato negli ultimi anni, appartiene alla mia famiglia da sempre. Mio nonno l'ha aperto nei primi anni cinquanta, la gestione è poi passata a mia madre e quando lei è morta quel posto è diventato mio, ma poi anche io me ne sono andata e ho lasciato tutto nelle mani di Scott.

Mamma. Nella mia testa rivedo il suo viso armonioso e pulito, i suoi occhi verdi come i miei, sento la sua risata cristallina. Mamma amava il Draxter, le piaceva vivere in una piccola contea, era una donna determinata, schietta e diversa dal resto delle sue coetanee. Metà delle donne della sua età si accontentavano di mettere su famiglia e allevare una sfilza di marmocchi e l'altra metà lasciava Roseville in cerca di una carriera o di nuove prospettive.

Lei no, lei era rimasta qui, nella sua città e proprio qui era riuscita a realizzare tutti i suoi sogni. Gli stessi sogni che mio padre sembra deciso a infrangere.

Sbotto: «Se è un modo indiretto per chiedermi di tornare a vivere qui e occuparmene io, mi dispiace, papà, ma la mia vita ormai è a Los Angeles, non intendo tornare, ho un…»

«No, bambina, ma cosa vai a pensare!», m'interrompe a braccia protese e palmi che si agitano, «non ti chiederei mai di cambiare la tua vita.»

Mangio la foglia e divento una iena: «Quindi cos'hai in mente, vorresti vendere la nostra eredità?».

«Non ho altra scelta, pensare di stare tutto il giorno circondato da bottiglie di ogni tipo è un rischio.» Fissa un punto indefinito della stanza, con sguardo assente. «Quel posto è tuo, perciò ti ho chiamata.»

A che starà pensando? A mia madre, ai suoi fallimenti, a me e al fatto che mi ha inferto l'ennesima delusione? Perché vuole farmi questo, perché vuole dar via la sola cosa che mi resta di mamma? Possibile che non ci siano altre soluzioni?

Sto per chiederglielo, per domandargli come mai ha quell'aria rassegnata, oppure perché ha preso proprio adesso questa decisione. Quattrocento giorni da sobrio, una vita intera a servire alcolici, e tutto a un tratto non è più sicuro stare lì?

Sto per riempirlo di domande, come ha fatto lui con me quando sono arrivata, ma lui mi precede. Nota il mio sgomento e, paradossalmente, il suo volto rugoso riacquista vivacità e i pensieri bui che parevano assillarlo fino a un attimo fa vengono messi da parte. «Ma non dobbiamo parlarne stasera. È tardi, vorrai farti una doccia e andare a dormire.»

Vorrei indagare ulteriormente e non lasciare a metà un discorso tanto importante, ma mi arrendo alla stanchezza. Ho bisogno di metabolizzare. «Domani ci faccio un giro e ne riparliamo. Mi fermo per qualche giorno.»

Spegne il mozzicone, ormai del tutto consumato, nel posacenere e mi fa cenno di seguirlo. «Vieni, ho sistemato la tua stanza.»

Dio solo sa quanta voglia ho di lavare via i residui del viaggio e di sprofondare in un letto, ma l'idea di tornare nella mia camera mi mette angoscia. Non avevo intenzione di dormire qui, pensavo di andare in un Bed and Breakfast, ma lui è già a metà del corridoio e mi aspetta.

Lo raggiungo, col cuore pesante, e quando mi affaccio alla mia camera rimango con la bocca spalancata. È tutto diverso, le pareti sono state ritinteggiate di un tenue rosa antico, il letto ora è un singolo in ferro battuto, c'è una libreria piena di libri, una scrivania nuova e lenzuola colorate che hanno tutta l'aria di essere morbidissime.

Scott sorride, felice del mio stupore. «Ho sempre sperato che un giorno o l'altro saresti venuta a trovarmi, così ho chiesto aiuto a Pegaso per dare una bella ripulita e cambiare arredamento.»

Non ha mai smesso di credere che un giorno sarei tornata. Come faccio a dirgli di no, a dirgli che ha fatto tutto questo per niente? Magari, solo per stasera, posso stare qui.

Entro, sfioro il copriletto con gli stampi floreali. Sono rose rosse, i miei fiori preferiti.

«Ti piace?» Sta a braccia conserte, aspetta che gli dia un briciolo di considerazione.

Forse per lui bastano mobili nuovi e una pennellata alle pareti per dimenticare il passato e ricominciare da capo. Per me non è così. «Sì, Megan ha sempre avuto occhio per colori e abbinamenti.»

Megan, per gli amici Pegaso, è una mia vecchia compagna di scuola. Sono certa che abbia curato di persona ogni particolare, lei mi conosce, Scott no, non sa quasi nulla di me, non sa cosa mi piace e cosa no.

Non si lascia scoraggiare dai miei modi freddi, continua a guardarmi con affetto, con la felicità totalizzante di chi ha davanti agli occhi qualcosa che pensava di aver perso. «Lavora sempre al Draxter, domani la vedrai.»

Vorrei che non mi trattasse così benignamente, forse così smetterei di sentirmi in colpa per le mie risposte serrate.

Cala un silenzio imbarazzante. Scott tiene le mani in tasca, come se volesse impedire a se stesso di toccarmi, di abbracciarmi. Lo vedo che non sta più nella pelle, ma questo non succederà mai, né stasera né in futuro.

Sbadiglio, muovo il collo indolenzito, nel tentativo di sciogliere i nervi tesi e uscire da questo empasse. «Sono a pezzi.»

«Ti lascio sola.» Recupera la mia valigia e me la porta in stanza. Prima di congedarsi, mi dà un ultimo sguardo. «Sono contento che sei venuta. Mi sei mancata.»

Non aspetta che gli risponda, si chiude la porta alle spalle e io mi lascio andare sul letto, con gli occhi chiusi. Respingo le sensazioni positive che hanno scatenato in me le sue ultime parole, le ricaccio in fondo al cuore. Fallisco miseramente, una lacrima sbuca dalle mie palpebre e mi riga le guance.

Sopprimo la voglia di urlare in un cuscino, ci sprofondo la faccia. Da domani, e fino a quando mi fermerò qui, dovrò essere più brava, nessun coinvolgimento e, se tutto andrà bene, entro un paio di giorni avrò sistemato la storia del locale e potrò tornare a Los Angeles. Posso farcela, devo solo concentrarmi sull'obiettivo e chiudere i miei sentimenti in un cassetto.

Il giorno seguente mi sveglio tardissimo, poco prima di mezzogiorno. Era da una vita che non dormivo così tanto, nel mio appartamento sulla Hollywood Boulevard il rumore gorgogliante del traffico mi dà la sveglia ogni mattina all'alba. L'unico elemento di disturbo che si sente qui è il cinguettio degli uccelli che svolazzano sugli alberi. Ho proprio voglia di vedere Pegaso e anche Rebecca, l'altra cameriera, perciò mangio qualcosa di veloce e mi preparo per andare al locale con Scott.

Alle tre in punto siamo sulla mia Honda e papà continua a picchiettare nervosamente le dita sul cruscotto.

Non riesce a star fermo, cerca una sigaretta nella tasca interna della giacca, ma il pacchetto è vuoto. Gliene offro una delle mie, anche se vorrei dirgli che è tutta la mattina che ne accende una ogni dieci minuti e sarebbe il caso rallentasse un po'. Dovrei chiedergli che gli prende, ma non sono fatti miei.

Si dimena sul sedile, alla ricerca dell'accendino. «Ero convinto di averlo preso.» Sbuffa, si appiattisce i capelli scompigliati dal vento che filtra dal finestrino abbassato.

Gli indico il vano portaoggetti. «Dovrebbe essercene uno fucsia lì dentro.»

Rovista con le sue mani enormi e lo trova quasi subito. Dopo la prima boccata, pare rilassarsi un poco.

«Grazie, mi ero detto che dopo aver festeggiato i primi dodici mesi senza alcol, avrei anche smesso di fumare, ma non riesco proprio a levarmelo questo vizio.»

«Hai mai provato la sigaretta elettronica? Dicono che aiuti.»

Scuote la testa e si mette a guardare il panorama al di là del finestrino. «Non ci sono metodi facili e indolore per liberarsi dei vizi, bambina, per questo devo vendere il Draxter. Non ho altra scelta.»

Si è scritto un copione da recitare a memoria? È la seconda volta che mi ripete che non ha altra scelta, come se volesse giustificarsi.

Una parte di me comprende i suoi timori, è come dare un gratta e vinci in mano a un patito del gioco e chiedergli di non usarlo, ma un'altra parte di me è da ieri che si domanda se non ci sia qualcos'altro dietro questa decisione. Un ex alcolizzato vivrà sempre con l'eterna tentazione di ricadere nel baratro dell'alcol ovunque si trovi, allora perché non vendere prima, perché adesso ha tutta questa fretta?

Come ieri, non appena Scott nota la mia espressione perplessa, distoglie lo sguardo. Sta in silenzio per un po', ogni tanto si volta verso di me e sbircia per vedere se lo sto guardando. «Perché ti sei vestita così?»

È dall'inizio del viaggio che fissa il mio abbigliamento. «Così come? Sono i vestiti che uso tutti i giorni.»

Mi guarda meglio, senza più nascondersi. «E ti lasciano entrare in tribunale conciata così?»

Una maglia mono-spalla e pantaloni eleganti a vita alta, cosa c'è di scandaloso? «Io non assisto alle udienze, faccio la segretaria, mica sono un avvocato.»

Solleva le sopracciglia folte e ingrigite. «E in ufficio non ti dicono niente?»

Mi fermo al semaforo, è rosso. Ricambio il suo sguardo scettico, indecisa se ridere o fare l'offesa. «E che dovrebbero dirmi, scusa?»

Gesticola a vuoto, alla ricerca delle parole giuste. «Non lo so, hai la schiena nuda! Ai miei tempi, in ufficio si andava con giacca e gonna al ginocchio, qualcosa di più adeguato, qualcosa di più coprente.»

Non me la prendo davvero, ma mi diverto a stuzzicarlo. «Grazie al cielo non siamo più negli anni settanta e le donne possono scegliere da sole come vestirsi, senza incappare in pregiudizi maschilisti.» «Io non sono un maschilista», borbotta.

Se Scott vedesse come si agghindano le 'ragazze di città', rabbrividirebbe. Delle scapole nude non sono niente in confronto alla moda eccentrica che imperversa per le strade di L.A., inoltre, se sapesse quanto costa questo completo, gli verrebbe un infarto. Cinquecento dollari per una maglia bianca e dei semplicissimi pantaloni è sembrata una follia anche a me, ma Logan ha insisto a volermi fare un super regalo per i miei ventun anni. Mi ha portata in una boutique in centro e mi ha rifatto l'armadio.

Scott mette il broncio e a me scappa da ridere. Quando scatta il verde, ho le lacrime agli occhi per le risate.

Lasciati alle spalle i commenti stilistici, ci impieghiamo una decina di minuti a raggiungere il locale. Parcheggio accanto all'insegna in legno bianca e verde sostenuta da due pali che avrebbero bisogno di una riverniciata. Scendo dall'auto, una folata fa tintinnare lo scacciapensieri che c'è sopra la porta d'ingresso e mi riporta indietro di almeno dieci anni. Mamma l'aveva messo lì, il venditore ambulante che passava di qui ogni tanto le aveva giurato che avrebbe protetto la nostra casa dagli spiriti maligni e allora lei aveva deciso di appenderlo all'entrata del suo bar, per tenere lontana ogni sciagura dal posto che amava di più al mondo.

Forse, se avesse usato questo amuleto a casa, alla sua morte, papà non si sarebbe lasciato sopraffare dalla disperazione e non avrebbe mai iniziato a bere.

«Bambina, vieni?» Scott è già di fronte alla porta e mi aspetta.

23

Non mi ero resa conto di essermi fermata sui miei passi. Faccio un respiro profondo e gli vado dietro, col cuore stretto in una morsa a metà tra la malinconia e la gioia di essere qui.

Appena varchiamo la soglia del pub, le acute urla di Pegaso ci investono. «O mio Dio! Princess, sei davvero tu?»

Princess, erano anni che nessuno mi chiamava così. Quando andavamo alle elementari, la signorina Smith, la nostra maestra, ci chiese di scrivere su un foglio il nome del nostro personaggio delle fiabe preferito. Io optai senza alcun dubbio per la principessa Biancaneve, che aveva salvato il suo regno dalla regina cattiva, e Megan scelse Pegaso, il cavallo alato della mitologia greca. Da allora lei iniziò a chiamarmi Princess e io cominciai a chiamarla Pegaso. Ormai non siamo più bambine che sognano a occhi aperti, ma i soprannomi infantili che ci siamo affibbiate a vicenda sono rimasti.

Pegaso mi corre incontro e mi stritola in un abbraccio che mi toglie ossigeno. Usa lo stesso profumo alla vaniglia di quattro anni fa e ha la stessa odiosa abitudine di masticare chewingum alla fragola.

Mi osserva esterrefatta, con i suoi occhioni neri impiastricciati da una quantità eccessiva di ombretto scuro. «Non ci credo che sei qui, ma guardati, che fine ha fatto la mia vecchia amica che imbottiva i reggiseni col cotone?»

Scott tossicchia, palesemente imbarazzato. «Vi lascio alle vostre cose, io vado a controllare gli ordini dei fornitori.» Saluta un paio di clienti con un cenno della mano e si dilegua.

Finalmente Pegaso mi lascia andare e posso tornare a respirare a pieni polmoni.

Mi riassetto la maglia stropicciata dai suoi modi un po' maneschi e noto che tiene lo sguardo incollato al mio décolleté. «Adesso uso i push-up, e tu, che mi racconti?»

Si attorciglia una ciocca di capelli corvini intorno alle dita, fa un palloncino con la gomma e lo fa scoppiare. «Porca miseria, guarda che tette ti sono venute. Dio, li farai impazzire tutti quanti quei morti di fame degli uomini di Roseville!» Alza in aria il pollice, in segno d'approvazione.

Il mio corpo è cambiato in questi anni e anche il suo. Il suo viso ha perso rotondità, gli zigomi sono definiti, le guance asciutte, le labbra, seppur sottili, sono messe in risalto da uno spesso strato di gloss color prugna. Megan è bella, disinvolta, sensuale, le sue forme sinuose accentuate da una canotta di almeno una taglia in meno della sua e un paio di shorts di jeans sfrangiati.

Mi chiedo di cosa si preoccupasse Scott, io sembro una monaca in confronto a lei e al suo out-fit provocante.

«E tu, riesci ancora a tenere a bada tutti gli instancabili boscaioli della città?» Ricordo che gli operai della segheria che dista una decina di miglia da qui venivano ogni sera a trovarla e facevano a gara per guadagnarsi la sua attenzione.

Solleva gli occhi al cielo. «Faccio del mio meglio, ma sono tempi duri, ai ragazzi non piace più divertirsi come un tempo.»

Sono scettica, ci sono almeno un paio di clienti qui dentro che sembra muoiano dalla voglia di 'divertirsi' con lei.

Mi prende sotto braccio e mi trascina verso il bancone. «Ma basta parlare di me, sei tu quella che si è trasferita nella città dei vip, avrai un sacco di cose da raccontarmi. Vieni, ci beviamo qualcosa insieme.»

Vorrei fosse lei a raccontarmi quello che è successo qui al Draxter, in particolare a papà, da quando me ne sono andata, ma so che non posso sfuggire al suo interrogatorio, perciò l'assecondo.

Tre ore più tardi e un paio di birre dopo, le ho praticamente riassunto tutta la mia vita e lei ha continuato a fissarmi a bocca aperta, stregata dai miei racconti sulla vita cittadina. Lei non ha mai superato i confini della contea, Los Angeles deve sembrarle il paese dei balocchi. Anche io ci sono passata, anche io avevo la sua stessa espressione estasiata quando sono approdata in città, ma ora che ho riassaporato la quiete di Roseville, realizzo che l'aria intima e famigliare che si respira qui è unica.

Resto anche per cena. Ispeziono l'intero locale e appuro che è stato decisamente trascurato. Le perline che ricoprono le pareti sono tarlate, l'arredamento in stile Country ormai è vecchio e fuori moda, il biliardo avrebbe bisogno di un nuovo tappeto verde e i ripiani degli alcolici hanno solo lo stretto necessario. C'è bisogno di una ristrutturazione intensa, di qualche nuova idea per attirare una clientela più giovane e anche di una bella pulizia di fino: i lampadari fatti con le bottiglie di Jack Daniel's sono pieni di ragnatele e gli espositori di dolciumi che stanno accanto alla cassa andrebbero spolverati.

Prendo mentalmente appunti su ciò che andrebbe fatto, ma mi tocca lasciare la perlustrazione a metà. Pegaso ha bisogno di una mano, Rebecca ha preso qualche giorno di ferie, pare sia andata da un chirurgo plastico di Sacramento per farsi rifare il naso e le serve un po' di tempo per far sparire i lividi dalla faccia.

Spero di essere ancora in grado di fare la cameriera. È passata un'eternità dall'ultima volta che ho lavorato qui e oltretutto non ho nemmeno le scarpe adatte per correre da un tavolo all'altro. Con le mie Louboutin rischio di spezzarmi l'osso del collo.

«E brava la mia Princess, non hai perso la mano con le birre.» Pegaso guarda il vassoio stracolmo che ho tra le mani. Ho spillato dieci medie in meno di un minuto e mezzo, senza farne cadere neanche una goccia. Mal di piedi a parte, me la sto cavando piuttosto bene. Fiumi di whisky e birra alla spina, bucce di noccioline sparse lungo tutto il ripiano bar, uomini in camice di flanella a quadrettoni che giocano a biliardo e imprecano come se fossero in competizione per il campionato mondiale e Trace Adkins che gracchia dalle casse poste ai lati della sala. È il festival della pacchianeria e dell'anti raffinatezza, eppure non riesco a smettere di sorridere e canticchiare.

È come se avessi ancora sedici anni e il Draxter fosse la mia isola felice dove rifugiarmi per sfuggire ai problemi e alle preoccupazioni. Trascorrevo qui tutti i pomeriggi, lavorare nel bar di mamma era la sola soddisfazione che avevo, questo era l'unico posto dove mi sentivo davvero a casa, dove potevo mettere da parte la mia infelicità per qualche ora.

Intorno alle nove, faccio una pausa, sono più di quattro ore che non fumo. Mi allontano dal baccano e mi addentro nel parcheggio. Respiro l'aria pulita e il silenzio delle strade deserte di Roseville e mi rendo conto di essere davanti a un bivio: restare per un po' o andarmene? Provare a sistemare le cose qui o tornare alla mia vita?

Mi vibra il cellulare, è un messaggio.

Logan: Oggi sono stato in un ristorante in centro, con un cliente. È un posto fantastico, quando torni ti ci porto. Potremo anche sposarci lì. Manchi.

Non rispondo, rimetto il telefono in tasca e mi accorgo di aver già scelto in cuor mio cosa fare.

27

Rientro al bar e vado dritta da Scott, nello stanzino che usa come ufficio. Entro senza bussare e lo trovo chino su una scrivania zeppa di faldoni e plichi sparpagliati in modo disordinato. Ha gli occhiali da vista posati a metà sul naso, alcuni fogli tra le mani e un'espressione esausta e provata che posa stancamente su di me.

Si sfila gli occhiali, si stropiccia gli occhi. «Che succede, bambina?»

Mi avvicino, svuoto il posacenere nel cestino e apro la finestra che dà sul retro della via principale, per arieggiare la stanza. «Ho deciso di fermarmi per un po', darò una mano alle ragazze e darò una ripulita a questo posto. Con qualche piccolo cambiamento potresti aumentare i profitti e lasciare che al servizio ci pensino Pegaso e Rebecca, così non dovresti più venire qui tutti i giorni.»

È la soluzione ideale, con più entrate Scott non dovrà più lavorare qui, potrà occuparsi solo della parte gestionale e così stare lontano dalle tentazioni. Ho risolto tutti i suoi problemi, allora perché non sembra per niente contento? E se non mi avesse detto tutta la verità sulle sue motivazioni?

Si sfrega di nuovo gli occhi, si inumidisce le labbra e poi si rivolge a me. «June, non...»

Pegaso mi chiama dal salone e ci interrompe.

«Arrivo», grido. «Ne parliamo meglio stasera a casa.»

Lascio Scott e prima di tornare di là, mando un sms a Logan.

June: Mi fermo a Roseville per un paio di settimane, ho delle cose da risolvere. Manchi anche tu.

Se tutto va come deve, quando tornerò a Los Angeles, avrò dato una mano a papà, il Draxter sarà

28

salvo e io e Logan potremo fissare una data per il matrimonio.

È un piano perfetto, filerà tutto liscio.

***

«È tardi, June, dobbiamo andare.»

Sono le sei del pomeriggio, io e papà siamo seduti al tavolo della cucina di casa nostra, davanti a un piatto di zuppa di pollo in scatola.

Mi pulisco la bocca con un tovagliolo e butto lo sguardo verso di lui. «Non hai mangiato quasi niente.»

È da due giorni, da quando gli ho detto che sarei rimasta, che fa così. Tocca cibo a malapena, fuma una sigaretta dopo l'altra, è pensoso, a volte scorbutico.

Capta la mia ansia e si addolcisce. «Ti preoccupi per me? Dovrebbe essere il contrario.»

È così, io mi preoccupo per lui? Non penso, sono solo curiosa. Vorrei capire come mai l'entusiasmo che ha manifestato al mio arrivo sembra svanito.

Metto le stoviglie sporche nel lavandino e rimetto la Coca-Cola in frigo. «Io mangio anche troppo. Si può sapere cos'hai?»

«Niente, bambina, mangerò qualcosa al Draxter.» Mi pizzica una guancia, mi strizza l'occhio e va a cambiarsi in camera sua.

Mi arrendo, è inutile insistere, elude ogni mia domanda.

Faccio una capatina in bagno per lavarmi i denti e mi passo il rossetto rosso sulle labbra, per dare un tocco di colore alla mia carnagione lattea. Mi vesto e infilo le solite scarpe col tacco nere. Non sono l'ideale per stare in piedi tutta sera, ma con la tuta elegante che indosso non posso certo mettermi un paio di All Star. Mi spazzolo i capelli, una spruzzata di One Million Lady e sono pronta.

Raggiunto il Draxter, Scott scompare nel suo ufficio, come sempre, e io ne approfitto per chiacchierare un po' con Rebecca e Pegaso, anche se quest'ultima è di poche parole oggi. Questa sera siamo tutte e tre di servizio, ho riempito il magazzino di alcolici e indetto una serata 'paghi due, bevi tre'. La risalita finanziaria del Draxter parte da qui, ci aspettiamo il pienone.

Rebecca, reduce da una rinoplastica, aveva ancora un giorno di ferie da fare, ma l'ho chiamata per un rientro anticipato e lei ha accettato.

Dopo le solite frasi di circostanza, 'come stai?', 'com'è Los Angeles?', 'ma quanto sei cambiata', è il mio turno di fare domande. «Allora, come vanno le cose qui? Sembra che Scott si sia rimesso in riga, tu come lo vedi?» Ho già fatto questo discorso anche a Pegaso, ma con scarsi risultati.

La mia biondissima e siliconata vecchia amica si controlla il trucco allo specchio della vetrina degli alcolici e poi mi guarda con un sorriso da bambolina ingenua. «A me sembra okay, tesoro.» Si volta nella mia direzione, indica il suo viso con l'indice. «Dici che li ho coperti bene i lividi? Ho dovuto comprare un fondotinta super coprente, mi è costato una fortuna.»

Le vado vicino, fingo di interessarmi al suo nasino alla francese nuovo di zecca. «Hai speso bene i tuoi soldi, non si vede niente, sei bellissima.» Sorrido, le accarezzo un boccolo platinato e lo lascio ricadere sul suo seno rifatto. «Sai, Scott mi sembra un po' giù, è sciupato, smagrito, sta sempre chiuso nel suo stanzino.»

Lei sbatte le palpebre abbellite da folte e nere ciglia finte e mi guarda comprensiva. «Non lo so, io non lo vedo molto coi miei turni, ma sono sicura che sta bene. Sarà l'estate, il cambio di stagione, magari il caldo gli abbassa la pressione.»

Ma che sta dicendo? Pensa davvero che Scott è così giù di morale perché ci sono trenta gradi all'ombra?

«Non ti preoccupare, tesoro, gli uomini di una certa età sono tutti un po' depressi e scialbi.»

Mi lascio andare contro la parete accanto alla macchinetta del caffè. O nessuno sa niente o nessuno vuole dirmi niente. Dannazione, di questo passo dovrò fermarmi qui per mesi prima di scoprire qualcosa.

Mi metto al lavoro, inizio a lucidare i bicchieri nuovi che ho acquistato questa mattina dal grossista, in attesa dell'arrivo dei primi clienti. Dopo un paio di ore il locale è quasi pieno, la mia strategia di marketing comincia a dare i primi frutti. Vado al bancone da Pegaso con una comanda e intanto che aspetto addento una mela che mi sono portata da casa. Non ci siamo parlate molto, sembra abbia la testa da un'altra parte. Vorrei tanto sapere che diavolo prende a tutti stasera?

Sto per chiederle se è tutto a posto, quando un rombo acuto e una successione di tuoni vibrano dall'esterno del locale e fanno tremare i sottili vetri del pub. Sbircio fuori dalla finestra e conto una ventina di moto stile Harley parcheggiare ordinatamente in fila.

Forse Roseville ospita un raduno di motociclisti, ben venga, avranno sete, la mia offerta tre per due li aggraderà di sicuro.

Un gruppo di uomini varca la soglia d'entrata, tra risate e schiamazzi. Portano tutti un giubbetto di pelle con un'aquila di stoffa cucita sulla schiena, si muovono in sincrono, si aggirano per la sala senza badare al resto dei clienti, scelgono un paio di tavoli e si siedono, senza accertarsi che quei posti siano liberi.

Alcuni di loro fanno un cenno di saluto a Rebecca, che si dà l'ennesima occhiata allo specchio e si stampa in faccia un sorriso eccitato, e altri salutano Pegaso, che invece pare un po' meno felice e trepidante.

La raggiungo sulla pedana. «Chi sono?»

Forza un sorriso, ma continua a seguirli con lo sguardo. «Sono i biker del posto. Si fanno chiamare Street Eagles, sono arrivati in città qualche anno fa.» Credo siano venuti a Roseville quando io me n'ero già andata. Di certo ricorderei un club di muscolosi motociclisti pieni di tatuaggi, non è una comitiva che passa inosservata in un posto placido come questo. «Dobbiamo preoccuparci?» Solitamente non giudico una persona dalle apparenze, ma Pegaso non stacca loro gli occhi di dosso. Sembra un secondino che controlla i movimenti dei carcerati del suo padiglione.

Distoglie lo sguardo solo quando anche l'ultimo di loro ha preso posto. «No, qualche scazzottata ogni tanto, ma niente di che. Sta' tranquilla, Princess, li serve Rebecca e tu vai al nove con questo.» Mi indica un vassoio stracolmo e torna alla spillatrice.

Pegaso che cede a Rebecca la possibilità di servire a un tavolo pieno di uomini? C'è decisamente qualcosa che non va.

Sarà il loro abbigliamento stravagante, o l'irrequietezza che ha mostrato Pegaso, ma sento puzza di guai. In fondo il Draxter è un bar di provincia, pieno di uomini che, nella peggiore delle ipotesi, si sbronzano e si beccano una ramanzina dalla moglie, una volta rientrati a casa. Sicuramente non è il posto giusto per persone così fuori dagli schemi.

Do l'ultimo morso alla mia mela e butto il torsolo nel cestino. Porto le birre al nove, ringrazio cordiale il quintetto che mi paga subito e mi lascia dieci dollari di mancia, e poi decido di andare direttamente da Scott per avere qualche informazione in più. Non posso cacciare dei clienti soltanto per il loro aspetto minaccioso, ma vorrei capire come comportarmi, magari evitare che si ubriachino e mi sfascino il locale con una delle baruffe di cui parlava Pegaso.

Uno dei motociclisti, un tizio enorme con un paio di baffi a manubrio, mi passa accanto svelto. Per poco non mi urta e nemmeno se ne accorge, va proprio verso il retro, dove c'è l'ufficio di papà e sparisce dalla mia visuale. Rimango impalata, mi mordicchio le unghie, indecisa sul da farsi. Non resisto, raccatto svelta i bicchieri vuoti del tredici e li porto al bancone e poi seguo quel tipo, per sentire cosa ha da dire a Scott e capire come mai si muove con tanta sicurezza in una zona della sala che è riservata al personale.

Con una mano arpionata intorno al mio polso, qualcuno arresta il mio inseguimento. Mi volto di scatto, allibita dal fatto che un cliente possa aver osato agguantarmi così indelicatamente. I miei occhi si scontrano con due pupille grigio-azzurre, dello stesso colore delle nuvole prima di un temporale, e uno sguardo penetrante che mi sconquassa lo stomaco. Il ragazzo mi fissa senza quasi sbattere le palpebre, con un'intensità inspiegabile, fuori luogo, e io mi perdo sui lineamenti marcati e mascolini del suo viso, così simmetrici e armoniosi da farlo sembrare una statua scolpita nel marmo.

Ci metto qualche istante a recuperare l'uso della parola, sono stordita, a corto di ossigeno, di pensieri sensati. Il cuore pompa rumorosamente nella mia gabbia toracica, quello sguardo magnetico mi disorienta, è impossibile sottrarsi e io non voglio smettere di guardarlo.

Per non interrompere il contatto visivo devo tenere la testa inclinata verso il soffitto, il ragazzo con gli occhi di cielo è molto alto, mi supera di almeno due spanne, nonostante porto i tacchi. Le sue labbra, contornate da un sottile strato di barba bionda come i suoi capelli, si piegano in un sorriso compiaciuto, davanti al mio esitare.

La mia attenzione scivola sulle sue braccia. Quello destro è costellato di tatuaggi, una pantera, delle ali, fiori rampicanti, una serie di disegni che si incastrano l'uno all'altro e creano un capolavoro. Solo in un secondo momento noto il suo gilet di pelle e la toppa che ha sul petto, con la scritta *Street Eagles vicepresidente*. È uno di *loro*.

L'incantesimo si spezza, mi libero con uno strattone dalla sua presa.

Il dio pagano non fa una piega. Mi spoglia con gli occhi, prima le mie gambe, poi il petto che si alza e abbassa per l'affanno e infine la bocca, su cui si sofferma per qualche secondo. Torna poi a puntare le sue iridi cristalline nelle mie, non prova nemmeno a camuffare la direzione in cui vertono i suoi pensieri. Mi chiedo se anche i miei di pensieri siano così limpidi e leggibili.

Mi faccio più in là di qualche centimetro, stiamo troppo appiccicati per essere due sconosciuti. «Hai bisogno di qualcosa?»

Si tocca i capelli spettinati, li scosta dalla fronte. «Non ti ho mai vista da queste parti.» Ha un tono rude, una voce graffiante e sporca, di quelle che riconosceresti in mezzo a mille altre. «Mi porti un bourbon liscio?»

Potrei farlo, anzi, sarebbe mio dovere portargli da bere, ma sento l'impellente bisogno di sottrarmi al suo sguardo perentorio. «Devo andare a un altro tavolo, chiedi a Rebecca.»

«Ma io l'ho chiesto a te. Vorrei fossi tu a servirmi.» Ammicca, sottolinea allusivo la parola 'servirmi'.

Vorrei dire che ho il voltastomaco, ma la sensazione che sfarfalla nella mia pancia è tutt'altro che spiacevole. Deglutisco e la ignoro. «Dovrai accontentarti, io sono impegnata.»

Sorrido, per gentilezza, e gli do le spalle. Faccio in tempo a fare mezzo passo che lui mi acciuffa di nuovo, e questa volta le sue mani addosso le sento. Ora che so appartengono a lui, quelle dita incollate al mio polso scottano.

Non serve che mi liberi, è lui stavolta a lasciarmi andare, anche se mi resta vicino, pronto ad agguantarmi nel caso in cui tentassi la fuga. «Dimmi almeno come ti chiami?»

Sto per dirgli che non sono affari suoi, ma Pegaso ci raggiunge. «Ethan Cruel, è un po' che non ti vedo in giro. Fa' il bravo, non romperle le palle.» Nemmeno Megan è immune al suo fascino, con lui adotta la consueta espressione da gattina dolce e sexy. «Princess, devi prendere le comande al sedici.»

Lui le riserva un sorriso malizioso, che mi fa provare una sorta di invidia nei confronti della mia collega. Lei sa come si chiama, lo conosce e Dio solo sa quanto bene loro due si conoscano. Ma, in fondo, perché dovrebbe importarmi?

Io guardo lei, lei guarda lui e lui guarda me, legati in un triangolo surreale che è proprio lui a infrangere. «Princess, è così che ti chiamano? Che hai fatto per meritarti questo nome?»

Ogni frase che esce dalla sua bocca ha sempre un retrogusto provocatorio e goliardico.

Che gli dico, che da bambina sognavo di diventare una principessa che veniva salvata da un principe azzurro bello come lui?

Meglio tacere, che ne può sapere di favole un tipo così.

Pegaso si è allontanata per fare cassa e anche io ho altro da fare, invece che stare qui a lasciarmi incantare dalla sua bellezza sfacciata. «Senti, non ho tempo da perdere in chiacchiere.»

Non si scompone, il suo sguardo non perde intensità, anzi sembra farsi più avvolgente. Temo che nessuna delle mie risposte potrà scoraggiarlo, ma per mia fortuna arriva Rebecca che attira la sua attenzione, stampandogli un sonoro bacio sulla guancia, e mi dà modo di svignarmela. Non guardo indietro, prendo le distanze, ma la malia del dio pagano non si dissipa come immaginavo. I suoi occhi li sento ancora addosso e il batticuore non accenna a diminuire.

Nessuno mi ha mai guardato così, nessuno è mai riuscito a farmi sentire nuda senza togliermi i vestiti. Vado al quindici, senza annotare nulla, tengo a mente le ordinazioni, o almeno ci provo. Quattro tequila sale e limone, tre medie e uno scotch doppio, oppure era un whisky con ghiaccio? Ho un vuoto.

Raggiungo il bancone, tirerò a indovinare, alla peggio me lo bevo io, così forse mi do una calmata. Mi sollevo sulla punta dei piedi per prendere la bottiglia di tequila che sta nel ripiano più alto, quando dal retro vedo sbucare il biker grosso e alle sue spalle papà, bianco come un cencio e visibilmente in ansia. Avevo dimenticato la mia missione.

Che cosa gli ha fatto per ridurlo così?

Non dovrei immischiarmi con gente di questa risma, ma voglio sapere cosa avevano di tanto importante da dirsi lui e Scott per stare chiusi in ufficio per tutto questo tempo. Se chiedessi a papà perché ha quella faccia avvilita, mi darebbe la solita risposta vaga e allora seguo il motociclista, che ora ha raggiunto il parcheggio. Non devo lasciarmi intimidire, se le cose si mettono male, posso sempre chiamare la polizia o meglio ancora Logan, lui è un avvocato, se sapesse con chi ho a che fare, ci impiegherebbe meno di un minuto a trovare qualcosa di compromettente su questi tipi loschi.

Ho la legge dalla mia, e poi non siamo nel Bronx, siamo a Roseville, che mai potrà succedermi se faccio qualche domanda?

L'uomo si ferma davanti a una delle tante moto e si accende quella che, dall'odore, ha tutta l'aria di essere una canna. Quando si accorge della mia presenza, la spegne immediatamente e se la infila in tasca.

Mi fermo davanti a lui, e sollevo lo sguardo per incrociare il suo. Anche lui è piuttosto alto, sarà un requisito della banda. Ha degli occhi chiari e seriosi, una chioma leonina e argentea e un naso aquilino che gli dona un'aria imponente. Non a caso sulla giacca ha spillato la targhetta con scritto *presidente*. È il *loro* capo.

Mi dà una rapida scorsa e distende le labbra in un sorriso. «Ciao.» Il suo tono è affabile, esprime una gentilezza che fa a pugni col suo aspetto un po' rozzo.

Mi schiarisco la voce e ricambio il sorriso. «Salve.»

E ora cosa gli dico? Forse mi sono fatta un'idea sbagliata di lui, sembra una persona a modo, innocua, forse mi sono lasciata traviare dalle apparenze.

Be', ormai sono qui, tanto vale che parli. «Mi scusi se la disturbo, volevo sapere se c'è qualche problema, l'ho vista entrare nell'ufficio di Scott.»

Assottiglia lo sguardo, in mezzo alle sue sopracciglia fitte si forma una ruga profonda. «Qualche problema?» Ci pensa su e poi scuote la testa. «No, volevo soltanto salutarlo.»

Solo un saluto? Eppure papà pareva così scosso.

«Io e i miei amici eravamo nei paraggi, ho pensato di venire a trovarlo.» Inclina la testa, si passa la lingua sulle labbra. «Non ti conosco, sei nuova?»

Roseville è piccola, tutti si conoscono, è lecito mi chieda chi sono, soprattutto dopo che l'ho seguito qui fuori. Nonostante questo ho l'impressione che non sia la semplice curiosità a motivare né le mie domande né le sue.

Sostengo il suo sguardo. «Sono la figlia di Scott, la padrona del Draxter.»

Succede qualcosa, sulla sua faccia scende il gelo, la sua espressione muta e si fa felina, scura. «La padrona del Draxter», ripete tra sé e sé, per poi indicare la sala gremita. «Avrai un sacco di cose da fare, allora. Ti lascio ai tuoi clienti.»

Improvvisamente la mia presenza non è più gradita, si libera di me, mi dà le spalle e si allontana, come se non fossi degna delle sue attenzioni.

Perché ha reagito così? Cosa vuole questo re dei motociclisti da papà o dal mio locale?

Non dovrei, ma gli vado dietro. «Aspetti!»

Prosegue, senza nemmeno rispondermi. Lo raggiungo e lo tiro per il giacchetto, per obbligarlo a fermarsi.

Me ne pento immediatamente, quando si volta verso di me sembra una furia. Stizzito dalla mia perseveranza, mi viene vicino con un balzo e io istintivamente indietreggio, spaventata da quegli occhi glaciali che adesso bruciano di rabbia.

Per colpa della sua irruenza, inciampo e finisco col sedere a terra e lui resta lì a guardarmi impassibile, si toglie la maschera da Dottor Jeckyll e assume le sembianze di Mister Hyde. In questa posizione sembra ancora più mastodontico e pericoloso, probabilmente se fossimo stati soli mi avrebbe colpita senza pensarci due volte.

All'interno del locale è calato il silenzio, ci stanno guardando tutti attraverso i vetri, ma nessuno si muove. Solo due persone vengono in mio soccorso: Scott e il dio pagano.

Ethan è più veloce di papà, mi raggiunge e mi porge una mano per aiutarmi. La scanso con un gesto scocciato, mi metto in piedi da sola, ma lui non schioda e mi resta accanto, come se volesse proteggermi. Che assurdità, io sono una sconosciuta e quello è il suo presidente, deve essere solo una mia impressione.

Scott mi guarda terrorizzato, più pallido di prima. «Stai bene?»

Mi pulisco i pantaloni sporchi di polvere, questa tuta è di crêpe satin cucito a mano, costa una fortuna.

«Sta bene, ha fatto tutto da sola.» Il biker grosso mi guarda con disprezzo, con l'aria di chi vorrebbe levare di mezzo un impiccio.

Ma chi si crede di essere?

Marcio su di lui, indignata come non mai, ma due mani mi afferrano per la vita e mi imprigionano. È Ethan, deve aver previsto la mia reazione e mi ha fermato prima che raggiungessi il suo amico.

«Lasciami andare!» Mi dimeno come un'anguilla, ma lui non si muove di un millimetro.

L'omone non gradisce per niente la piega che ha preso la situazione e si rivolge a papà, gli sventola l'indice davanti alla faccia. «Tieni a bada tua figlia, Scott, o lo farò io.»

Odio che parli di me come se non fossi qui. Io non sono una sprovveduta che si lascia intimorire dal primo sbruffone che fa la voce grossa, sono la fidanzata di un avvocato, la proprietaria del bar e del terreno su cui lui sputa, in chiaro gesto di sfregio. Le sue minacce campate in aria non mi toccano.

Ethan invece si è irrigidito e mi stringe un po' più forte. «Danny, piantala, non lo vedi che è solo una ragazzina?» Alza la voce e il suo petto vibra contro la mia schiena.

«*Una ragazzina?* Questo posto è mio!» sbraito, senza che nessuno di loro mi dia retta.

Papà sorvola sul modo in cui mi stanno trattando questi due. Sembra il loro cagnolino, se gli lanciassero un osso, si metterebbe a scodinzolare.

Non ci prova nemmeno a prendere le mie parti. «Tuo nipote ha ragione.» Perciò Ethan è suo parente. «June è un po' impulsiva, non ti darà più fastidio.»

Io non riesco a credere alle mie orecchie, devo essere finita in una realtà parallela dove gli stronzi bipolari vengono adulati e i padri strisciano ai loro piedi, invece che difendere i propri figli dalle offese subite.

Danny guarda torvo tutti e tre. «È quello che spero.» Va verso la sua moto e ci si siede sopra.

Papà gli va incontro, non la smette di scusarsi al posto mio. Mi divincolo e riesco finalmente a liberarmi dalla presa di Ethan. Sto per andare da Danny e da Scott, ma lui si mette di nuovo tra noi, allarga le braccia, per impedirmi di sorpassarlo.

«Va' dentro, abbiamo dato abbastanza spettacolo per stasera.» Fa un cenno ai suoi, ancora seduti al tavolo, e intima loro di uscire.

Tutti che mi dicono che fare, che la fanno da padroni a casa mia.

«Non sono una *ragazzina* e non ho bisogno di essere salvata da nessuno, men che meno da un estraneo.» Tremo per la rabbia, mi pulsa nelle vene a un ritmo incessante.

Mi aspetto una contro battuta, che però non arriva. Ethan digrigna i denti, chiude gli occhi e respira a fondo. Si volta, fa un paio di passi verso la sua Harley e io resto a bocca asciutta a guardare la sua silenziosa uscita di scena. Possibile che dopo tutto questo rumore non abbia nulla di più da dirmi?

Una piccolissima parte di me esulta quando ci ripensa e fa dietrofront. Arriva a un soffio dal mio viso, con la mascella contratta e un'espressione granitica che incupisce il suo viso.

Ora non sembra più un angelo caduto dal cielo, ma un demone sputato fuori dall'inferno.

Se prima era intento a spogliarmi con gli occhi, ora il suo sguardo scava più a fondo e mi fa sentire esposta, un pulcino senza guscio. «Sta' attenta, Princess, questo non è un gioco. Stai alla larga da mio zio.»

Cos'era, una minaccia, un'intimidazione o un avvertimento per la mia incolumità? È paura quella che sento ribollire sotto pelle o è ammirazione per il coraggio che solo lui tra tutti ha mostrato?

Improvvisamente non sono più così convinta di voler affrontare Danny, l'inspiegabile ansia che leggo negli occhi di Ethan mi spaventa, molto più di quanto è riuscito a fare suo zio. Vorrei chiedergli perché si dà tanta pena per una ragazza conosciuta cinque minuti fa, ma il gruppo di motociclisti che ha richiamato all'ordine esce dal Draxter, raggiunge il loro re e lui si accoda a loro, mi lascia sola.

Ora che lui non è più accanto a me, non mi sento tanto invincibile e spavalda, mi sento svuotata di ogni emozione e mi domando come sia possibile.

Non so cosa stia succedendo, ma prenderò le distanze, non solo dal presidente di questi bikers, ma soprattutto da Ethan, che in una manciata di minuti ha avuto il potere di scombussolarmi la mente senza che potessi oppormi.

2
Ethan

There was a little boy,
too different to belong,
too lonely to be strong.

«... adesso siamo impegnati, mamma, gli dico di chiamarti. Ci sentiamo domani.» Chiudo la telefonata, prendo una sigaretta e Owen mi fa accendere.

Sta a fianco a me, mentre il resto del gruppo è intorno a Pablo, che sfodera orgoglioso il suo ultimo tatuaggio, una donna nuda che cavalca un'aquila. Da quando è entrato a far parte degli Street Eagles, si sta riempiendo di disegni che raffigurano aquile di ogni tipo e dimensione. Non amo i leccaculo, la sua fervente fedeltà è stomachevole. Uno l'appartenenza al club non ha bisogno di ostentarla, o ce l'hai dentro, oppure no.

Il mio miglior amico mi guarda di sottecchi. «È tutto okay?»

Inspiro, trattengo e butto fuori. «Mia madre sta sbarellando. Ieri era l'anniversario della morte di papà, Danny doveva andare con lei al cimitero.» Non sono credente e non mi piace portare fiori a una tomba, ma mamma ci tiene e mio zio l'ha sempre accompagnata, tutti gli anni. «Non si è presentato e non le risponde al telefono.»

Owen calcia un sassolino con la scarpa, lo fa rimbalzare tra le ruote delle nostre motociclette. «Danny è incazzato, non ci sta con la testa, non l'ho mai visto così. È per Scott, non avremmo dovuto affidargli un compito tanto importante.»

Ha ragione: mio zio non è in sé, è pensieroso, burbero e assente perfino con noi.

E la colpa è solo di Scott. «Dovevamo stare più attenti, tenerlo d'occhio.» Do uno sguardo al Draxter, è fatiscente, trasandato, un anonimo pub di provincia frequentato sempre della stessa gente, sembrava perfetto per i nostri scopi. «Come ha fatto quel coglione a farsi fregare i nostri soldi, in 'sto buco di culo di locale dimenticato da Dio, ancora non me lo spiego.»

Owen ci pensa su, si accarezza la testa rasata. «Che ne so, magari se li è bevuti.»

Mi scappa una risata. «Centomila dollari in whisky, chi cazzo è, Bon Scott degli Acdc?»

Permaloso, Owen corruccia le labbra e assume quell'espressione da ispettore Callaghan che adotta sempre quando è convinto di qualcosa. «Danny dice che è un ex alcolizzato e io non mi fido di chi, tutto a un tratto, decide che è il momento di mettere la testa a posto. Pensaci bene, questo è il *suo* locale.»

Metto da parte il mio scetticismo. Sobrio o ubriaco, Scott Summer, un uomo che sta al crimine come la marmellata starebbe su una bistecca al sangue, sarebbe mai potuto arrivare a tanto? Disperato pare disperato, ma davvero avrebbe osato sfidarci, consapevole delle conseguenze che gli piomberanno addosso? Non lo so, mi risulta difficile immaginare quel fallito senza spina dorsale che mette a repentaglio la propria vita, mosso da un'improvvisa audacia che sembra proprio non appartenergli.

Sarà anche un ex alcolizzato a cui restano poche gioie, ma non mi sembra un folle suicida. Fosse solo per il fatto che, colpevole o no, è proprio lui che dovrà farci rientrare della perdita subita, se non vuole fare una brutta fine.

«Che abbia voluto fare il furbo o non c'entri nulla, tocca a lui ripagarci. Ipotecherà 'sto bar pidocchioso, o la casa, si venderà un rene o un polmone, non è un nostro problema. In qualche modo restituirà quanto ha perso.» Do l'ultimo tiro alla sigaretta e poi la lancio a terra, anche se c'è un grosso posacenere di pietra proprio vicino a me.

Che ci pensi Scott a raccogliere i nostri scarti, meriterebbe di peggio che dover raccattare qualche mozzicone. Abbiamo dovuto dar fondo alle nostre casse per tamponare momentaneamente quanto rubato a causa sua e Danny è così in ansia che evita perfino mia madre. Dio, gliela sfascerei a pugni questa dannata bettola. Fisso un punto indefinito della strada, faccio roteare su se stesso l'anello d'argento che porto sul medio. Incisa sul metallo c'è una grossa C, l'iniziale del mio cognome. Me l'ha regalato zio, quando mio padre è morto, è un cimelio dei Cruel.

Owen osserva impotente la mia espressione mesta e mi dà una spintarella verso la porta d'entrata, incitandomi ad accodarmi agli altri. «Basta affari per stasera. Andiamo, il 'bar pidocchioso' è pieno, rischiamo di restare in piedi, o peggio, senza birra.»

Sospiro e annuisco. È inutile star qui fuori a crucciarsi. «Ma quale birra? Io punto direttamente al whisky, tanto offre la casa.»

Insieme varchiamo la soglia del Draxter, che questa sera pullula di gente mai vista prima. Siamo gli ultimi, il resto del club ha già preso posto. Gli altri clienti ci guardano di sottecchi e parlottano tra loro, per poi affrettarsi a guardare altrove per paura di incrociare i nostri sguardi. Non siamo né ben voluti né ben visti in paese, ma per fortuna ci sono Rebecca e Megan a tenere alto il nostro umore. Nessuna delle due disdegna la nostra compagnia, la barbie bionda in particolare cinguetta ogni volta che qualcuno di noi le rifila una pacca sul di dietro o qualche battutina sconcia.

A testa alta, mi faccio strada tra i mormorii sommessi e mi siedo vicino a Chester, nell'ultimo angolo libero. Lui sa come far combaciare svago e lavoro, niente riesce a scoraggiare la sua voglia di far festa. È tutto ciò che mi serve: sgomberare la mente.

Il cellulare trilla dalla tasca interna del mio gilet, è Cindy, la tipa con cui sono stato un paio di giorni fa. Mi sta chiamando, è la terza volta in quarantotto ore.

Sento Owen ridere per qualcosa che gli ha detto Chester. Non rispondo, silenzio la suoneria, in ogni caso non ho comunque intenzione di rivedere Cindy. È stato divertente, finché è durato.

«Che succede, schizzo?» chiedo.

Non so come mai Chester si faccia chiamare così, sarà per via del suo sguardo da psicopatico scappato dal manicomio e dei vari tic nervosi che un'adolescenza piena di droga ed eccessi gli ha lasciato addosso.

Si volta verso di me, sbatte le palpebre in continuazione e si passa frenetico la lingua sulle labbra. Mi ricorda il Joker del Cavaliere Oscuro, il grado di pazzia è lo stesso.

Sfodera il suo sorriso sbieco e due fossette profonde si delineano sulle sue guance. «Sento profumo di passera.»

Immagino stia parlando di Megan, lei ha un debole per lui e, anche se Chester non si è mai sbilanciato, sono convinto che il sentimento sia corrisposto.

Mi volto verso il bancone, nella stessa direzione in cui stanno guardando sia lui che Owen, convinto di vedere la barista dalle gambe lunghe ammiccare verso di noi e invece rimango spiazzato. Non è a lei che sono rivolte le attenzioni dei miei amici, ma a un'altra ragazza, una nuova che confabula con Megan e guarda i nostri tavoli con aria scura.

Chi è quello schianto e come cazzo è vestita? Porta un vestito intero e bianco, con pantaloni aderenti e il pezzo sopra scollato, stretto in vita da una cintura dello stesso colore. È elegante, fine, non si è accorta che

45

stiamo in un locale di buzzurri e boscaioli del tutto astemi di buon gusto? Chester mi tira una gomitata nelle costole. «Sarà anche un coglione, ma quando c'è da scegliere una cameriera Scott è il migliore.»

Il pensiero che mi faccio io, invece, è: Come è possibile che Scott si possa permettere una nuova cameriera? Non stava a corto di grana? E poi quella nuova addenta una mela, rossa come le sue labbra, e io sento un'ondata di calore propagarsi nelle mie vene e spazzare via ogni quesito. Seguo i suoi movimenti rapito, con l'indice si pulisce una goccia di succo dalla bocca, in un gesto spontaneo e sensuale, e la mia testa grida 'mangia me, mordi me'. Armata di vassoio, si butta nella bolgia che imperversa in sala, ci dà piena visuale del suo lato b, uno stratosferico sedere a mandolino che ondeggia a ogni suo passo e ci ipnotizza.

«Porco mondo, che sventola!» Chester dà voce al pensiero comune, senza staccarle gli occhi di dosso.

«Porca puttana, direi.» Owen gli fa eco.

Sculetta, i capelli castani le solleticano le scapole nude, si china per servire un tavolo e i tizi a cui porge le birre se la divorano con lo sguardo. Lei neanche se ne accorge, su quel visetto pulito e fresco si delinea un sorriso serafico.

«Da dove salta fuori questa meraviglia?» Chester ha smesso di muoversi, non l'ho mai visto così immobile come adesso. Nemmeno durante gli appostamenti notturni sta tanto fermo.

«Sicuramente da lontano. Le ragazze maggiorenni, nel raggio di cento miglia, le conosco tutte», esordisco. Una così me la ricorderei.

I miei ragazzi fanno baccano, il resto dei clienti urla, beve, impreca per un tiro sbagliato a biliardo, a terra c'è un macello di bucce d'arachidi e schizzi di birra, sembra di stare nel terzo girone dell'inferno e lei se ne sta qua in mezzo a noi, con quel culo che parla e quell'espressione candida disegnata su un corpo che di candido non ha proprio niente.

Che ci fa un tipo così in un posto dozzinale e squallido come questo?

E poi, in un attimo, la sua luce si spegne. Danny le passa davanti e va verso il retro del locale, probabilmente per discutere con Scott, e lei si morde un labbro e si blocca sui suoi passi. Una scintilla lampeggia nel suo sguardo, sono certo voglia seguire mio zio e io non posso permetterlo: lui non sarebbe per niente clemente con un'intrusa.

Mi alzo e le vado incontro. Non dovrebbe importarmi, ma non voglio che questo fiocco di neve cada per sbaglio in una pozzanghera, sarebbe un vero spreco.

«Addio sogni di gloria, la sventola ci è stata fregata sotto il naso!» dice Chester a Owen, mentre io mi allontano.

Strizzo l'occhio ai miei compagni e mi avvicino al bancone e, prima che lei sparisca, la fermo. Quando si volta nella mia direzione, con un'espressione sconcertata, una scossa mi attraversa lo stomaco. Da vicino è ancora più bella e l'innocenza intrappolata dietro quelle ciglia lunghe e folte manda in fiamme i miei neuroni.

Mi fissa, la bocca leggermente schiusa, gli occhi verdi e grandi che si incastrano ai miei, il seno che si intravede dalla scollatura spinge contro il tessuto, e il suo profumo dolce e raffinato che mi arriva addosso e mi confonde le idee. A questo punto avrei già dovuto dirle qualcosa, tirare fuori una battuta o una di quelle frasi ad hoc che, di solito, mi spianano la strada verso la conquista, ma lei sembra così presa a studiare tutti i miei particolari che non mi va di interromperla.

Mi piace che mi guardi così, adorante e ammaliata, non voglio che smetta.

Mi chiedo come sarebbe averla distesa sotto di me, senza questo vestito serioso che stride col suo volto da bambina appena sbocciata, nuda e con lo sguardo reso liquido dal desiderio. Mi chiedo che sapore abbiano quelle labbra rosse e allettanti come il frutto proibito, come sarebbe sentirle addosso, dappertutto, e qualcosa si muove sotto la mia patta.

Già pregusto il momento in cui potrò realizzare le mie fantasie. A giudicare dai suoi occhi incollati ai miei bicipiti, succederà molto presto e senza troppa fatica.

Faccio male i miei calcoli, lei nota la mia toppa del club e s'indispettisce, cambia atteggiamento.

Fa la ritrosa, quella che non ha tempo, che non è interessata, mi rifila un mucchio di balle. Mi piace rincorrere, conquistare, sudare un po' prima ottenere un risultato e mi piace lei. Più prova a sfuggirmi, più alimenta la mia voglia di agguantarla. E poi mica posso lasciarla andare da Danny. *Mica posso lasciarmi sfuggire dalle mani un bocconcino così.*

Ordino da bere, a questa richiesta non può sottrarsi, è il suo lavoro. Tenta di scaricarmi a Rebecca, ma io non voglio la barbie bionda, voglio che sia lei a servirmi. Vorrei fosse lei a farmi qualsiasi cosa.

Uso la mia determinazione per farla cedere e lei, di rimando, usa la sua per prendere le distanze. Tanto lo so che non gli sono indifferente, non può ingannarmi, il suo sguardo non lascia spazio a dubbi, devo solo trovare il tasto giusto su cui pigiare e sarà fatta.

Voglio sapere come si chiama, dare un nome a quel bel faccino spazientito dalla mia insistenza, ma lei non sembra disposta a rivelarmi nemmeno questo; per mia fortuna, ci pensa Megan a saziare la mia curiosità.

La prediletta di Chester punta i suoi occhi neri e goliardici nei miei, ammicca. Con lei non ho dovuto faticare tanto per ottenere ciò che volevo, l'ho conosciuta qualche mese fa, litigava con un coglione, davanti al distributore di benzina che c'è sulla First Street. Quello che immagino fosse il suo ragazzo l'ha lasciata a piedi, mi sono offerto di darle un passaggio e il mio gesto cavalleresco ha dato immediatamente i suoi frutti. Non solo abbiamo passato la notte a darci dentro sui sedili posteriori della decapottabile di mia madre, ma quando l'ho accompagnata al lavoro il mattino dopo, ho anche avuto modo di conoscere Scott e così di proporgli l'affare.

Considerato come sono andate le cose, forse avrei fatto meglio a farle prendere l'autobus per raggiungere il Draxter.

Princess, è così che Megan ha chiamato la sua collega. È un bel nomignolo, più che adatto: sembra davvero una principessa irraggiungibile e intoccabile, per gentaglia come noi.

La prendo in giro, solo per veder comparire quell'espressione irritata e sexy sul suo viso, quando corruccia le labbra il mio testosterone sale alle stelle. Megan si defila, capisce che nemmeno se si spogliasse qui davanti a me riuscirebbe a catturare la mia attenzione, purtroppo, al suo posto arriva Rebecca, che mi si butta addosso e serve a Princess l'alibi perfetto per la fuga.

È più veloce dei miei riflessi, sguscia via senza che possa fermarla. La guardo andarsene, svanire dalla mia portata, ma non dalle mie fantasie.

Non mi resta altro che annacquare il sapore del mio fallimento con una dose d'alcol. Mi rivolgo a Rebecca, ha qualcosa di diverso in faccia, non so dire cosa, ma in fondo non mi importa più di tanto. «Ciao, biondina, mi porti un bourbon doppio, senza ghiaccio?»

«Ma certo, tesoro, te lo porto subito.» Mi posa una mano sul petto, proprio sopra la toppa di vicepresidente e sorride maliziosa.

A lei non frega niente che faccio parte di una gang, o che i miei occhi siano puntati su un'altra, Rebecca aspetta solo che mi infili nelle sue mutandine. Di ragazze come lei ne ho conosciute a decine, disinibite, smaniose di attenzioni e complimenti, disposte a far di tutto pur di entrare nelle mie grazie. A volte ne ho approfittato, altre no, ma questa sera non so che farmene delle moine di Rebecca. Ogni cellula del mio corpo è concentrata su Princess.

Me ne torno al tavolo, per ora non posso far altro che guardarla da lontano.

Chester ci tiene a rimarcare che le mie doti da seduttore non sono servite a niente stavolta. «Quella nuova ti ha dato picche, Cruel?»

Non è il primo no che ricevo in vita mia, anche se non capita molto spesso, ma è il primo che brucia. Sollevo le spalle, fingo che non mi importi. «Fa la difficile, fanno tutte così prima di concedersi, ancora, ancora e ancora.»

Owen fa una smorfia. «Mi sa che stavolta vai in bianco. Quella non ha l'aria di una a cui piace giocare con le pistole.» Sghignazza da solo, gli piace un sacco fare battutine allusive.

Chester si sfrega le mani soddisfatto. «Se preferisce i kalashnikov, posso pensarci io.»

Gli schiaffeggio la nuca, mentre questi due idioti se la ridono. Ancora non capisco se mi infastidisca di più che prendano per il culo me oppure vogliano scoparsi lei.

Rebecca arriva con il mio bourbon, è così impegnata a sorridermi che inciampa e il bicchiere cade ai miei piedi, si spacca in mille pezzi. «Oddio, scusa!»

Si piega, pianta il suo sedere in faccia a Chester, che strabuzza gli occhi e prende a muoversi convulso sulla sedia.

Prima che gli venga un infarto, mi chino per aiutare Rebecca a raccogliere i cocci. Sollevo lo sguardo, per vedere se Princess sta guardando nella mia direzione. Se così fosse, potrei provare a farla ingelosire un po', ma lei non mi guarda per niente. Danny e Scott sono spuntati dal retro e lei li sta osservando, con la stessa espressione ombrosa di prima.

Mi rimetto in posizione eretta, con una manciata di frammenti di vetro tra le dita. Perché fissa il suo capo con tanta preoccupazione?

«Santo cielo!» Rebecca starnazza, mi guarda con la bocca spalancata.

Seguo la linea del suo sguardo e capisco perché ha quella faccia. Mi sono tagliato con una scheggia, il palmo della mano sanguina. «Non è niente, è solo un taglietto.»

Neanche mi avesse tranciato la carotide da parte a parte, Rebecca va in panne. «Scusa, che disastro! Ci penso io a te, vado a prendere il kit del pronto soccorso.»

Non mi frega un cazzo di qualche goccia di sangue, l'unica cosa che mi irrita è che questo siparietto mi impedisce di tenere d'occhio quello che succede tra Princess, Scott e Danny.

«Portagli anche un po' di Bromuro, barbie!» Chester si sganascia, Owen ha le lacrime agli occhi.

Ma dove è finita Princess? Prendo un tovagliolo, lo premo sul taglio. «Siete due...» Le parole mi muoiono in gola: Princess è fuori, con Danny.

Il fiocco di neve è finito dritto nella pozzanghera. Adesso non posso più muovermi senza sporcarmi di fango a mia volta.

«Oh?» Chester mi schiocca le dita davanti al viso. «Che guardi?» Si volta verso la vetrata, vede quello che vedo io, ma la cosa non lo tocca minimamente. «Ma pensa tu la bambolina, le piacciono le vecchie pistole, quelle d'epoca.»

Owen ride, io non ci riesco. Non credo che lei si sia avvicinata a mio zio per qualche sordido doppio fine. Batto ritmicamente un piede sul pavimento appiccicoso, quei due parlano, si sorridono, che avranno da dirsi è un mistero. E poi lui cambia faccia, tenta di filarsela, s'incammina verso la sua moto e lei, come ho fatto io poco fa, lo incalza. Ingenuamente gli va appresso e lo afferra.

La saliva mi va di traverso, ma che sta facendo? Volo fuori dal locale e Scott mi viene dietro. Danny è peggio di un toro che vede rosso e Princess è a terra; le vado vicino, provo ad aiutarla ma lei, testarda, mi scansa. Rimango comunque al suo fianco, l'irruenza di mio zio sembra averla surriscaldata invece che intimorirla, non sa contro chi si sta mettendo.

É indifesa, incosciente del rischio che corre, devo fare qualcosa. Altro che fiocco di neve, è una valanga che non vuole saperne di arrestarsi. Parte alla carica, l'agguanto per la vita e me la stringo addosso. Il suo fondoschiena sfrega contro le mie cosce, è duro e sodo come immaginavo. Fare la parte del cavaliere che salva la donzella in pericolo non è così male come credevo, il mio avambraccio le sfiora il seno e in questa posizione ho un'ottima visuale sulla sua scollatura profonda. Porta un reggiseno di pizzo, color carne, me lo sognerò stanotte.

Sarebbe tutto molto eccitante e divertente, se solo ci capissi qualcosa. Ancora non mi spiego il perché di tanto ardore.

«Tieni a bada tua figlia, Scott, o lo farò io», ringhia Danny.

Sua figlia, ecco perché si è scagliata contro mio zio, questo non è il suo capo, è suo padre!

Se Scott è in una brutta posizione con noi, la cosa si rifletterà su di lei e non riesco a immaginare la portata dei danni che potrebbe causarle e, per la prima volta in vita mia, mi sento dal lato sbagliato della barricata. Momentaneamente, la voglia di portarmela a letto passa in secondo piano, adesso vorrei solo che stesse fuori dai guai.

«Danny, piantala, non lo vedi che è solo una ragazzina?» Deve darsi una calmata, capisco che ce l'abbia con Scott, ma lei non c'entra niente, perché la guarda come se volesse farla fuori, perché minaccia lei?

Princess sta solo proteggendo la sua famiglia, come forse dovrei fare anche io, invece che prendere le sue difese. Il fervore che mi fa tenere stretta questa bambolina dovrebbe essere direzionato altrove, dalla parte opposta alla sua, verso la mia di famiglia, verso mio zio, verso il mio club. Sarà che Danny è una furia incontrollata in questi giorni, non mi va che se la prenda con qualche innocente.

Più probabilmente, non mi va che si scagli su Princess.

E poi scopro che Danny non è impazzito del tutto, il Draxter appartiene alla figlia di Scott, ora mi spiego perché mio zio la odia tanto, ma questo non mi spinge comunque a schierarmi dalla sua. Anzi, se possibile, mi sprona a tenerla ancor più al sicuro. Ora Scott ha il fianco scoperto e se non restituirà i soldi che ci deve, le cose si metteranno male non solo per lui, ma anche per sua figlia. Non credo lei sia al corrente della situazione e la sua avventatezza potrebbe costarle cara, mio zio ha la responsabilità dell'intero club sulle spalle, probabilmente non si farebbe alcuno scrupolo a metterla in mezzo e Scott lo sa.

Perciò batte in ritirata. «June è un po' impulsiva, non ti darà più fastidio.»

June, è questo il suo vero nome. Un nome che non voglio finisca sulla lunga lista delle vittime che i nostri affari loschi hanno causato. È troppo bella, troppo pulita, troppo giovane per tutto questo marciume.

Danny si allontana, quel cagasotto di Scott gli va appresso e io rimango con lei.

Trema, è fuori di sé, vuole giustizia, cerca risposte e io sono diviso tra due fuochi. Non voglio espormi ulteriormente, non posso farlo per il bene del club, a lei non devo niente, a loro tutto. Richiamo i ragazzi all'interno del locale e le do le spalle, con la pesante consapevolezza di averla appena vista disegnarsi un grosso bersaglio sulla schiena.

Ma poi ci ripenso, immagino cosa potrebbe succederle se continuasse a contrastare a Danny e allora la metto in guardia. «Sta' attenta, Princess, questo non è un gioco. Stai alla larga da mio zio.»

Ha affrontato Danny a muso duro, nemmeno suo padre è riuscito a farla arretrare, eppure adesso nei suoi occhi vedo un velo di paura che la fa rimanere in silenzio. O si è resa conto di aver esagerato, oppure, in qualche modo, per lei le mie parole contano più di tutte le altre, per quanto questo possa essere illogico.

È l'ultima cosa che posso fare, da qui in poi ognuno di noi due tornerà tra le file della propria squadra, io con mio zio, lei con suo padre.

Il resto del gruppo, che ha assistito alla scena da lontano senza muovere un dito, si raduna nel parcheggio e va da Danny, mentre Scott porta dentro sua figlia. La vedo chiudersi la porta alle spalle e discutere animatamente con suo padre.

Raggiungo i miei compagni, ma è lei che continuo a fissare. Senza saperlo ha rimescolato le carte, sono ancora convinto di voler vincere questa partita a qualsiasi costo?

Danny si piazza davanti a me, mi oscura la visuale. «Vedi un paio di belle tette e ti lasci imbambolare? Scott ci ha fatto perdere una montagna di soldi!»

Sono il vice degli Street Eagles e suo nipote, è questo il mio ruolo. I miei doveri sono tanti e ingombranti, non c'è spazio per l'umanità, nemmeno per la pietà.

Danny lo sa, io lo sapevo quando ho accettato questa vita e ora mi tocca giustificarmi, inventarmi una scusante per il mio comportamento sconsiderato. «Ci stiamo esponendo, abbiamo dato spettacolo e sai anche tu che dobbiamo mantenere la calma. L'ultima cosa che ci serve sono altri occhi puntati addosso.»

Danny mi conosce troppo bene, ride delle mie blande scuse e mi punta contro il suo sguardo inquisitorio, pronto a ricordarmi chi sono, ma quando l'auto della polizia accosta al lato della strada, si zittisce. A bordo della volante c'è quello stronzo di Dustin Andersen, uno dei pochi sbirri che non è sul nostro libro paga e che non perde mai occasione di rompere le palle appena può. L'incorruttibile uomo di legge, con un gesto delle dita, indica che ci tiene d'occhio, e poi se ne va, tra i fischi e gli improperi dei miei ragazzi.

Se continua a starci addosso, prima o poi Danny lo farà sparire.

Chester si avvicina a noi, mi mette una mano sulla spalla. «Meglio andare e continuare la discussione al club.»

Danny rimane lì a fissarmi torvo ancora per qualche secondo, la delusione stampata negli occhi e alla fine mi volta le spalle. «Via di qui, forza!»

Ho protetto un'innocente, in quale mondo questo può considerarsi un errore?

Nel mondo in cui sono nato, quello che ho scelto, ma che mai come in questo momento mi sta stretto.

Mi volto un'ultima volta verso il locale, alla ricerca di Princess, ma lei non c'è più. Forse è meglio così, quegli occhi trasparenti e quel corpo mozzafiato hanno già corroso a sufficienza la mia mente. Mi accodo al resto dei ragazzi, do gas alla mia 883 e mi allontano dal Draxter, molto più turbato e sgomento di quando ci sono arrivato.

I membri più importanti degli Street Eagles sono nella sala riunioni, in attesa che Danny faccia il punto della situazione. Sono seduto al suo fianco, come sempre, ma lui non mi guarda, continua a fumare e a far scattare la fiammella dello zippo che tiene tra le mani. I ragazzi non hanno perso il buonumore, gli unici due incazzati e tesi siamo io e lui. Danny picchia forte il palmo della mano sul tavolo di legno massello che c'è al centro della stanza e tutti si ammutoliscono sull'istante.

«Vorrei sapere cosa ti è saltato in mente di prendere le difese di quei due poveracci.» Ha aspettato di avere l'intero club davanti per potermi riprendere.

Poveracci, odio che Danny definisca così anche June, che sembra solo essere una pedina inconsapevole di una macchinazione molto più grande di lei. «Che cosa avrei dovuto fare, lasciare che la pestassi, che le piantassi una pallottola in fronte? È soltanto una ragazza che si è ritrovata in mezzo ai guai combinati dal padre!»

Probabilmente avrei dovuto mentire come prima, e lasciare a intendere che le mie gesta fossero volte a proteggere Danny dal fare qualche cazzata e non lei.

Gli altri mi guardano confusi, stupiti dalla mia presa di posizione. Forse le loro coscienze sono già morte e sepolte da tempo, ma la mia no, era solo assopita e ora si è risvegliata con prepotenza, dopo aver incrociato quegli occhi verdi. Da un po' di tempo a questa parte mi chiedo se questa vita cruenta sia davvero ciò che voglio, è così che sono cresciuto, non ho mai conosciuto altro che illegalità e violenza, ma tutto questo marciume inizia a darmi la nausea.

«Quella ragazza è un maledetto ostacolo per noi!» grida mio zio al limite dell'autocontrollo.

«Danny ha ragione, Ethan, la sventola potrebbe crearci problemi e noi dobbiamo pensare a recuperare i nostri soldi.» Chester interviene e, nonostante le donne siano il suo punto debole, la devozione per il gruppo ha la meglio.

«Dobbiamo rientrare di centomila dollari, o Scott trova il modo di restituirli, o scopre chi diavolo è entrato nel suo locale e li ha rubati, oppure ci dà il Draxter, fine della storia. Non siamo l'UNICEF, siamo degli spacciatori e quei soldi erano il frutto di un mese di lavoro. Che proponi di fare, di lasciar perdere solo perché vuoi scoparti quella bambolina?» Danny mi mette all'angolo, mi costa ammetterlo ma ha ragione.

Cosa propongo di fare? Prima di incontrare Princess avevo tutte le risposte a portata di mano.

E adesso? E adesso che so che il locale è suo, vorrei non aver mai usato il Draxter come drop-bar, non aver mai affidato a Scott il frutto cospicuo dell'ultima partita di droga smerciata e vorrei che lui non se lo fosse fatto fregare.

Non credevo al mondo potesse esistere qualcuno capace di farmi vacillare così, di sconvolgere i miei equilibri con un solo sguardo. Qualcuno così pulito e angelico da farmi sentire sporco e irrimediabilmente sbagliato. Le sono bastati pochi minuti per ribaltare una vita intera di certezze, per deviare i miei desideri reconditi verso confini inesplorati.

Non è la prima volta che depositiamo i nostri incassi in un locale che per quella notte, in cambio di una piccola percentuale, diventa la nostra cassaforte personale. Lo facciamo sempre, abbiamo coinvolto decine e decine di persone nei nostri affari loschi, non mi sono mai preoccupato per nessuno di loro, per il rischio al quale li esponevamo. Mai prima di June e ora tutto quello che vorrei fare è tornare indietro ed eliminare il Draxter dai nostri programmi.

Non riesco a trovare una soluzione, una via d'uscita indolore per tutti, per lei. «Diamogli un po' di tempo per...»

Danny va in escandescenza e mi interrompe brusco. «Un po' di tempo per cosa, per ripagare un debito che non potrà mai risarcire? Dare una responsabilità così grande a quel vecchio ex alcolizzato senza palle è stato un errore, dovevamo aspettarci sarebbe andata male.» Si ferma un secondo, si versa un bicchiere di Jameson prima di continuare. «Oppure è stato proprio lui a rubarli. Quel posto non rende più come un tempo, Scott aveva bisogno di soldi, forse ha pensato di cogliere al volo l'occasione e di svignarsela alla prima opportunità. Centomila dollari sono un buon piano per la pensione. Il Draxter è della bambolina, non credo gli freghi molto di che fine farà.»

Non so se l'ultima frase si riferisca al bar o a June, ma in nessuno dei due casi le cose si mettono bene.

L'insinuazione di Danny mi colpisce come un pugno nello stomaco, alimenta il caos dentro al caos. E se avesse ragione? Finora non avevo mai seriamente vagliato la possibilità che fosse stato proprio Scott a fregarci, perché il quadro generale non era chiaro, mancavano dei pezzi. L'entrata in scena di June ha stravolto tutte le possibili varianti.

Il bar è suo, se suo padre avesse progettato di usarla come diversivo per la fuga? Sarebbe disposto a utilizzare sua figlia come agnello sacrificale, la lascerebbe sbranare dai leoni per prendere tempo? E, in quel caso, cosa farebbe il mio club? E io, io che farei, riuscirei a stare a guardare senza fare niente?

58

Non voglio pensarci, mio zio non si farebbe alcuna remora a usare Princess come merce di scambio, forse arriverebbe perfino al punto di minacciarla per ottenere ciò che vuole e queste cose non finiscono mai bene. Un brivido mi attraversa la spina dorsale, deglutisco un fiotto di saliva, la immagino stesa a terra, quel corpo sinuoso crivellato di proiettili e il suo viso immacolato intriso del suo stesso sangue. Non so perché mi dia così tanta pena, non la conosco nemmeno, ma l'idea di vedere quell'angelo finito in purgatorio rischiare la vita per colpa nostra mi fa arrovellare le budella.

Non è solo bella e attraente, June rappresenta tutto quello che noi non saremo mai, il coraggio di difendere chi ami a qualunque costo, di opporti alle ingiustizie, a un sistema contorto dove più sei buono e incorruttibile e più hai da perdere, a una vita dove gli eroi muoiono e i cattivi vincono. E io non voglio che lei perda, voglio che quel fiocco di neve rimanga intatto e non si sciolga nel fango.

«Sistemeremo questa cosa, per ora aspettiamo notizie da Scott e noi andiamo avanti a occuparci dei nostri affari.» Danny chiude l'argomento e inizia a organizzare la distribuzione della settimana.

In silenzio, mentre gli altri si spartiscono i territori da coprire, io escogito un piano tutto mio. Voglio scoprire la verità su Scott, terrò d'occhio lui e June, non la perderò di vista, in ogni caso avevo già intenzione di rivederla. Adesso ho un'ottima ragione per farlo.

Ai miei occhi, quella ragazza incarna quel che di buono resta al mondo, se la salverò dal suo destino, con lei riuscirò a salvare anche la mia umanità, e buoni e cattivi avranno il loro lieto fine. E, prima o poi, anche io e lei avremo il nostro.

Anger, love, confusion, roads that go nowhere.

«Avresti dovuto vederli, un branco di esaltati convinti che i gilet di pelle e i tatuaggi vadano ancora di moda!» Tengo il telefono in bilico tra la spalla e l'orecchio, mentre mi sfilo le scarpe e le scaglio in un angolo della stanza, come fossero frecce rivolte a un nemico invisibile. «Il loro capo poi è un buzzurro della peggior specie, ha fatto lo spaccone nel mio locale, 'sto stronzo!»

Logan, dall'altro capo della cornetta, paventa subito un tono allarmato. «Ti ha infastidita, ti ha fatto qualcosa?

«Faceva il gradasso, ma l'ho rimesso al suo posto. Non c'è da preoccuparsi, è solo un motociclista invasato, è innocuo, tranquillo», minimizzo.

Innocuo. Mi guardo i palmi delle mani graffiati dopo essere finita a terra e il vestito bianco sgualcito e sporco di polvere. Poteva andarmi peggio? Se fossimo stati soli, che cosa mi avrebbe fatto?

Logan sospira. «*Tu* hai dovuto rimetterlo al suo posto? Nessuno è intervenuto?»

Anche io sospiro, mi piazzo davanti allo specchio che sta appeso alla parete, accanto alla porta. Passo le dita sul mio addome, nell'esatto punto in cui le braccia di Ethan mi tenevano stretta per impedirmi di fare qualche stupidaggine. Mi sembra di sentirle ancora addosso e ho un sussulto.

Mento, non so perché ma gli dico una cazzata. «No, nessuno. Non ce n'è stato bisogno, avevo tutto sotto controllo.»

Mi sfilo le maniche del vestito che cade ai miei piedi, lo abbandono sul pavimento e raggiungo il letto; mi lascio andare a peso morto e chiudo gli occhi. Se smetto di pensare al suo viso perfetto, al suo sorriso mozzafiato e al modo cavalleresco in cui ha preso le mie difese, se evito perfino di nominarlo e fingo di non averlo mai incontrato, forse riuscirò a levarmelo dalla mente. Quell'arrogante e pericoloso biker si è conficcato sotto pelle come una spina.

Eppure non fa male, quegli occhi di ghiaccio non mi danno i brividi, mi scaldano, un calore tanto piacevole e avvolgente che Logan mi sta parlando e io non lo ascolto. «June, hai capito?»

No, a dire la verità non ho sentito una parola. Con la mano fendo l'aria e scaccio l'immagine del dio pagano come se fosse palpabile e materiale. «Scusa, la linea dev'essere disturbata. Cosa mi hai detto?»

Sento il bip del microonde di Logan trillare. Si starà preparando una tisana, lo fa sempre quando ha bisogno di calmare i nervi. «Che ti sta succedendo, amore? Sei distratta, distante. Sei preoccupata per quei tizi molesti? Per tuo padre? Vuoi che venga lì a darti una mano?»

Mi tiro su di scatto e rispondo in un fiato, senza darmi il tempo di ragionarci su. «No!»

«Non mi vuoi lì con te?» È un'ottima domanda.

Mi rimetto in piedi, giro per la stanza alla ricerca di qualcosa da mettermi. Sul cuscino c'è la camicia da notte che mi ha regalato Logan, morbida seta color borgogna e pizzo nero. La lascio lì, rovisto nell'armadio tra i miei vecchi indumenti e prendo una t-shirt extra-large senza stampe di un pallido azzurrino ormai sbiadito.

La indosso, odora di bucato appena fatto, papà deve averla lavata prima del mio arrivo. «Non è che non ti voglio qui, è solo che il rapporto con Scott è ancora in bilico, ho paura che il tuo arrivo romperebbe un equilibrio già precario.»

«Io non sono un estraneo», ribatte lui, leggermente seccato.

Mi guardo attorno, il mio letto è troppo piccolo per due persone, la casa troppo modesta e mio padre troppo preso dai suoi problemi per preoccuparsi di conoscere il mio fidanzato.

Afferro la camicia da notte e la butto nella valigia. «Lo so.» Mi sdraio sul materasso, sprofondo tra le coperte sfatte. «Ti prego, porta pazienza, è mio padre, ma non ci vediamo da anni, abbiamo bisogno di recuperare il tempo perso.»

Logan non risponde, mi immagino la sua faccia, la fronte corrugata e le labbra tese in un'espressione contrariata.

Sollevo gli occhi al cielo. «Amore, cerca di cap...»

Mi interrompe brusco. «Va bene, ma se quelle persone ritornano al tuo locale me lo dici e io vengo a prenderti, fine del discorso. Non voglio che ti succeda niente.»

«Okay.» Mi rilasso, sbadiglio e mi infilo sotto le lenzuola. «Dai, raccontami un po' come vanno le cose allo studio.»

Per ora l'ho scampata, ma so di avere poco tempo.

Mi addormento col cellulare tra le mani, avvolta nella mia maglietta slavata, con la voce di Logan nelle orecchie e il volto di Ethan dentro la testa.

Al mio risveglio trovo Scott che si dà da fare ai fornelli. C'è odore di bacon fritto e uova strapazzate, la tavola è imbandita, una scodella di macedonia fresca, pane tostato, succo d'arancia e due tazze di caffè appena fatto. Sembra uno di quei buffet che ti offrono negli hotel, c'è così tanta scelta che non so da dove cominciare.

Il mio umore non è dei migliori, strafogarmi mi distenderà i nervi. Ho bisogno di una dose massiccia di caffeina e di buttare nel dimenticatoio la serata di ieri e i protagonisti che l'hanno popolata, uno in particolare.

Scott si gira per prendere un paio di piatti dall'armadietto e mi vede. «Buongiorno, bambina.» Sorride e non smette nemmeno quando nota la mia espressione da serial killer, sembra abbia una paresi facciale.

Mi trascino fino alla penisola e gli faccio un cenno con la mano.

Trangugio il caffè, anche se è bollente, e quando mi porge il piatto con uova e pancetta, mi ci tuffo, sotto il suo sguardo lievemente sconcertato dal mio appetito inumano. A ogni boccone sento il nervosismo svanire.

Saziata la fame, sbocconcello qualche cucchiaio di macedonia. Scott si mette a ridere e poi addenta composto una striscia di bacon croccante.

«Che c'è?» mugugno a bocca piena.

Mi versa del succo e mi dà un tovagliolo di carta per pulirmi le labbra. «Niente, solo che non pensavo fossi una mangiona, sei magra come un chiodo!»

Non sa che le uova cucinate così sono le mie preferite, che faccio sempre colazioni abbondanti, che il caffè è una sorta di droga per me e che è sconsigliabile rivolgermi la parola prima che ne abbia bevuto almeno uno. Non lo sa perché non ha mai cucinato per me, perché non mi conosce.

Però questa mattina l'ha fatto, mi ha fatto trovare tutto pronto, ha messo perfino le tovagliette plastificate sul tavolo, posso evitare di precisare l'ovvio.

«Ho un metabolismo accelerato.» Scrollo le spalle, abbasso lo sguardo e soltanto ora noto che su entrambe le tovagliette c'è raffigurata una motocicletta e ricordi nitidi di ieri sera mi ritornano alla mente. E se questa colazione da re fosse stato un modo per rabbonirmi?

«Queste te le hanno regalate i tuoi amici bikers?» gli chiedo sarcastica, indicando il disegno sul rettangolo di plastica.

Ora Scott non è più tanto divertito, molla piatto e forchetta e si accende una sigaretta. «Non scherzare, June, non c'è niente da ridere.» Si tasta la fronte e poi posa il suo sguardo solenne su di me. «Devi promettermi che starai lontana dagli Street Eagles e che quello che hai fatto con Danny non capiti mai più.»

È certo, il banchetto mattutino era volto a comprarmi, a strapparmi una promessa.

Mi avvicino a lui, faccio strisciare la sedia nella sua direzione, per torchiarlo. «E perché mai? Ieri sera mi hai liquidata dicendomi che non hai niente a che fare con quei motociclisti, che ho travisato la situazione, quindi, seguendo il tuo discorso, loro non torneranno o per lo meno non mi daranno più motivo di arrabbiarmi.»

Ieri ho lasciato perdere, ero troppo furibonda e scombussolata per insistere, ho accettato le lapidarie spiegazioni di Scott, fingendo di credergli. Ma oggi voglio di più, pretendo la verità.

Preso in contropiede dal mio ragionamento logico, si alza e si mette a sparecchiare. «Danny e i suoi ragazzi passano spesso, sono degli ottimi clienti. A volte arrivano già su di giri e in vena di far casino.» Mi versa dell'altro caffè e lo accompagna a un ordine camuffato da avvertimento. «Capisco che non ti vadano a genio, ma se non sei in grado di tenere a bada il tuo spirito indomito, forse sarebbe meglio che non venissi più al Draxter.»

Ammetto di aver agito d'impulso, ma il problema non sono di certo io.

64

Non aspetta neanche che risponda, i suoi occhi guizzano a destra e sinistra, come se stesse organizzando mentalmente uno schema d'azione. «Anzi, a dirla tutta sarebbe sensato che tu stessi a casa. Quell'Ethan, il principino dei bikers, non ti toglieva gli occhi di dosso. È un poco di buono, devi stare alla larga anche da lui.»

Come se quegli occhi ammalianti non mi avessero tormentata per tutta la notte, ci mancava pure che papà me lo ricordasse. Ma almeno su questo siamo d'accordo, devo prendere le distanze da Ethan prima che guadagni ulteriore spazio nei miei pensieri.

Annuisco e mi lascio andare contro lo schienale della sedia, con aria remissiva e obbediente. «Troviamo un compromesso, io non aggredirò più nessuno, sarò più docile di un agnellino, ma continuerò a lavorare al bar. Le mie idee funzionano, gli incassi della serata sono triplicati.»

Scuote la testa, aspira così a fondo dalla sigaretta che il tabacco diventa cenere a vista d'occhio. «June, dammi retta.»

Perché dovrei? Lui lo fa, risponde alle mie domande, dà credito alle mie più che legittime perplessità? Preferisce escludermi piuttosto che essere sincero.

Allora le risposte me le trovo da sola, la caparbietà l'ho ereditata da lui. «So badare a me. Farò la brava, ma quei teppisti non mi terranno lontano dal Draxter», concludo risoluta.

Non obietta più, abbassa il capo e se ne va verso la sua camera, ingobbito e col passo lento di chi ha puntato le ultime fiches che gli restavano e ha perso la mano.

Scott si chiude in un silenzio pensoso per tutto il giorno, si aggira per la casa come un fantasma inquieto. Anche io trascorro l'intera giornata a riflettere, le sue raccomandazioni, il suo sguardo angosciato e le parole dure usate contro Ethan mi frullano in testa e non mi danno tregua. É per il principino dei bikers che stasera mi sono innaffiata col profumo, che ho passato due ore a truccarmi e che mi sono spazzolata i capelli almeno cento volte prima di uscire?

L'ho fatto per me stessa, perché mi piace essere sempre al meglio. Con tutta probabilità, dopo lo show di ieri, né lui né i suoi si presenteranno, almeno spero. Nel dubbio mi do un'altra passata di rossetto, solo per essere sicura che duri tutta sera.

Alle sei in punto arrivo al Draxter e mi rilasso: almeno qui potrò distrarmi e non sentire più nominare Ethan e la sua combriccola.

Pegaso mi viene incontro. «Princess, come stai?» Mi parla come se fossi la sopravvissuta di una catastrofe.

Rebecca le fa eco. «Già, tesoro, come ti senti, ti sei calmata?»

È una congiura, nemmeno qui troverò pace.

Appendo la borsa nel retro. «Sto bene!» La spia della lavastoviglie lampeggia, tolgo il cestello e mi metto ad asciugare i bicchieri con movimenti spicci. «I vostri amici non ci sono?»

Rebecca lancia un'occhiata allusiva a Pegaso, come se non potessi vederla. «No, non vengono sempre qui, mi dispiace.»

Le dispiace? A me per niente.

Pegaso mi affianca, scruta il mio viso fresco di make-up, mi sfiora i capelli perfettamente pettinati. «È presto, magari passeranno più tardi.»

Perché mai paiono essere convinte che io voglia rivederli? Sono loro quelle che ieri si sono comportate come se fossero delle groupies elettrizzate. «Si può sapere come mai quei criminali vi stanno così simpatici?»

66

Pegaso ridacchia. «Gli Street Eagles non sono criminali.» Storco il naso. «Non sono cattivi ragazzi, sono soltanto diversi dal resto della popolazione maschile di Roseville. Qui il massimo a cui può aspirare un uomo è trovare un buon lavoro in segheria o in cantiere, sposare la fidanzatina del liceo, andare a letto presto e in chiesa la domenica, sai che noia? Loro sono diversi.»

«Sono spiriti liberi, tesoro.»

Anche io trovo noioso e retrogrado lo stile di vita dei miei compaesani, ma questo nulla toglie alla pessima idea che mi sono fatta di loro. «E di cosa si occupano di preciso questi 'spiriti liberi'?»

E se fossero loro due a darmi le informazioni che mi mancano?

Rebecca solleva i palmi delle mani verso l'alto. «Come facciamo a saperlo? Non parliamo certo di queste cose quando vengono qui.»

E di cosa parlano, allora?

Forse Rebecca è davvero ingenua come cerca di apparire, ma Pegaso no. Sguscia via, si affretta a sgomberare uno dei pochi tavoli occupati.

Lei sa qualcosa di scottante, oppure sono diventata paranoica?

«Avete iniziato col piede sbagliato, ma non ti devi preoccupare, sono sicura che andrete d'accordo. A loro piacciono le belle ragazze.» Rebecca mi viene più vicino e si porta un lecca-lecca alla Coca-Cola in bocca. «Credo tu abbia fatto colpo su Ethan, non ti...»

Finisco la frase al posto suo, questa l'ho già sentita. «Non mi toglieva gli occhi di dosso! Ti sei messa d'accordo con Scott?»

Pegaso ritorna dietro il bancone. «Chi si è messo d'accordo con tuo padre?»

Un gridolino eccitato lascia le labbra piene di gloss di Rebecca. «Ethan Cruel ha puntato la nostra Princess.»

Arrossisco violentemente, nemmeno il fondotinta e il phard riescono a nascondere il mio rossore. «Non diciamo stronzate! È solo la frenesia della novità. Roseville non brilla di certo per la quantità di giovani e libere, sono solo la prima ragazza nuova che vede da settimane.»

Pegaso fa un palloncino con la gomma da masticare e lo fa scoppiare sotto il mio naso. «Ti posso assicurare che le conquiste di Ethan hanno un raggio d'azione molto più ampio. Da qui a Sacramento non c'è una sola ragazza che non abbia ceduto al suo fascino da bello e dannato.»

Cos'è che mi ero ripromessa? Ah già, di non nominare più quel ragazzo, però sono curiosa, voglio sapere che tipo è, soltanto questo.

«Quel corpo scolpito e quella faccia da dio greco suggeriscono una sola cosa.» Rebecca guarda Pegaso con complicità. «Fantastico e spettacolare sesso estremo.»

Si danno il cinque come due bambine che giocano tra loro, un gioco al quale io non sono ammessa.

«Avete avuto una storia con lui per caso, o provato di persona le sue doti amatorie?» Do loro le spalle, sistemo i boccali della birra sullo scaffale, con un fasullo disinteresse.

Immagino lui che approccia Pegaso con le stesse lusinghe che ha riservato a me, che guarda Rebecca con la medesima intensità che ha destabilizzato me e una sensazione brulicante si fa spazio nel mio stomaco. Sono gelosa?

Rebecca risponde per prima. «No, Ethan non è il tipo da 'storie', è uno a cui piace divertirsi senza impegni. Un'aquila libera di volare dove gli pare, proprio come quella che ha tatuato sulla schiena.»

Dubito che lei possa aver visto quel tatuaggio mentre gli portava da bere al tavolo, ho avuto la mia risposta, ma inaspettatamente questo lo rende ancora più attraente ai miei occhi.

Libertà a qualsiasi costo, trasgressione, emozioni forti, una parte di me, quella che mi ha spinta a fuggire dal solido e ordinario rapporto con Logan, fa passare in secondo piano la gelosia e fa nascere l'invidia per Ethan e il suo stile di vita libertino. Scaccio subito questo pensiero e chiudo l'argomento con le ragazze. Non ho più voglia di sentir parlare di quanto sia bello e bravo a letto il dio pagano, l'intento è sempre quello di schiodarlo dalla mia testa.

Mi lascio assorbire dal lavoro e per un po' tutto fila liscio, degli Street Eagles non c'è traccia e io scollego il cervello mentre sgambetto da un tavolo all'altro. Jacob Fletcher, il promettente giocatore di baseball del liceo per cui avevo una cotta, è seduto al dodici con un paio di amici. Mi ha riconosciuta, mi ha fatto qualche complimento galante e poi mi ha fatto vedere la foto di sua figlia e di sua moglie. Niente più mazza e palline di cuoio per lui, ora costruisce tetti in legno e sua moglie è di nuovo in dolce attesa.

Le mie colleghe hanno ragione: Roseville sforna soltanto famigliole felici e mariti devoti, qui non c'è spazio per chi desidera qualcosa di più.

«June, me ne porti un'altra?» Jacob mi fa vedere la sua bottiglia di Budwiser vuota.

Lo osservo, mentre continuo a camminare verso la spillatrice. È ingrassato, ha un aspetto scialbo e trasandato, ma sembra felice. «Va bene, arrivo subito.»

Faccio appena in tempo a voltarmi che vado a sbattere contro qualcuno. Ethan Cruel mi afferra al volo, prima che cada a terra per l'urto. Odora di tabacco e ha i capelli tutti scompigliati, come se fosse arrivato fin qui senza casco e, in mezzo a quel groviglio color grano, spiccano i suoi occhi penetranti. Non li ricordavo così chiari e belli. Il cuore mi salta in gola, posso anche comandare i miei pensieri, ma con le emozioni non è così facile. Ci metto sempre un po' più del dovuto a connettere quando mi sta vicino.

Tiene le mani incollate al mio corpo, anche se ormai posso stare in piedi da sola, inspira, probabilmente annusa il mio profumo. «Sapevo che prima o poi mi saresti caduta tra le braccia, ma non pensavo sarebbe successo tanto presto.»

Lo scanso con uno spintone e il suo amico rasato se la ride alle sue spalle. «Sei tu che stai sempre in mezzo», non solo fisicamente, ma anche nella mia testa. «Levati di torno!»

La promessa fatta a papà è durata meno di un giorno. Per fortuna è chiuso nel suo ufficio e non può vedermi, mi darebbe dell'irresponsabile. Mi allontano, se non voglio peggiorare la situazione è meglio prendere le distanze. Ethan e l'altro ragazzo si sistemano in un angolo, li osservo mentre si accomodano e parlottano tra loro. Credo siano più o meno coetanei, i tizi che stavano con loro ieri erano tutti intorno alla cinquantina; loro due, oltre che membri dello stesso club, probabilmente sono anche amici. Ethan è molto a suo agio con lui, ha un'espressione diversa in volto, più sciolta, meno impostata.

Torno al lavoro e faccio di tutto per non guardare nella loro direzione, ma dopo qualche minuto mi rendo conto che Pegaso e Rebecca sono troppo prese per andare da loro, servirli tocca a me e il tremolio che sento nelle gambe suggerisce che la cosa non mi dispiaccia poi tanto.

Faccio un respiro profondo, mi aggiusto i capelli e raggiungo il duo. «Cosa vi porto?»

Non lo guardo in faccia, ma Ethan non perde occasione di provocarmi. «Niente vestitino bianco stasera, Princess?»

Si ricorda com'ero vestita, ma questo non significa niente. «No, meglio il nero, si addice di più al mio umore.» Jeans scuri e canotta nera, le uniche cose decenti che ho trovato nel mio vecchio armadio.

Mi abbaglia con un sorriso splendente, si accarezza il pizzetto e per un secondo mi dimentico perché devo stargli lontano. È davvero bello, una di quelle bellezze che incontri poche volte nella vita, e i racconti delle mie colleghe martellano la mia psiche indifesa, mi stordiscono.

Più mi rendo conto di non essere del tutto immune al suo fascino oscuro, più mi innervosisco, non voglio diventare l'ennesima tacca sulla sua cintura. «Cosa volete da bere?»

Sono certa che Ethan stia per rifilarmi un'altra battutina allusiva, ma il suo amico lo zittisce. «Due bionde medie, grazie.»

Anche lui è carino, tutt'altro tipo, barba lunga e scura, capelli cortissimi, sguardo timido. Sorrido solo a lui e me ne vado, con gli occhi di Ethan puntati sulla schiena.

Per tutta la sera non mi fermo un secondo, riempio bicchieri, spillo birre, scrivo ordini sul taccuino, il tutto accompagnato dallo sguardo onnipresente di Ethan, che mi segue imperterrito e porta la mia pazienza al limite, o meglio è l'effetto che quello sguardo ha su di me a suonare così stonato da farmi saltare i nervi. Vorrei dirgli di piantarla, di smetterla di tenermi d'occhio, ma sono certa che non farei altro che fare il suo gioco, perciò mi limito a ignorarlo e mi riprometto che d'ora in poi è così che farò.

71

L'intenzione di far finta che lui non esista, e di concentrarmi sulle mie indagini, si rivela più ardua del previsto: lui e il suo amico, che scopro si chiama Owen, passano anche la sera dopo e quella dopo ancora. I giorni si susseguono come fotocopie. La mattina papà mi mette in guardia su Ethan e i suoi, ma non spiccica parola quando gli chiedo il perché di tanta preoccupazione. Al Draxter, Pegaso e Rebecca continuano a parlare di lui e della sua nomea di seduttore seriale e la sera il protagonista dei loro racconti a luci rosse mi studia, ammicca e cerca di mettermi in difficoltà con ogni mezzo e io faccio di tutto per tenere a freno la lingua e non guardarlo più del dovuto.

Dopo tre interminabili giorni di pressioni psicologiche e turbe mentali, il mio subconscio decide che non è abbastanza farmi pensare a Ethan ogni minuto, dover avere a che fare con lui ogni sera, lo fa materializzare anche nei miei sogni.

Nel sogno siamo nella sala del Draxter, non ci sono clienti, siamo soli. Io gli preparo un Bloody Mary, il cocktail che prendo sempre quando esco con le altre segretarie dell'ufficio dopo il lavoro, e lui è seduto su uno sgabello che studia i miei movimenti, con quell'espressione accattivante che lo contraddistingue. Quando l'intruglio rossastro è pronto, mi volto e mi ritrovo Ethan davanti, torreggia su di me. Ignora il cocktail che gli porgo, le sue mani tatuate lo fanno cadere a terra e afferrano me, invece, assetate della mia pelle. La sua bocca polposa si schiaccia contro la mia e mi bacia, mi toglie il fiato e io penso: finalmente, finalmente è successo. Quasi mi spiace svegliarmi.

Queste immagini vivide mi restano appiccicate addosso, tanto che stasera fatico a guardare Ethan senza ripensare al mio sogno, senza chiedermi se le sue labbra abbiano davvero lo stesso sapore che ho sentito.

Devo assolutamente scoprire quale nesso collega papà agli Street Eagles al più presto, così da poter tornare a Los Angeles, prima di impazzire del tutto.

Sono le dieci passate e non c'è molta gente stasera, dei mercatini dell'artigianato ci hanno portato via il grosso della clientela. Ci sono solo pochi avventori e gli onnipresenti Ethan e Owen, che bevono whisky in un tavolo appartato. Da quando hanno deciso di fare tappa fissa qui, si è creata una situazione ambigua e asfissiante: Ethan non mi perde di vista, probabilmente per conto di suo zio, papà fa lo stesso con me. Io, che sono l'unica che ancora non sa che succede, sono quella sotto i riflettori, l'elemento da spiare.

Scott è dietro al bancone, che beve qualcosa di giallo, credo una Lemon-Soda, e chiacchiera con un cliente. Il tizio torna al suo tavolo e io vado da papà. Gli rubo il bicchiere e bevo un sorso.

«Te la ricordi quella volta che abbiamo dato una festa in maschera? Il Draxter non aveva mai visto tanta gente tutta insieme.» Ride, un sorriso malinconico che va a ricordi lontani e felici.

Solo che per me ogni cosa riporta a un papà perennemente ubriaco che, quando non riusciva ad ammazzare i suoi demoni nemmeno con la bottiglia, si sfogava su di me. Anche io ricordo quella sera e il livido bluastro che avevo sotto l'occhio destro. È stata una gran bella festa di carnevale, il lato positivo è che il mio costume da ragazza zombie non aveva avuto bisogno di trucco, ai lividi in faccia ci aveva già pensato Scott.

Qualcosa nella mia espressione smorza l'entusiasmo di papà e gli fa capire che abbiamo due ricordi ben diversi di quella sera.

Si rabbuia, le sue spalle si incurvano, i suoi errori pesano tanto su di me quanto su di lui. «Mi dispiace per tutto quello che ti ho fatto.»

«Lo so, Scott, non serve che continui a ripeterlo.» È un copione trito e ritrito.

Ma papà ha bisogno di continuare. Mi prende le mani, le stringe nelle sue. Mi irrigidisco, non è più il mostro di una volta, il suo pentimento è sincero, ma avere le sue mani addosso mi fa venire la tachicardia.

Resisto, non voglio ferire i suoi sentimenti.

«Spero che un giorno sarai fiera di me.»

Lo sono già, papà. Queste parole mi salgono dal cuore, ma si fermano in gola, non riescono a uscire.

Ha gli occhi lucidi e io il cuore spezzato. «Ma adesso basta con questi discorsi seri, vado a parlare con Paul, deve venire a sistemare le grondaie di casa.»

Con una scusa banale, Scott si allontana e io resto a guardarlo. Ama questo posto e sono sicura che l'intenzione di venderlo non abbia niente a che fare con la sua redenzione e io voglio aiutarlo, voglio fare per lui quello che non sono riuscita a fare da ragazzina: salvarlo.

Distolgo lo sguardo, mi volto e mi accorgo che Ethan mi sta fissando. Owen gli parla, ma la sua attenzione e totalmente puntata su di me. È serio, mortalmente serio, non gli è più sufficiente strapparmi i vestiti con lo sguardo, vuole andare più a fondo, scoprire cosa c'è sotto la mia pelle, scavare fino nella mia anima. Questo è anche peggio.

Smetto di guardare anche lui, mi volto nella direzione opposta e carico la lavastoviglie. Con la testa in subbuglio mi estranio da tutto e tutti, mi rifugio nel magazzino e sistemo gli scaffali con una precisione maniacale. Quando ritorno nel salone, Scott se n'è già andato e sono rimasti soltanto una manciata di clienti. Ethan e Owen devono essere andati via e io mi sento come smarrita. Battibeccare con l'oggetto dei miei sogni proibiti è diventata un'abitudine, ma questa sera lui è arrivato tardi e io mi sono chiusa in quel maledetto

74

magazzino, perciò non abbiamo avuto modo dare libero sfogo ai nostri botta e risposta.

Se n'è andato senza salutare, un po' ci rimango male.

«Ah, sai che mi frega», dico tra me e me. Vesto i panni della dura menefreghista che non può essere scalfita da niente e nessuno e mi sento subito meglio. Esco a fumare una sigaretta, prima di iniziare a dare una ripulita. Ethan è qui fuori, insieme al suo amico e a Rebecca, e quando posa gli occhi su di me il mio cuore fa una capriola. Confabulano tra loro, avvolti in una nuvola di fumo passivo. Quando mi vedono, i loro discorsi si interrompono.

Rebecca butta la cicca nel posacenere e mi raggiunge. «Tesoro, perché non vai a casa, sembri stanca. Chiudiamo io e Pegaso.»

Non so che darei per infilarmi sotto le coperte e chiudere questa pessima giornata, ma finché quei due motociclisti resteranno qui, io non mi schiodo, non mi fido di loro. «Ce la faccio, tanto tra poco chiudiamo.»

«Ok, io vado a pulire la cucina.» Si volta verso Ethan e Owen prima di entrare. «Buona notte, ragazzi, ci vediamo domani.»

Loro ricambiano il saluto, spengono il mozzicone che tengono tra le dita e si preparano ad andare via in sella ai loro bolidi su due ruote. Ethan si avvicina, se ne sta a debita distanza di sicurezza, ma a me basta il suo sguardo addosso per agitarmi.

«La biondina ha ragione, dovresti andare a dormire, sembri k.o.» E lui sembra sincero, per niente derisorio.

Tutti che mi dicono che devo fare, inclino la testa e lo sfido con lo sguardo. «Ho già un padre e mi basta e avanza.»

Cala un silenzio ingombrante, l'unica cosa che fa rumore sono i suoi occhi, parlano ma non capisco cosa stanno dicendo. Perché non controbatte? Lo fa sempre, si inventa di tutto pur di avere l'ultima parola, ho esagerato?

Sospiro e sorrido, scopro che sorridere a lui mi risulta davvero facile, che mi fa sentire meglio. «Se voi, da bravi clienti, vi levate dalle palle, anche noi possiamo andare a dormire, tutte quante.»

«Ricevuto. Sogni d'oro, June.» Mi fa l'occhiolino, sale sulla sua moto e sgomma via dal parcheggio senza indossare il casco.

Qualcosa mi dice che lo sognerò anche stanotte e che farò proprio dei sogni d'oro.

***

«Il tuo ragazzo non chiama oggi?» Scott mi sta osservando seduto sulla sua poltrona, con un giornale tra le mani.

Dal divano, giro la testa verso di lui e blocco lo schermo del mio cellulare, che stavo usando per rispondere a una mail dell'ufficio.

«E tu che ne sai che ho il ragazzo?» Non gli ho mai parlato apertamente di Logan.

Si sfila gli occhiali da vista, li deposita sul quotidiano poggiato sulle sue gambe. «Bambina, ti sento quando sei al telefono con lui. Si chiama Logan, se non sbaglio.»

Spalanco gli occhi. «Origli le mie telefonate?»

Faccio mente locale, per ricordare se ho detto al mio fidanzato qualcosa di compromettente sugli Street Eagles e le mie supposizioni. Non lo so, non me lo ricordo, Logan mi ha chiamata tante di quelle volte in questi giorni che non ricordo di cosa abbiamo parlato ogni singola volta.

Scrolla le spalle, mi guarda ovvio. «Urli come se fossi al mercato, non sono io che ascolto di proposito.

76

Comunque non è una cosa da tenere nascosta, vi sentite spesso, quindi dev'essere una storia seria e io sono contento per te.»

Tanto seria che l'anello di fidanzamento l'ho lasciato a casa.

Qualsiasi cosa abbia sentito, è più interessato alla natura del mio rapporto che ad altro. «Logan è...» non trovo una definizione appropriata, «un bravo ragazzo.»

«Spero che prima o poi me lo presenterai.»

Tutti e due sono impazienti di conoscersi, ma io non sono così certa si piaceranno, un abisso di differenze culturali li divide.

Deposita occhiali e giornale sul tavolino al centro del salotto e viene da me. «Io devo andare a Folsom per delle commissioni, non credo riuscirò a passare al Draxter stasera.»

«Va bene.» Ho l'intero pomeriggio tutto per me, mi metto comoda e afferro il telecomando, potrei vedermi un film.

«Se c'è qualche problema chiamami.» Dal modo in cui mi guarda è chiaro che si riferisca a un paio di clienti in particolare, più precisamente a Ethan.

«Sta' tranquillo, non ce ne sarà bisogno.» Finora non posso imputare nessun crimine a Ethan, né lui né il suo amico mi hanno mai dato grattacapi.

Eppure papà non è sereno, non se ne va finché non gli prometto che terrò il cellulare sempre con me. L'ha visto difendermi, tutte le sere lo vede starsene in disparte senza mai osare, sa che non mi farebbe niente, quindi che cosa teme?

Rimango sola e, invece che godermi un bel film, comincio a rimuginare. Mi faccio un caffè, fumo una sigaretta, faccio una lavatrice e poi, mentre sto togliendo dal cestello la maggior parte dei vestiti che mi sono portata da Los Angeles, mi balena in testa una malsana idea.

Ethan è il vicepresidente degli Street Eagles, di certo saprà cosa si sono detti suo zio e Scott. Se nessuno è disposto a rivelarmi i particolari, dovrò giocare sporco. In caso contrario non concluderò nulla, sarò costretta a cedere le mie quote a papà per far sì che venda e io, non solo perderò l'unico cimelio di famiglia che mi resta, ma vivrò col dubbio che dietro questa manovra economica ci sia qualcosa di molto meno nobile della sua volontà di riscatto.

Guardo l'orologio, l'una e dieci, mi restano poche ore per mettere in atto il mio piano.

Alle sei in punto mi do un'ultima occhiata allo specchio e mi sento come una giovane e astuta Sherlock Holmes. La maglietta color carne fa intravedere appena l'ombelico ed è piuttosto scollata, la minigonna di jeans mi fascia il fondoschiena ed è abbastanza corta da attirare l'attenzione, un filo di kajal e abbondante mascara per allungare la linea degli occhi, il mio Russian Red sulle labbra e, ciliegina sulla torta, i capelli arricciati col ferro che cadono morbidi sulle mie spalle.

Sono pronta per sedurre la preda e farla soccombere. Ethan Cruel, stasera sei mio.

Quando varco la soglia del Draxter, Rebecca e Pegaso strabuzzano gli occhi.

«Porca puttana, Princess, vuoi far venire un infarto ai nostri clienti?» Il gruppo di boscaioli che stava bevendo una birra al bancone si volta nella mia direzione e sbava.

«Sei una figa stratosferica, tesoro!» Rebecca batte le mani come una foca.

Liscio le pieghe della mia maglietta e mi mordo un labbro. «Ho rispolverato qualche vecchio vestito.»

Forse ho osato un po' troppo, ma se Ethan mi guarderà con anche solo un briciolo di libido che mostrano i ragazzi seduti qui, avrò la possibilità di portare a casa le risposte che cerco.

Non so come ho fatto a non pensarci prima, impegnata com'ero a tenerlo fuori dalla mia testa, non ho mai pensato di usare il suo interesse a mio vantaggio. È innegabile che non gli sia indifferente, forse la sola cosa che vuole è togliersi lo sfizio di farsi la nuova arrivata, ma questo non è importante. Non ho intenzione di andare fino in fondo, farò la carina, mi fingerò disponibile in cambio di qualche informazione sull'accoppiata Danny-Scott e poi, quando lui, circuito dalle mie moine, vuoterà il sacco, mi tirerò indietro e lo manderò in bianco.

Le ragazze sono state chiare: Ethan non è il tipo che si lega, la delusione gli passerà presto e qualcun'altra prenderà il mio posto ben volentieri. Non mi farebbe mai del male, almeno di questo sono sicura. È un piano perfetto.

Quello che non avevo minimamente preso in considerazione, quando ho messo in atto le mie subdole idee, era che avrei dovuto lavorare in questo condizioni per qualche ora, prima dell'arrivo della mia preda. Ammesso e concesso che Ethan arrivi, sono già le dieci e mezza passate e di lui non c'è traccia.

Ho fatto il pieno di apprezzamenti di dubbio gusto, di tentativi d'abbordaggio e mani morte che spuntavano dovunque, uno strazio. Inviperita, dopo aver schivato l'ennesimo palpeggiamento, mi volto speranzosa verso la porta, quando intravedo tre uomini con i giubbetti di pelle. Guardo i loro volti di sfuggita, perdo interesse non appena mi accorgo che non portano nessuno stemma sulla giacca. Chiedo a Rebecca di servirli al posto mio, non reggerei altri atteggiamenti molesti.

Le undici,
le undici e mezza,

79

mezzanotte,

non c'è niente da fare, Ethan non si vede. Perché non è venuto e perché sono così dispiaciuta? «Era per lui che ti sei vestita così?» Rebecca vede la mia espressione intristita e mi mette una mano sulla spalla, per confortarmi.

L'unico motivo per cui sono delusa è che mi sono conciata così per il niente, la mia brillante iniziativa è stata un fiasco, è questo che brucia, solo questo. Almeno credo, non è possibile che lui e le sue pessime battute mi siano mancati.

Scuoto la testa, recupero il sorriso. «Ma no, che dici? Se quei due non vengono è anche meglio, forse riusciamo a chiudere prima.»

Rebecca non insiste, ma mi guarda con una compassione lampante e torna al lavoro. Lei che mi compatisce, come mi sono ridotta? Forse questo è un segno del destino, la mia trovata era comunque un azzardo. Non mi arrenderò, mi inventerò qualcos'altro per scoprire la verità.

Intorno a mezzanotte Scott chiama, lo rassicuro, qui è tutto a posto, può aspettarmi a casa. Poco prima dell'una caccio anche Rebecca e Pegaso e chiudo da sola in fretta e furia, ho solo voglia di togliermi di dosso il mio travestimento e farmi una bella dormita. Pulito il pavimento e messo in tasca l'incasso della serata, abbasso la saracinesca e mi avvio stancamente verso la mia auto.

Il parcheggio è avvolto nella semi oscurità, un paio di lampioni sono bruciati, se non fosse per quelli posti ai lati della strada adiacente, sarei completamente al buio. Attenta a dove metto i piedi, cammino a testa bassa e mi arresto all'istante, quando sento dei brusii. Alla mia destra, lontano un centinaio di metri da me, c'è qualcuno. Assottiglio le palpebre e mi pare di riconoscere i tre bikers senza stemma d'appartenenza

80

che si sono scolati uno scotch dietro l'altro e hanno lasciato una lauta mancia a Rebecca; poggiati alle loro motociclette, fumano una sigaretta e si ammutoliscono quando mi vedono. Cosa ci fanno ancora qui? Il Draxter è chiuso almeno da venti minuti e il parcheggio è deserto. Perché puntano lo sguardo nella mia direzione? Penso subito ai miei vestiti succinti, provo a ricordare se, dentro al bar, mi hanno fatto qualche battuta, oppure se mi hanno guardato più del dovuto, ma non rammento niente di significativo. Forse aspettano qualcuno, forse stanno solo fumando prima di tornare a casa, in ogni caso accelero il passo e frugo nella borsa alla ricerca delle chiavi, senza mai guardare indietro.

Sono sola, è tardi, la situazione che si è creata non è delle migliori, ma ormai ho quasi raggiunto la mia Honda. Penso di essere fuori pericolo, ma poi sento qualcuno afferrarmi per le spalle e trattenermi, comprendo che il panico che sentivo era più che giustificato. Prima che possa tentare di fuggire, o anche solo cercare aiuto, una mano mi tappa la bocca e due tizi si posizionano davanti a me, mentre il terzo mi tiene ferma e imprigionata contro il suo busto.

Adesso questi tre mi strappano di dosso i vestiti e poi mi fanno fuori. In preda all'angoscia mi ribello, scalcio e mi dimeno con tutta la forza che ho. A che cosa pensavo quando ho deciso di vestirmi così in un bar pieno di uomini sbronzi?

«Sta' buona!» mi intima quello alle mie spalle, aumentando la stretta.

Più lui stringe, più cerco una via di scampo inesistente. Uno dei due tipi che ho davanti, stanco della mia opposizione, mi sferra un pugno dritto nello stomaco. Mi piego su me stessa, senza più fiato, se l'aguzzino dietro di me non mi tenesse, crollerei a terra per il colpo ricevuto.

Non c'è più bisogno che mi tappino la bocca, non riuscirei a emettere alcun suono neanche volendo. La testa mi ciondola, quello che mi ha colpita mi afferra il mento, lo stritola in una morsa con le sue grosse dita e mi obbliga a guardarlo in faccia. C'è troppo buio, non riesco a scorgere i suoi lineamenti distintamente, tutto ciò che vedo sono due occhi neri come la pece e un'espressione ferina e arcigna.

Una spallina della maglietta mi cade, ma lui non ci bada. Forse non è prendermi con la forza quello che vogliono.

«Stammi a sentire, bellezza. Tuo padre deve molti soldi a Danny e noi non abbiamo intenzione di aspettare i tuoi comodi. O vendi, oppure la prossima volta che veniamo a trovarti, ammazziamo te e quel cane di tuo padre senza pensarci due volte.»

Ora il dolore allo stomaco sembra un'inezia. Papà mi ha mentito, si è indebitato con quel criminale e questa scoperta fa più male di un pugno ben assestato.

Mi salgono le lacrime agli occhi, quando l'uomo alle mie spalle mi lascia andare, penso che sia finita, ma questi malavitosi non sono ancora soddisfatti. Quello che finora se n'è stato in disparte, mi tira un ceffone tanto forte da farmi sbattere la testa a terra e poi mi dà il colpo di grazia, mi sferra un calcio sull'addome che mi mette definitivamente a tappeto. Il secondo calcio non lo vedo, ma lo sento arrivare e colpire forte i reni. Istintivamente mi accartoccio su me stessa e mi copro la testa. Mi chiudo a riccio, rimango nella stessa posizione finché la loro furia non si placa e il mio corpo è ridotto a brandelli.

Rantolo e annaspo alla ricerca d'ossigeno, non riesco a muovermi e ho quasi paura di aprire gli occhi e scoprire che la tortura non è ancora finita. Le orecchie mi fischiano, con un rumore ovattato sento il rombo delle loro moto ruggire nel silenzio e allontanarsi, mentre io arranco sull'asfalto, moribonda e sanguinante.

Papà mi aveva messo in guardia, Logan mi aveva offerto il suo aiuto e Ethan mi aveva detto quanto suo zio potesse essere pericoloso. Non ho ascoltato nessuno di loro, ho fatto di testa mia, e ora nessuno può più salvarmi.

4
Ethan

Let this promise in me start, like an anthem in
my heart.

Danny ha ordinato a me e Owen di trasportare il pacco con le entrate della settimana fino a Sacramento; Silver, uno dei nostri fornitori, ha minacciato di non sganciare più nemmeno un granello di polvere se prima non viene pagato, così ci siamo appoggiati al Cheap Trhills. Il drop-bar che usiamo quando dobbiamo fare scambi in questa zona ha da poco cambiato gestione, per questo mio zio non ha mandato uno dei novellini a cui di solito vengono affidati questi compiti. Voleva che io e Owen controllassimo l'ambiente di persona e gli riferissimo anche il più piccolo particolare.

'*Non possiamo più permetterci di commettere errori*', mi ha detto, prima di darmi in mano uno zaino pieno di grana e di spedirmi qui. Dice che sono il suo braccio destro, che mi ha mandato per questo, ma ho il sospetto che in realtà volesse farmela pagare per come mi sono comportato al Draxter qualche sera fa. Ormai è chiaro a tutti che a portarmi a quel locale ogni sera non sia la buona birra irlandese di Scott, ma ben altro.

«A che ora passano i galoppini di Silver, a ritirare i soldi?» Owen butta a terra ciò che rimane di una canna e la schiaccia con la punta dei suoi anfibi in cuoio, quelli che gli ho regalato un mese fa, per il suo venticinquesimo compleanno.

«Domani, alle dieci. La barista con le tette enormi dice che c'è lei di turno. Speriamo che quei pervertiti afroamericani non le scassino troppo le palle, altrimenti quella scatena un putiferio.» Dal parcheggio, lancio uno sguardo alla cameriera che ci ha versato da bere per tutta sera.

Le bocce le esplodono fuori dalla canottiera rosa, ha giurato che sono vere, mi ha offerto di vederle dal vivo e di provarle, ma ho rifiutato. Non sono dell'umore giusto.

Owen mi tira una spallata, per poco non mi fa cadere dalle dita la sigaretta. «La barista tettona ci ha provato, perché le hai dato picche? Avresti potuto farla contenta, forse così avrebbe avuto un occhio di riguardo per il nostro pacco.» Guarda la mia espressione contrariata e si colpisce la fronte come se avesse avuto un'illuminazione. «Ma certo, questa non è la *tua* barista. Quella che hai adocchiato adesso starà sculettando davanti a qualche altro imbecille!»

La mia barista.

Lui se la ride, ma io per niente. È la prima sera che non vado al Draxter, da quando c'è June. Il suo bel faccino e il suo di dietro mi sono mancati, ma non ho avuto molta scelta. Il furto subito, la mezza discussione con mio zio, sono tutti tesi come elastici, la possibilità di una spaccatura interna è dietro l'angolo. Dovevo fare il mio dovere.

Guardo di sfuggita l'orologio, mezzanotte meno dieci, è tardi, ma forse non troppo. «Se ti piacciono le latterie, puoi accontentarla tu, ti lascio campo libero. Io me ne torno a casa.»

Owen sale in sella alla sua Road King appena riverniciata di blu elettrico. «Mi piacerebbe sapere che ci trovano tutte 'ste cameriere in una testa di cazzo come te!»

Anche io monto sulla mia 883 e faccio girare un po' il motore prima di partire. «Che ci vuoi fare, hanno buongusto.»

Con una sola sterzata, mi immetto sulla statale, alle mie spalle lascio una nuvola di polvere, che Owen è costretto a mangiarsi pur di starmi dietro. La strada è deserta, se mi sbrigo posso ancora fare un salto al Draxter. Per stasera il mio lavoro l'ho fatto, un po' di distrazione mi è concessa, anche se quella ragazza dalla bocca appetitosa e dalla lingua biforcuta sta diventando più un tormento che uno svago.

Ci mancava pure di scoprire che, quando era più giovane, suo padre la picchiava. Ieri, quando quell'ubriacone squattrinato di Scott le ha preso le mani, lei si irrigidita, è scesa un'ombra sul suo viso; una reazione strana, esasperata, che ha acceso la mia curiosità. Mi sono chiesto perché, la sera in cui ci siamo incontrati, ha difeso suo padre con foga, se poi lo odia tanto da non riuscire a sopportare nemmeno un semplice contatto.

Ho indagato un po' con Rebecca e la biondina mi ha raccontato la loro storia. Una merda, quell'uomo è un vero pezzo di merda, mi chiedo perché June gli parli ancora. La parte più sadica di me spera che sia stato proprio Scott a fregarci, mi piacerebbe riempirlo di botte e lasciarlo mezzo morto in quel suo schifoso bar. Così saprebbe come ci si sente a prenderle da qualcuno più grosso di te, senza potersi difendere.

Pensare al racconto di Rebecca mi manda in bestia, sbrano l'asfalto, vado così veloce che raggiungiamo Roseville nel giro di un'ora. Qualche metro dopo essere entrato in città, rallento e mi chiedo se sia il caso di passare al Draxter; probabilmente avrà già chiuso, ma la voglia di vedere Princess mi ha pressato per tutta la sera, passare a dare un'occhiata non mi costa niente.

Svolto a sinistra, imbocco la via che porta al pub e faccio cenno a Owen di seguirmi. Supero i limiti del centro abitato, me ne frego degli autovelox, forse sono

ancora in tempo per bere una cosa e salutare June.
Quando ho quasi raggiunto la meta, mi accorgo di aver
perso il mio migliore amico; immagino non abbia capito
le mie intenzioni e abbia tirato dritto.

Non me ne preoccupo, la mia è solo una
deviazione veloce, se mi spiccio posso ancora
recuperarlo e arrivare al club prima di lui, percorrendo
una strada alternativa. A una ventina di metri dal
Draxter, vedo che l'insegna luminosa è spenta e il
parcheggio è deserto, c'è una sola auto e qualcuno che
barcolla al centro del piazzale. La figura avvolta
dall'oscurità cammina con passi incerti e malfermi,
come se non si reggesse in piedi. È June, riconoscerei
quel corpo da bambolina anche a mille miglia di
distanza. Perché diavolo va a zig-zag, è ubriaca?

Accosto e smonto di tutta fretta. Cos'è quella
minigonna striminzita? Non oso immaginare i commenti
e gli sguardi dei suoi clienti, quei maiali se la saranno
scopata con gli occhi.

Mi avvicino e ricaccio in gola quest'insensata
gelosia. Lei ha appena raggiunto quella che presumo sia
la sua auto, ci si è appoggiata contro e, non appena mi
vede, sussulta. «Ethan!»

Ha la voce rotta, si copre il viso con le mani e,
una volta che sono davanti a lei, mi cade tra le braccia.
Confuso, l'afferro al volo, la sostengo e mi chiedo
quanto possa aver bevuto o che cosa le sia successo.

Lì per lì rimango basito, non so che fare, non
sono abituato a smancerie e paroline dolci, ma prima che
possa pensare a qualcosa di sensato da fare o dire, mi
rendo conto che le mie braccia si sono mosse da sole e la
circondano. Le sue dita esili si aggrappano alla mia
camicia e lei inizia a singhiozzare rumorosamente e
allora mi lascio guidare dall'istinto, la stringo al petto, le
accarezzo i capelli e provo a farla calmare.

«Shhh, sta' tranquilla, va tutto bene.» La sento piangere e tremare e mi fa male il cuore.

Aspetto qualche secondo, la cullo, non smetto di sfiorarle la testa, la schiena e lei si fa piccola nel mio abbraccio. Insinuo il naso tra i suoi capelli, la respiro e il desiderio di non smettere di stringerla si fa più schiacciante. Le infilo le mani dietro le orecchie, la scosto da me quel tanto che basta da poterla guardare negli occhi e capire perché stia così.

«Che succede, Princess?» Le sposto i capelli dal volto, non vedo quasi nulla, c'è troppo buio.

E poi il lampione sopra di noi sfarfalla e lampi di luce intermittente le illuminano la faccia. Sbarro gli occhi e smetto di respirare.

Ora siamo in due a barcollare.

«Porca puttana...» Continuo a sbattere le palpebre, incapace di accettare ciò che vedo.

June ha un taglio sul sopracciglio, un labbro spaccato e dei segni rossi su tutto il viso. Respira a fatica, è scossa dai tremiti e tiene una mano sul costato, come se fosse dolorante. Qualcuno l'ha malmenata, in un istante, mi monta dentro una rabbia bruciante e mi si annebbia la vista.

«Chi è stato, chi ti ha picchiata? È stato tuo padre?» Se quel figlio di puttana le ha messo ancora le mani addosso io lo ammazzo, giuro su Dio che gli sparo.

Le mie parole la colpiscono, si ritrae, mi fissa disperata con gli occhi stravolti e ricoperti di trucco sciolto.

Prova ad allontanarsi, l'afferro con delicatezza anche se vorrei spaccare tutto quello che mi circonda.

«June, è stato Scott?»

Dimmi di sì, dammi la scusa giusta per ridurlo a brandelli, per far sì che ti lasci in pace per sempre. Lasciati salvare.

«No!» Si libera delle mie mani con uno strattone e una smorfia di dolore le compare sul volto, dopo il movimento scattante.

Si passa un braccio intorno al busto e si appoggia alla fiancata della sua automobile. Mi piazzo di fronte a lei, le scende una lacrima, scivola sulla sua guancia sporca di mascara e io stringo i pugni per contenere la voglia di asciugarla. È per lui che piange?

Ansima, passa qualche secondo prima che mi guardi negli occhi. «Mio padre non c'entra niente, ma tu dovresti saperlo bene. Siete stati tu e i tuoi amici a conciarmi così.»

I miei muscoli si tendono, diventano pietra. Che sta dicendo?

«Tre uomini mi hanno aspettata qui fuori, hanno minacciato di uccidere me e Scott se non venderò a tuo zio il Draxter.»

Indietreggio di un paio di passi, come se qualcuno mi avesse sparato addosso a distanza ravvicinata. Lei sa la verità, sa che io e il mio club siamo qualcosa di più di semplici motociclisti, e chiunque le abbia rivelato il segreto che condividevamo con suo padre ha pensato di pestarla per accelerare le cose.

Danny ha detto che saremmo rimasti fermi e in attesa, non può essere opera nostra né sua, non si sarebbe mai spinto tanto in là. «È impossibile, noi non faremmo mai una cosa del genere, non tocchiamo le donne.»

June mi inchioda con uno sguardo carico di disprezzo, solleva le mani in alto. «Hai ragione, tuo zio è un santo, sono io la bugiarda, ho fatto tutto da sola, mi sono maciullata la faccia da sola!»

Si sposta dalla sua auto, mi dà le spalle, ma le tocca tenersi aggrappata al cofano per non cadere.

Perché vuole a tutti i costi incolpare Danny? Se lei lo conoscesse come lo conosco io, non avrebbe dubbi sulla sua innocenza.

È lui che mi ha cresciuto, lui che mi ha insegnato a difendermi dai bulli, quando ero solo un undicenne di cinquanta chili che i ragazzi più grandi prendevano di mira, lui che mi ha mostrato come conquistare una ragazza quando mi sono preso la prima cotta, al liceo. Danny ha ripagato i debiti che mamma aveva fatto per le cure di papà, le ha trovato un lavoro, le ha fatto da garante per il mutuo sulla casa, l'ha consolata quando è rimasta sola. Lui è sempre rimasto al nostro fianco, ci ha restituito il senso di famiglia che avevamo perso.

Quando serve, è un cinico affarista, un criminale senza remore, ma non è il tipo di persona che crede June. Era arrabbiato con lei, indispettito dalla sua intromissione in questa storia, ma poi gli è passata. Io lo conosco, so chi si nasconde dietro il criminale senz'anima, non avrebbe mai osato far del male a una ragazza indifesa. Qualsiasi messaggio avrebbe voluto farle arrivare, lo avrebbe fatto di persona, con altri modi.

Ma se non lui, chi?

Raggiungo June, non la tocco, ma le sono così vicino che posso sentire il suo profumo. «Ti assicuro che nessuno del mio club ha a che fare con quello che ti hanno fatto, ma scoprirò chi...»

Lei si volta bruscamente, sostiene il mio sguardo con l'ultimo briciolo di forza che le rimane. «Ne sei sicuro, metteresti la mano sul fuoco anche per Danny, per i tuoi amici?»

Vedo il suo viso trafelato, gli occhi ancora intrisi di paura e mi chiedo se quello che sta sbagliando sono io. Tentenno, mi sento in colpa, non solo per quello che le è successo, ma anche perché mi trovo a dubitare dei miei fratelli, di mio zio, del sangue del mio sangue.

Ostento sicurezza, anche se le mie certezze si stanno sgretolando. «Sì, soprattutto per mio zio.»

Un sorriso stanco le incurva le labbra. «Non le sai dire le bugie, Ethan Cruel.»

Ho mentito davvero? A chi, a lei, a me stesso, o a entrambi?

Impalato come uno spaventapasseri, resto a guardarla mentre lei mi sorpassa e apre la portiera dalla parte del guidatore.

Non posso lasciarla andare, non voglio lasciarla sola. Stasera l'ho fatto e qualcuno l'ha riempita di botte. La blocco, le impedisco di sedersi.

E lei, anche se malconcia e al limite delle forze, tira fuori gli artigli. «Togliti!» Prova a spingermi via, non mi schiodo.

Tengo stretta la portiera, neanche morto la lascio scappare. «Ti prometto che scoprirò chi è stato e non gliela farò passare liscia.»

Reprimo la rabbia cieca che mi attraversa le vene, la metto da parte per il responsabile di questo crimine, chiunque sia, e tendo una mano verso June. «Voglio aiutarti, ti porto a casa.»

«Scordatelo.» Oppone resistenza, non posso biasimarla, in qualche modo la colpa delle sue condizioni è anche mia.

Ma non mi arrendo. «June, non sei in grado di guidare. Ti accompagno e domani recuperi l'auto.»

Intreccio i suoi occhi ai miei per farle capire che voglio aiutarla, ma lei stoica e testarda mi sfida.

«Ti prego, non ti reggi in piedi. Voglio soltanto darti un passaggio e assicurarmi che arrivi a casa sana e salva.»

Non so cosa la faccia cedere, se la disperazione dipinta sulla mia faccia o la consapevolezza di non potercela fare da sola, ma alla fine accetta il mio aiuto, anche se non troppo volentieri.

«Flower Street, 17.» Sbatte con forza lo sportello, si avvia verso la mia moto e ci si siede sopra, stringendo i denti a ogni movimento.

91

Vorrei infilarle il casco, ma ho troppa paura di farle male, non so in quali punti precisi l'abbiano presa, con questo buio vedo a malapena perfino il suo viso.

Monto in sella e lei è obbligata a divaricare le gambe, per farmi spazio. Tenta inutilmente di abbassarsi la minigonna, il pensiero che le sue cosce nude siano incollate alle mie mi fa sbarellare.

Faccio un bel respiro, stritolo la manopola del freno sotto le dita, e provo a concentrarmi sulla strada da percorrere. «Tieniti forte.»

Accendo il motore e lei, seppur con riluttanza, porta le mani intorno ai miei fianchi e ci si aggrappa.

Guido come un pensionato, aggiro ogni buca, addolcisco ogni curva, per evitare a June contraccolpi e lei si rilassa. Si lascia andare contro la mia schiena, abbandona la testa sulla mia spalla, non si muove nemmeno quando, lungo un rettilineo, sposto una mano dal manubrio e la poso sulle sue dita intrecciate intorno al mio busto, con la scusa di tenerla ben salda.

Vorrei che abitasse in un'altra città, in un altro stato. Vorrei che questo momento durasse in eterno.

Il motore della mia Harley soffre e si lamenta, non sono mai andato così piano in vita mia. Nonostante abbia preso la strada più lunga, arriviamo a destinazione dopo una ventina di minuti. June si stacca da me e, senza il suo corpo addosso, mi sento come se qualcuno mi avesse tolto il cappotto in una fredda notte di dicembre.

Scendo dalla sella, ma non sono abbastanza veloce, Princess smonta prima che possa aiutarla. Le si solleva la maglietta, qui c'è molta più luce e posso vedere con chiarezza i graffi e i lividi sulla sua pancia.

Lei se ne accorge e si affretta a ricoprirli, torna a indossare la sua maschera da donna di ferro. «Smettila di guardarmi così, non la voglio la tua pietà.»

È pietà quella che sento? Commiserazione, senso di colpa, cos'è questa sensazione che mi schiaccia i polmoni?

Lei muove un paio di passi verso quella che immagino sia casa sua, la blocco, non voglio che la serata finisca così, voglio avere l'ultima parola, lasciarla con qualcosa di più di quel che le ho detto finora.

Ma lei fa ostruzione, mi spinge via. «Non voglio più vederti, né tu né nessuno dei tuoi. State lontano da me e dal mio bar.»

La lascio andare, è stata chiara, il disgusto nei suoi occhi lo è stato, non ho più alcun motivo di rincorrerla. Resto sul ciglio della strada, a fissarla finché si richiude la porta di casa alle spalle.

Non appena svanisce dalla mia visuale, la furia violenta mi invade e riprende a scorrere velenosa e folle sotto pelle. Solco a tutta velocità la manciata di miglia che mi dividono dal club e, giunto al capannone dove siamo soliti riunirci, non guardo in faccia nessuno dei miei compagni e mi metto alla ricerca dell'obiettivo.

Arrivo nel bel mezzo di una festa nel nostro stile: alcol, droga e donne a volontà. C'è un casino assoluto dentro e fuori dal salone principale, in ogni angolo c'è gente che beve, fuma e si dà da fare con qualche puttana; qualcuno vomita, qualcun altro si fa una striscia di coca, qualcuno mi saluta, mi offre una canna, una birra, e io non do retta a nessuno. Individuato Danny, marcio su di lui come un soldato in prima linea.

È in compagnia di una bionda con le tette che strabordano fuori dalla scollatura, se ne sta stravaccato su un divanetto, con la ragazza sulle sue gambe e un bicchiere pieno tra le mani. Prendo la tizia per un braccio, la obbligo ad alzarsi e punto su mio zio. «Ho bisogno di parlarti, adesso.»

«Ma che cazzo...» si lamenta.

93

Non lo aspetto, m'incammino verso la nostra sala riunioni, coi suoi passi che fanno eco ai miei. Non appena entra, sbatto la porta.

Lui si siede al tavolo, al suo posto, quello riservato al presidente. Si accende una sigaretta e poi sposta i suoi occhi grigi su di me. «Che diavolo succede? Owen ha detto che è andato tutto bene al Chip Thrills.» «Sei stato tu?» sibilo a corto di fiato.

Poggia i gomiti sui braccioli della poltrona, mi guarda confuso. «A fare che?»

Sta mentendo? Non sembra preoccupato, solo spazientito per la mia interruzione. «Tre bastardi sono andati dalla figlia di Scott, l'hanno pestata a sangue. Dice che l'hanno minacciata, che le hanno detto che tu non hai tempo da perdere, che deve vendere.»

Stacca la schiena dalla sedia, si inclina verso di me. «Cosa?»

Raggiungo il tavolo, mi siedo al suo fianco. «Sei stato tu a mandarli?»

Adesso mi fissa come se fossi la sua più grande delusione. «Pensi che mi sia bevuto il cervello, che avrei mandato qualche coglione a picchiare quella ragazzina?»

È questo che credo?

«Io non tocco le donne, dopo tutti questi anni, ancora non mi conosci? Cristo Santo, Ethan, è vero che mi ha fatto incazzare, ma noi siamo degli spacciatori, non dei mostri, io non lo sono e tu più di tutti dovresti saperlo.»

Ha ragione, se non fosse stato per lui, io e mamma saremmo finiti su una strada quando papà è morto. Lui ci ha dato una mano, mi ha fatto da padre e ha sempre protetto mia madre come se fosse sua moglie. Tutto quello che ho oggi lo devo a lui, non avrei dovuto dubitare.

Mi prendo la testa tra le mani. «Scusa, sono solo stanco di dover cercare colpevoli. Chi può essere stato?»

94

Guarda il pavimento, si liscia i baffi con aria pensosa. «Non lo so, forse qualcuno dei nostri che sa dell'affare finito male e ha cercato di darci una mano per fare una buona impressione ai miei occhi. Il club è pulito, ci scommetterei le palle, ma le voci tra i nostri galoppini girano veloci, qualcuno di loro avrà preso l'iniziativa.»

Siamo circondati da tirapiedi che si venderebbero la sorella pur di entrare a far parte degli Street Eagles, non è la prima volta che qualche idiota si inventa bravate per entrare nelle grazie di mio zio.

Oppure c'è anche un'altra opzione, forse la peggiore.

«Tu credi che Scott possa averci messo lo zampino?» Temo la risposta, mi serve l'aiuto di Danny, lui lo conosce meglio di me.

Corruccia le labbra, scuote la testa indeciso. «È probabile, non ha detto alla figlia di essersi indebitato con noi e il locale è intestato a lei. Scaricare la colpa su di noi sarebbe stata una passeggiata.»

Anche lui è un ottimo indiziato, in fondo la picchiava quando era una ragazzina, aggiungere qualche pugno in più non gli sarà sembrato un dramma.

Danny percepisce il mio tormento e mi posa una mano sulla spalla. Sospiro e mi massaggio la fronte. «Voglio sapere chi è stato e mozzargli le dita.»

«Lascia stare, non è un problema nostro.» Mi fissa con un'ovvietà che mi fa saltare i nervi.

Mi scanso la sua mano di dosso. «Qualcuno va in giro a pestare donne a nome tuo e non è un problema nostro?»

Zio si scalda, la vena sul suo collo pompa sangue a raffica. Però non urla, anzi, parla quasi sotto voce. «Nemmeno a me va giù che degli imbecilli ci usino come capro espiatorio, ma quella June non può andare dalla polizia, ora che sa di noi e suo padre. Con tutta probabilità, quegli imbecilli ci hanno fatto davvero un grosso favore.»

Non riesco più a starlo a sentire, mi alzo e mi chino su di lui. «Io scoprirò chi è stato e i suoi *favori* glieli ficcherò su per il culo.»

Mi volto e mi dirigo verso la porta, ma lui tenta di riparare. «Figliolo, non prendertela, sai cosa intendevo dire.»

Mi allontano da lui e dalle sue scuse. Lungo il corridoio intercetto Chester. «Ehi, fratello, vieni di là, ci sono un sacco di ragazze.»

Il viso livido di June, il suo sguardo deluso e provato, mi stanno massacrando. «Non mi va, non è serata.»

Mi prende a braccetto, prova a trascinarmi. «Cazzate! La rossa con gli occhi blu ha chiesto di te, vieni che te la presento.»

Scivolo via dalla sua presa e gli rubo la bottiglia di whisky che tiene in mano. «La conosco già, salutala tu per me.»

Anche lui non replica più e mi lascia andare.

Una sbronza, bere tanto da dimenticare il mio nome, quello di Princess e il suo corpo contro la mia schiena, i segni sul suo viso e quelle labbra piene e rosse macchiate dal sangue. Forse annegare nell'alcol è la sola cosa che posso fare per sopravvivere ai miei demoni.

Mentre salgo le scale che portano alla mia stanza, sento le risa e gli schiamazzi dei ragazzi, che a differenza mia si stanno divertendo da matti. La mia particolare famiglia in tutti questi anni è riuscita a proteggermi da ogni nemico e ogni pericolo, mi ha avvolto così tanto sotto le sue ali protettive da tenere fuori tutto il resto, compresa la mia coscienza.

Mi chiudo in camera, metto distanza dal casino che imperversa al piano di sotto, ma non riesco a fare lo stesso con quello scatenato dentro di me. Mi attacco alla bottiglia, provo ad affogarlo, ma la pace dei sensi non è così facile da raggiungere.

Se fosse Scott il colpevole, cosa potrei fare io per proteggere sua figlia? Allo stesso modo, se fosse tutta opera di uno dei nostri, che cosa sarei disposto a fare per l'incolumità di June? Il colpevole ha fatto un favore al club e un torto a me, in ogni caso sono fottuto.

Qualcuno bussa. Sarà Owen, sarà venuto a convincermi a scendere con lui.

«Posso?» È Lola, la rossa di cui parlava Chester. La lascio entrare, la faccio sedere sul mio letto sfatto, le passo il Jack Daniel's, ma lei rifiuta l'offerta. Non è bere dalla mia bottiglia che vuole. E io cosa voglio?

«Ti ha mandata qualcuno?» La osservo svogliato, indossa un orribile vestito argentato che rischia di accecarmi con tutti quei brillantini.

Si morde un labbro, mi spoglia con lo sguardo, mi viene vicina, fa le fusa come una gattina in cerca d'attenzioni e passa le unghie affilate sui bottoni della mia camicia. «Da quando ho bisogno che sia qualcun altro a dirmi di venire da te?» Le dita scendono fino alla cintura dei miei jeans, si fermano sulla fibbia, in attesa di un sì.

Un ringhio esasperato esce dalla mia bocca, sono stanco di sentirmi così perso e sotto pressione. Le guardo le labbra, sono scarlatte, mi ricordano quelle di June; ci passo sopra il pollice, nel vano tentativo di toglierle il rossetto e lei prende i miei gesti come un assenso. Mi spoglia con movimenti rapaci, mentre io la lascio fare, e poi getta via l'abito pacchiano che aveva addosso. Non porta le mutandine.

Non perde tempo, si butta a capofitto sulla mia bocca, prova a baciarmi e io la scanso. «Niente baci.»

Non la voglio quella bocca sulla mia.

Lola mette il broncio, la spingo sul letto, mi faccio spazio tra le sue cosce e lambisco la sua intimità con la lingua; lei smette di mostrarsi offesa, sospira felice e trattiene il fiato e si contorce ogni volta che mi spingo più in profondità. La porto al limite, fulmineo tolgo un preservativo dal cassetto del comodino e me lo infilo, e lei mi osserva con occhi torbidi, con l'impazienza di chi è un passo dall'apice. L'accontento subito, la penetro con irruenza, affondo nella sua carne calda e pronta ad accogliermi e lei viene dopo qualche secondo.

Non mi placo, non le do nemmeno il tempo di riprendere fiato, non mi fermo e finalmente la mia mente si svuota. Abbasso le palpebre e mi godo i brividi di piacere che risalgono la mia spina dorsale, mi sbatto il suo corpo e lei si inarca contro il mio bacino e ansima senza più alcun ritegno.

Forse era di questo che avevo bisogno, di consolarmi sul corpo di un'altra e sentirmi di nuovo padrone dei miei pensieri. È stato facile, indolore.

Ma poi apro gli occhi, guardo la bocca dischiusa di Lola e vedo June. Nella mia testa è lei quella sotto di me, è il suo viso che si scioglie per il piacere, è la sua voce quella che geme e mi implora di non smettere e tutto il mio benessere scivola via come sabbia tra le dita e torna la rabbia, il tormento.

Disperato, faccio voltare la ragazza di spalle, per non dover vedere quel viso sbagliato. Mi metto a cavalcioni sulle sue natiche e la cavalco, scarico su di lei la mia frustrazione e lei non si sottrae si lascia domare e gode una seconda volta, mentre anche io raggiungo l'orgasmo e mi accascio su di lei.

Rotolo di fianco, col cuore che va a mille e a corto d'ossigeno. Prendo la bottiglia e ne tracanno quasi metà in un solo sorso. Prego che lo stordimento che non ha saputo darmi Lola arrivi presto. Mi alzo, voglio togliermi questo profumo da quattro soldi dalla pelle.

«Dove vai?» Lola è accaldata, sfinita, eppure i suoi occhi blu sembrano volerne ancora.

«A farmi una doccia.»

I capelli tinti di rosso le si sono appiccicati alla fronte sudata e un po' di mascara ha sbavato sull'occhio destro.

«Vuoi compagnia?» Si alza, mi accarezza le natiche, mi guarda vogliosa.

Voglio soltanto restare solo, finire il whisky e collassare nel mio letto. «È meglio se te ne vai e torni dagli altri. Non sarei di molta compagnia.»

Non voglio fare lo stronzo fino in fondo, ma lei scambia la mia gentilezza per altro. «Sono sicura che troveremo qualcosa di divertente da fare.»

Mi prende per mano, insiste e io tiro fuori il mio lato peggiore. «Ti ho detto che voglio restare solo. Vattene.»

L'ho offesa davvero stavolta. Raccoglie i miei pantaloni da terra e me li butta addosso. «Vaffanculo, Ethan, sei un maledetto bastardo!» Se ne va ancora nuda e sbatte la porta.

Non replico, me lo merito. Bevo un altro po' e mi infilo sotto la doccia, desideroso di chiudere questa orrenda giornata.

***

«Ma tu guarda che casino c'è qui dentro!» Apro gli occhi e vedo mia madre che scatta da un lato all'altro della mia stanza e raccoglie i vestiti sparsi sul pavimento, sbuffando.

Mi sollevo dal letto a fatica, con la bocca asciutta e lo stomaco sottosopra. Sul comodino noto la bottiglia di Jack vuota, ecco perché ho questo mal di testa, me la sono bevuta tutta, fino all'ultima goccia e stamattina sto uno schifo.

«Potresti avere almeno la decenza di buttare i vestiti nella cesta!» La sua voce mi rimbomba nelle orecchie, accentua l'emicrania.

Mi massaggio le tempie doloranti e mi metto seduto. Sono ancora nudo, non ho avuto neanche la forza di vestirmi ieri sera. «Mamma, ti prego, non urlare.»

Mi fulmina con lo sguardo e leggiadra cammina sui suoi sottili tacchi a spillo, va verso l'armadio e mi lancia sul letto un paio di boxer puliti. Li indosso da seduto, sono ancora troppo stordito per alzarmi in piedi, mi ributto sul materasso e poi prendo accendino e sigarette.

Sara mi studia, rilascia un respiro profondo e poi si siede di fianco a me. Rovista nella sua borsa e mi passa un analgesico e una bottiglietta d'acqua. Butto giù la pastiglia e mi auguro che faccia effetto al più presto, sono a pezzi.

«Da quando giri con la farmacia in borsa?» La prendo in giro, provo a farla sorridere, anche se so che una battuta non mi salverà da una ramanzina.

«Da quando mio figlio si ubriaca come un quattordicenne inesperto.» È incazzata e temo che non sia solo per un po' di disordine nella mia stanza o per le mie pietose condizioni.

«Lo sai come finiscono le feste con i ragazzi.» Non è di certo la prima volta che mi vede così.

«Di sotto c'è un macello, spero darete una ripulita.» È una fanatica dell'ordine e della pulizia. Passa al club almeno un giorno a settimana e, armata di disinfettante, fa risplendere questo posto.

«Ci penseranno Kevin e gli altri, tu non ti devi preoccupare. Hai già il tuo negozio e casa di cui occuparti.» So che lo fa volentieri, ma non mi piace che debba sgobbare anche qui dentro, glielo avrò ripetuto un

100

milione di volte. Ha il suo salone di bellezza da mandare avanti e un'enorme casa su due piani da tenere pulita. Guarda l'orologio al suo polso, si sposta una ciocca di capelli biondi dal viso perfettamente truccato e poi posa gli occhi su di me. «Ho una messa in piega tra mezz'ora, perciò la farò breve.»

Sapevo che Danny le avrebbe raccontato della mia fissazione per June, ma mi fa incazzare che entrambi mi trattino come se avessi perso la brocca. «Mamma, non ti intromettere.»

Mi alzo dal materasso, butto la cicca nel posacenere, le do le spalle e inizio a vestirmi. A ventiquattro anni dovrei aver superato l'età in cui ascolti obbediente gli ordini dei tuoi genitori, sono anche venuto a vivere qui per non doverla più stare a sentire ventiquattro ore su ventiquattro, il cordone ombelicale l'ho tagliato da un bel po', ma lei sembra non averlo ancora capito.

«Non mi intrometto, voglio solo che tu faccia la cosa giusta.» Mi tallona, si piazza dietro di me e mi sta col fiato sul collo.

Sta rischiando di finire vittima del mio umore nero. «La cosa giusta per chi? Per te, per lo zio?»

«Per te stesso e per tutti. Da quando il bene del club è diventato un problema?» So già dove andrà a parare e la cosa mi urta. «Danny mi ha detto quello che è successo ieri.»

Come se non lo sapessi. «Lo zio dovrebbe imparare a farsi i fatti suoi e tu dovresti starne fuori, sono affari del club.»

Anche questo continuo a ripeterle da anni, senza alcun risultato. Non porta giacchetto e toppe, ma Sara si sente una di noi e forse, anche se ufficiosamente, anche lei fa parte degli Street Eagles.

«Tuo zio dice che avete discusso per una ragazza, e che ora tu le fai da guardia del corpo.»

Non so se sia lei che sta esagerando, oppure se Danny abbia usato esattamente queste parole, ma loro non sanno niente di quello che mi passa per la testa.

Mamma mi sfiora un braccio. «Non so che ti stia succedendo, ma devi tornare in te. Danny è preoccupato, ha paura che farai qualche cazzata che si ripercuoterà sul club.»

Mi volto verso di lei con aria velenosa. «Se zio è tanto in ansia, può venire a dirmelo di persona, non ci sono problemi, basta che tutti la smettiate di rompermi i coglioni con questa storia!» grido.

Non si lascia intimorire, si fa più vicina e ci prova lei a mettermi paura, anche se sono un bel pezzo più alto e grosso. «Ti rivolti contro il tuo stesso sangue per cosa, per quei Summer? Loro sono estranei, sono in debito col club e tu hai giurato di proteggere gli Street Eagles e di tutelarli a qualunque costo. Io, Danny, i ragazzi, siamo noi la tua famiglia, non quella June e suo padre!»

June, sentire pronunciare il suo nome mi rimescola il sangue. Il ricordo del suo viso sconvolto e dei suoi occhi lucidi è ancora vivo nella mia mente.

«Tu non sai un cazzo!» Le punto contro l'indice e serro la mascella per non esplodere.

Afferra il mio dito, lo stringe nelle sue mani e mi guarda sofferente. «La devi dimenticare, quella ragazza ti sta fottendo il cervello. Prima o poi qualcuno si farà male.»

Sono stanco di sentirmi ripetere la stessa cosa da tutti quanti.

Sorpasso mia madre, se non voglio dire qualcosa di cui mi pentirò, è meglio che me ne vada.

Ma Sara è testarda, proprio come me. Si mette davanti alla porta e mi impedisce di uscire. «Mamma, sono un po' troppo grande perché tu mi metta in castigo o mi chiuda in camera mia, perciò lasciami passare.»

102

Mi conosce, sa che sono sul punto di sbottare e allora cambia tattica. «Ethan, quando tuo padre è morto ha fatto promettere a me e a tuo zio che ci saremmo presi cura di te e ti avremmo protetto da ogni male. Danny ti ha cresciuto come un figlio, non ha fatto mancare niente né a me né a te, si è sacrificato per noi, per il club. Ha sputato sangue per la sua famiglia, anche a discapito delle sue esigenze, è ingiusto che tu gli volti le spalle.»

Voler proteggere June, evitare che le capiti di nuovo qualcosa di brutto, vuol dire voltare le spalle al club? È ovvio ci sia un conflitto d'interessi, ma per ora sono riuscito a gestirlo senza far torto a nessuno.

«Papà non vorrebbe questo per te, si fidava ciecamente del fratello e tu dovresti fare lo stesso. Non dimenticare quello che ha fatto per noi.»

«Io non dimentico niente», le dico con l'oppressione che grava sulle mie spalle.

Mi chiedo cosa avrebbe fatto papà al posto mio e mi rendo conto che forse nemmeno lui avrebbe compreso fino in fondo i miei turbamenti. Sono solo, un dannato lupo solitario che si è allontanato dal branco e cammina sul ciglio di un burrone.

Vale la pena fare tanto rumore per un ideale, per l'ultimo briciolo di coscienza rimasto in me, per una donna?

«Stasera ci sarai, vero?» La cena in famiglia, l'avevo scordata. «Ho comprato le patate dolci e una montagna di brownies.»

Sara capta la guerra che impazza nel mio cuore, ne sente l'odore, la vede riflessa nei miei occhi e fa del suo meglio per ricucire gli strappi e proteggermi. Mi implora con lo sguardo, tacita il suo spirito aggressivo e diventa una mamma che, paziente, cerca di tenere insieme tutti i suoi pulcini.

103

«Ci sarò, ma solo perché amo i tuoi brownies.»
Si illumina, mi abbraccia e se ne va, quasi saltella lungo le scale, per la felicità.

Mi convinco di aver fatto la cosa giusta, una cena non ha mai ammazzato nessuno, anche se ultimamente preferisco la solitudine. Sara si placherà per un po', i ragazzi mi daranno tregua e forse anche io e mio zio potremo chiarire questa lunga lista di malintesi. C'è una sola cosa che stona: per la seconda sera consecutiva non potrò andare al Draxter.

Allora mi muovo, anche se ho un mal di testa assurdo, mi infilo la giacca di pelle, metto in tasca sigarette e portafoglio e prendo le chiavi della moto. Se non posso andare stasera da June, lo farò ora. Voglio sapere come sta, vederla, accertarmi che sia tutto a posto.

Muoio dalla voglia di vederla, ma l'ultima scintilla di lucidità che mi rimane mi ferma. Ieri era sconvolta, mi ha chiaramente detto di starle lontano e forse vuole davvero prendere le distanze e io dovrei lasciarla in pace. Se chiamasse la polizia, sarebbe un grosso guaio per me. I tre babbei del commissariato non sono un problema, sono tutti sul nostro libro paga, ma se Princess facesse una cazzata per allontanarmi definitivamente, finirei per seppellire ancora di più la mia già precaria posizione col club. Sono tutti convinti che ultimamente io stia sragionando, non posso fare passi falsi.

Scelgo di comportarmi con responsabilità, spero di non pentirmene.

Decido di uscire comunque, mi tengo impegnato per tutto il giorno, nella speranza di non fare pazzie; vado a casa di mia madre e le sistemo la perdita del lavandino della cucina e una decina di tegole rotte e poi mi chiudo in garage e mi dedico alla mia 883. Se dessi retta al mio istinto, mollerei chiavi inglesi e stracci

104

sporchi d'olio e andrei dritto a Flower Street, quella ragazza è passata dall'essere un bellissimo e allettante sogno erotico a occhi aperti a un incubo che mi perseguita dovunque vada e qualsiasi cosa faccia.

Mi accendo una sigaretta, la terza in un'ora, e alzo il volume della radio per tacitare il rumore dei miei pensieri. Ci sono troppe voci contrastanti nella mia testa, la mia, quella di June, quella di Sara, di Danny, dei ragazzi. Devo venire a capo di questo garbuglio, scoprire chi ha picchiato June e poi chiudere.

Passo al club e perfino qui continuo a pensare a lei. E se le succedesse di nuovo qualcosa mentre io non ci sono?

Scaccio dalla mente le mie paure, le classifico come paranoie insensate, mi vesto, indosso il mio giubbetto con le toppe e mi metto in strada. Mezz'ora dopo, parcheggio davanti alla mia vecchia casa e, armato di buone intenzioni, varco la soglia d'entrata. Il profumo di arrosto e una baraonda di risate e voci famigliari mi investono. Il mio salotto è pieno di bikers obbedienti che usano sottobicchieri per non sporcare e aiutano mia madre in cucina.

«Sei venuto davvero!» Sara mi accoglie come se fossi il Messia promesso, i ragazzi mi salutano come se non li avessi evitati negli ultimi tempi e io mi rilasso. Sono a casa, con la mia famiglia, sono esattamente dove devo essere.

Danny è in un angolo, sta parlando con Owen e Kevin. Prendo un paio di birre, rubo qualche tartina dalla tavola imbandita e mi avvicino al trio.

Porgo una bottiglia a mio zio e lui mi studia per qualche secondo, sta sulle sue, mi mette alla prova, ma alla fine agguanta la mia offerta di pace e brinda insieme a me.

Si è tagliato i capelli, la folta chioma leonina e grigia è ridotta a qualche ciocca ribelle, sembra molto più giovane così. I suoi occhi mi ricordano quelli di mio padre, lo stesso particolare colore grigio-azzurro che anche io ho ereditato dai Cruel.

«Salute, al polpettone di tua madre.» Facciamo scontrare le nostre bottiglie, creando un leggero tintinnio.

«A mia madre», ripeto, ricambiando lo sguardo.

Danny è lo stesso di sempre, quello che mi ha tenuto per mano al funerale di papà, che mi ha dato un posto nel mondo e mi ha insegnato come non annegare tra gli squali. È lui, il mio padre putativo, il mio presidente, la mia guida.

Vorrei dirgli che non mi va giù coinvolga mamma in ogni mio problema, ma non è il caso di guastare gli animi.

Non ho abbandonato i miei propositi, scoprire chi ha malmenato Princess è sempre in cima alla lista delle mie priorità, ho soltanto deciso di raggiungere l'obiettivo attraverso altre strade. Se Scott ha rubato i nostri soldi, voglio che sia punito a dovere, prima che la figlia ci vada di mezzo, e questo può solo che giovare a me e ai ragazzi.

Voglio coinvolgere Danny nel mio piano, spiegargli che lo faccio anche per il gruppo. Non mi ha mai voltato le spalle, mi aiuterà anche stavolta. «Senti, devo parlarti.»

Butta giù un sorso di Blue Moon. «Spara.»

«È pronto, tutti a tavola.» Sara richiama il club all'ordine, poi vede me e Danny vicini e ci viene incontro. «Anche voi due, andiamo o si fredda.»

Aspetta che ci muoviamo, come se temesse che lasciandoci soli possa scoppiare il finimondo. Danny l'accontenta, le sorride e la fa cenno di avviarsi. Non ho mai saputo cosa si nasconda davvero dietro la loro complicità, forse semplice affetto, forse un rispetto guadagnato negli anni, o forse queste sono le facce di chi non lo ammetterà mai apertamente, ma in segreto coltiva una tresca clandestina nata, mi auguro, dopo che mia madre è rimasta vedova.

«Andiamo, o tua madre ci fa il culo.» Mi dà una spintarella e va a sedersi a capotavola.

Lo seguo, mi metto alla sua destra, al fianco di Chester. «Ehi, ti è passata l'incazzatura?» mi chiede sottovoce.

Sbatte le palpebre con frenesia e la sua bocca si contorce in un ghigno.

Sbuffo. «Io incazzato? Il giorno che mi arrabbierò sul serio te lo ricorderai, fratello.»

Ci scherzo su, loro non sanno, non capiscono quanto profondo sia l'abisso dove sono caduto. Non possono aiutarmi.

«Ti è passata, questo vuol dire che Lola ha fatto il suo dovere e ti ha spompato per bene.» Sapevo che era stato qualcuno a mandarla da me.

Un'immagine lampeggia nella mia testa: io che mi faccio Lola e vedo il volto di June e sogno il suo corpo disteso sotto il mio. Mi scosto i capelli dalla fronte aggrottata, esasperato cancello quest'istantanea dal mio cervello e mi concentro sul presente.

Non perdo tempo e, intanto che mia madre è davanti ai fornelli intenta a tagliare a fette il polpettone, ne approfitto e torno alla carica. «Danny, devo chiederti una cosa.»

Lui non prende di buon grado la mia insistenza. Posa la bottiglia di birra vicino al piatto ancora vuoto e si volta nella mia direzione, con le narici dilatate e la faccia di chi sa già quale sarà l'argomento e non ne può più.

Non mi lascio scoraggiare.

«La situazione con i Summer ci sta sfuggendo di mano.» Summer, questa parola sembra indispettirlo tanto quanto ha irritato mia madre oggi. «Voglio scoprire chi ha preso i nostri soldi, credo che i responsabili siano gli stessi che hanno picchiato June.»

Le sue grosse mani si stringono a pugno, la mascella pronunciata si tende e i suoi occhi vengono illuminati da un lampo di sconcerto e poi cominciano a sputare fiamme. La bandiera bianca è durata meno di cinque minuti, quando avremo finito ne resteranno soltanto piccoli brandelli. Non riusciamo più a comunicare, è come se parlassimo due lingue diverse e io non so più se la colpa sia mia o sua.

Le dita ripiegate su se stesse si abbattono sul tavolo, le chiacchiere si fermano e cala un silenzio di tomba intorno a noi. «Ancora con questa storia? Quante cazzo di volte ti devo ripetere che non siamo dei dannati assistenti sociali? Né tu né nessun altro perderà altro tempo dietro a quei due falliti!»

Al fuoco rispondo con la benzina, e ora i nostri sguardi non si somigliano più solo per la stessa particolare screziatura delle iridi, ora i nostri occhi gridano la stessa cosa: guerra.

«Sei il mio presidente, non mio padre. Se non vuoi aiutarmi, non importa, farò da me.» Lo colpisco in basso, nel modo più subdolo che conosco, attacco per difendermi. «Anche se mi viene da chiedermi come mai tu non voglia scoprire chi ci ha derubato.»

«Adesso basta, mi hai stufato con le tue cazzate», sbraita lui ferino.

Sara arriva in salotto, guarda me e poi Danny e si incazza. Ora i componenti della famiglia Cruel che sparano scintille dagli occhi sono al completo. Mi giro verso di lei, mi distraggo e quando nel mio campo visivo intravedo avvicinarsi un'ombra, non ho il tempo di reagire e il pugno di mio zio mi colpisce dritto in faccia, senza che possa far nulla per evitarlo.

Una goccia di sangue mi scende dal naso e imbratta la tovaglia immacolata. È questo il suono della campanella che dà il via all'incontro su questo ring improvvisato. Scatto come una molla, mi scaglio su Danny e con un solo gesto feroce lo atterro. Lo prendo in pieno viso, non gli do modo di ripararsi e lo colpisco ancora. Sono più giovane, più veloce e probabilmente più arrabbiato di lui. Le mie nocche si scorticano, bruciano, e il mio sangue si mischia al suo in una faida famigliare finita nel peggiore dei modi.

Lui è stordito, è al tappeto, ma io non riesco a fermarmi, né mi sento in colpa. Mi voleva spietato, senza remore, più crudele, più simile a lui? Ha ottenuto quello che voleva.

«Smettetela!» Sara urla, getta sul pavimento il piatto da portata che teneva tra le mani, lo manda in mille pezzi.

Mi fermo col pugno a mezz'aria, col fiato corto e il cuore in gola. Ritorno in me.

Mia madre aggira i cocci ai suoi piedi, viene da noi e ci incenerisce con lo sguardo. O meglio, è me che trucida con gli occhi. «Che diavolo state facendo? Siamo una famiglia, una cazzo di famiglia! Non voglio più vedervi litigare per quella gente, o giuro su Dio che saranno guai.»

Danny è un dannato figlio di puttana quando ci si mette, ma mia madre è anche peggio. L'ho portata al limite e ora la sua espressione giura scontro aperto per chiunque oserà di nuovo incrinare l'equilibrio della sua tanto preziosa 'famiglia'.

Mi afferra per la giacca, mi solleva con la forza di un esercito e mi spinge via. Tutti, lei compresa, mi fissano basiti. Il verdetto è dato: per loro sono io quello in torto.

«'Fanculo!» sibilo.

Sara ha scelto da che parte schierarsi e io non voglio stare qui un minuto di più.

109

Lascio Danny sul pavimento, mi allontano, diretto verso la porta.

«Ethan Cruel, non ti azzardare a uscire da questa casa!» impreca mia madre.

Non le do retta, marcio verso l'uscita e me ne vado. Salgo in sella alla moto, do gas e sgommo via dalla mia personale tragedia famigliare. Il vento sferzante allevia il dolore al naso, le dita stringono il manubrio con rabbia e pizzicano da maledetti. Arrivo al club in meno di un quarto d'ora, mi spoglio il giacchetto, lo butto sul letto, quelle toppe non sono mai state così pesanti e oppressive come stasera.

Vado in bagno, mi sciacquo il viso e le mani e mi guardo allo specchio. Non so più chi sia il volto che vedo riflesso, eppure sento di non essere mai stato tanto me stesso come in questo momento. Apro l'armadio, prendo il bourbon invecchiato che avevo riservato per le occasioni speciali e bevo direttamente dalla bottiglia.

Ho caldo, mi sento soffocare in questa stanza piena di cimeli degli Street Eagles. Esco, raggiungo la scala antincendio che porta sul tetto e la risalgo. Ora riesco a respirare, sono solo, avvolto nel buio della notte e finalmente trovo un po' di pace.

Venti minuti dopo, e mezza bottiglia più tardi, sento il rombo di una Road King nel parcheggio. Non ho voglia di vedere nessuno, sono ancora troppo incazzato, ma sono così ubriaco e stanco che non mi muovo nemmeno quando Owen mi raggiunge qui sopra.

«Così è questo che fai adesso? Dai di matto e poi vieni a nasconderti qui, come quando combinavamo qualche disastro da bambini?» Questo posto era la nostra comfort-zone. Eravamo ingestibili e quando la facevamo davvero grossa era qua che ci rifugiavamo.

Ma io non sono più un bambino e, stavolta, non sono pentito di aver fatto un casino. «Io non mi nascondo, se Danny vuole chiuderla, sa dove trovarmi.»

Owen scuote la testa contrariato. Si siede vicino a me, sulla sedia screpolata dal sole che c'è al mio fianco, e mi toglie il bourbon dalle mani. Lo assaggia, poi guarda l'etichetta. «La bottiglia delle occasioni speciali? Sul serio?»

Gliela rubo, ne tracanno ancora un po'. «Se non lo vuoi, puoi anche lasciarlo a me, non sei obbligato a bere, né a restare.»

Mi colpisce una spalla, mi guarda dritto negli occhi. «Che ti prende, Ethan? Non può essere soltanto per quella brunetta dal culo sodo. Che stai facendo?»

Un guizzo di vita risale il fiume d'alcol che ondeggia nel mio stomaco e mi scivola fuori dalla bocca, con irruenza. «June non c'entra niente, lo volete capire, cazzo?»

Non mi contraria, ma il suo silenzio è un tacito dissenso. Non mi crede, come gli altri si focalizza sull'effetto, senza riuscire a vedere la causa.

«Danny nasconde qualcosa, non gli frega niente di sapere chi ci ha derubati e mi mette alla gogna ogni volta che tocco l'argomento. Non ci serve un fottuto bar da mandare avanti, ci serve la grana, la nostra grana», gli dico.

«Non lo so, amico, il Draxter varrà pur qualcosa, potrebbe fruttarci un po' di soldi.» Ancora una volta non vede al di là del proprio naso.

Non so quanto sia opportuno esporsi, ma a qualcuno devo dirlo. Devo aprirmi, oppure tutti questi dubbi che mi consumano finiranno per uccidermi. «Ho visto qualcosa attraversare gli occhi di Danny quando gli ho proposto di scoprire l'identità dei ladri, come se non gli fosse mai interessato scovare i colpevoli e la mia insistenza gli stesse scombinando i piani. È stato un attimo, una frazione di secondo in cui ho visto paura nel suo sguardo.»

Owen, che stava per accendersi una sigaretta, si paralizza. Lascia spegnere la fiamma dello zippo e si volta verso di me, con sguardo inebetito e sconcertato. Proseguo, provo a spiegargli meglio, a convincerlo. «Quante volte abbiamo discusso io e lui? Decine, centinaia, eppure non siamo mai arrivati alle mani, Danny non mi ha mai dato uno schiaffo nemmeno quando ero più piccolo. Se finora il mio intento di scoprire la verità l'ha solo fatto incazzare, stasera ha scatenato un diverso tipo di reazione. Nasconde qualcosa, devo sapere cosa.»

Owen è il mio migliore amico, gli affiderei la mia stessa vita, ma questa volta non sembra intenzionato a coprirmi le spalle. «Senti, io non lo so se ti sei bevuto il cervello oppure hai ragione, ma credo che tu stia puntando tutto quello che hai sul cavallo sbagliato. Danny è un ottimo capo, è tuo zio, gli devi molto, perché metterti contro di lui, per un'estranea? Lascia perdere, dimenticala e torna fra noi. Non avremo le sue tette e il suo bel faccino, ma siamo i tuoi fratelli.»

Un'estranea, è questo per me June? Sì, è una sconosciuta, una bellissima e fragile estranea che sogno mentre faccio sesso con un'altra, che penso giorno e notte, che seguo come un bodyguard scrupoloso e di cui mi preoccupo all'inverosimile. È la persona che sogno anche stanotte, il viso che non sono capace di scordare e che se ne rimane nella mia testa anche quando Owen se ne va e io mi abbandono sul letto, in preda ai deliri dell'alcol.

Un'estranea che, non so come, mi è entrata dentro e non vuole più andarsene.

Quando mi sveglio la mattina dopo, con l'occhio gonfio e la consueta emicrania post-sbornia, June è sempre lì, piantata nei miei pensieri. Afferro il cellulare, per controllare l'ora, il sole è già alto e io avevo un appuntamento con uno dei nostri rivenditori.

Non guardo nemmeno l'orario, qualcos'altro cattura tutta la mia attenzione. Un messaggio da un numero sconosciuto.

"Incontriamoci. June."

Lo stomaco sussulta e il malessere svanisce. Lei mi disprezza e forse questa è una trappola, ma ho troppa voglia di vederla per comportarmi cautamente. Il mio sogno proibito, il mio fianco scoperto e la mia tentazione più grande, sono un diavolo dannato che si scontra con la luce più celestiale e assoluta che abbia mai visto, non ho alcuna possibilità di salvarmi.

5
June

Your love is my drug.

«Sveglia, dormigliona. Sono le tre del pomeriggio, ti ho fatto il caffè.» Scott tira le tende della mia finestra e un prepotente raggio di sole mi arriva dritto in faccia.

Fulminea mi copro col lenzuolo, fin sopra i capelli, e un lamento mi esce dalle labbra. Sono a pezzi, la dose di antidolorifici che ho ingerito stanotte mi ha permesso di dormire, ma ora l'effetto è svanito e non c'è un singolo muscolo del corpo che non mi faccia male.

Papà, ignaro delle mie condizioni, continua a prendermi in giro. «Bambina, su alzati. Si può sapere a che ora sei tornata stanotte per dormire fino a quest'ora?»

Vorrei restare sepolta sotto le coperte per sempre, rimandare il più possibile il momento in cui dovrò fare i conti con la realtà, con Scott e con le sue bugie. Il mio morbido rifugio non è dotato di mura protettive, papà ci mette meno di cinque secondi a farmi uscire allo scoperto.

Le doghe della rete scricchiolano sotto il suo peso, quando si siede sul bordo del mio letto e mi scosta il lenzuolo dal viso.

Il suo sorriso si spegne poco alla volta, come una candela a cui viene tolto ossigeno, un velo di terrore gli cala sulla faccia e io vorrei tornare a nascondermi sotto la trapunta. I suoi occhi azzurri mi fissano sgomenti, pervasi dalla stessa angoscia che avevano anche quelli di Ethan stanotte e io mi sento nello stesso fastidioso e pressante status: vulnerabile.

«Chi... è stato quell'Ethan?» balbetta. «Ti avevo detto di avvertirmi se ti avesse dato fastidio.»

Non è possibile, Scott e Ethan si accusano a vicenda e, con tutta probabilità, entrambi si sbagliano.

Scosto le coperte con un gesto violento, mi alzo in piedi e i dolori mi tagliano il respiro. Poggio una mano sulla libreria, per sostenermi. «No, lui non c'entra niente.»

Mi chiedo perché lo difendo con tanta veemenza, non posso essere certa della sua totale innocenza, ma le parole mi scivolano fuori dalla bocca. L'ho respinto, accusato, ho provato ribrezzo e odio per quella maledetta toppa cucita sopra il suo cuore, eppure non riesco a dimenticare il calore che ho sentito quando mi ha stretto. Non l'avrei mai creduto capace di tanta dolcezza.

Provo a muovere un paio di passi, ma le costole mi fanno un male cane, fatico a stare in piedi. Scott mi guarda sconcertato, passa in rassegna il mio viso, la mia espressione tirata e impallidisce sempre di più.

«Chi è stato, June?» La sua voce ora è flebile, poco più che un sussurro.

«Non lo so», ammetto sconsolata. «Erano in tre, tre motociclisti.»

Papà diventa una statua di pietra, nemmeno respira, l'unico segno di vita sono le palpebre che sbattono a un ritmo incalzante, come se stessero cercando di farlo svegliare da un brutto sogno. Rimane così immobile che sussulto quando si muove di scatto e marcia fuori dalla mia stanza.

Dove diavolo vuole andare?

Zoppico fino al salotto, non è qui. «Scott!»

Lo sento trafficare in camera sua, ci arrivo arrancando. Quando raggiungo la meta per poco non mi viene un infarto e non caracollo a terra: papà ha appena tirato fuori dall'armadio un enorme fucile.

«Sei impazzito, metti via quella roba!» Mi fiondo su di lui, ignoro le stilettate al costato e tento di disarmare Scott, che sfodera occhi da folle e sembra nel pieno di una crisi di nervi.

«Io li ammazzo, li ammazzo quei figli di puttana!» Gli tremano le mani, sposta camicie, fruga tra i maglioni, con l'arma imbracciata come un soldato pronto a tutto per difendere la patria. «Dove sono le cartucce?»

Provo a sfilarglielo, ma lo tiene stretto, non molla. «Scott, non siamo nel far-west e tu non sei John Wayne, dammi quel coso!»

Finalmente si volta verso di me, lo sguardo annebbiato dalla pazzia. «Non ho mai tirato fuori le palle, né per me né per il Draxter, ma per te devo farlo. Sei la mia bambina, è il mio compito proteggerti, fosse l'ultima cosa che faccio.»

La sua voce si incrina, l'espressione muta da omicida a disperata, la presa sul fucile si allenta e io ne approfitto per levare di mezzo questo vecchio cimelio sepolto nel suo armadio da chissà quanto tempo. Lo getto sul letto, non faccio in tempo a voltarmi nella sua direzione che papà mi si butta addosso. Mi abbraccia come se stesse nuotando in un mare in tempesta e io fossi una boa, la sua unica possibilità di salvezza.

«Scusami, bambina, perdonami.» Si aggrappa alla mia spalla.

È la prima volta che c'è un contatto fisico dopo tanto tempo, è il dispiacere di vederlo così a spingermi a non sottrarmi, ma la compassione non basta. Io sono ancora ricoperta di lividi, come quando ero una ragazzina spaventata e sola, non è importante che non sia stato lui a farmi questo, non riesco a prolungare questo contatto. Mi scosto e mi limito a dargli una pacca sulla schiena, il solo incoraggiamento che i miei incubi più remoti mi concedono.

Ci spostiamo in cucina, Scott si siede di fronte alla penisola e rimane in uno stato di trance, mentre io riempio due tazze di caffè bollente e mi affretto e prendere ancora un antidolorifico. Le fitte allo sterno mi stanno uccidendo.

Mi siedo accanto a lui e aspetto che dica qualcosa, che finalmente vuoti il sacco, ma lui sembra essere in un altro mondo.

Non so bene da dove cominciare. «Non erano Street Eagles.» Lui mi guarda perplesso, come se non avesse sentito o capito ciò che gli ho detto. «Quei tre tizi, non erano del gruppo di Danny.»

Gli tendo un'esca e lui abbocca in pieno. Risponde di getto: «Avranno pagato qualcuno.»

Ora non può più mentire, per giorni ha minimizzato i miei dubbi sul gruppo di Danny, li ha definiti innocui motociclisti. Adesso questa storiella non regge più, io sono la prova vivente che gli Street Eagles sono tutto fuorché innocui.

Lo fisso con ovvietà, l'ho incastrato e, compreso l'inghippo, Scott abbassa la testa e le sue spalle si incurvano in segno di sconfitta.

Mi siedo, ignoro i miei muscoli doloranti. «Voglio la verità, tutta la verità.»

Si accende una sigaretta, si prende qualche secondo, ce l'ho sotto scacco eppure non vuole cedere. E allora muovo un'altra pedina e aumento la pressione.

«Dopo avermi fatto la festa, mi hanno detto che ci uccideranno se non vendo a Danny il Draxter.»

Rabbrividisce, si tiene la testa tra le mani, ma non parla e io mi chiedo cos'è che si ostina a nascondermi, non può essere tanto orribile.

Gli pianto gli occhi in faccia, esasperata da tutta questa omertà. «O mi dici come stanno le cose, oppure me ne vado e non mi vedi più.»

Non lo farei mai, non ora che è un padre per cui vale la pena lottare, ma la minaccia mi fa raggiungere l'obiettivo.

Prende un grosso e lungo sospiro e poi confessa. «Devo un mucchio di soldi agli Street Eagles, soldi che non ho. L'unica cosa di valore che mi rimane è il bar di mamma, o glielo cedo, oppure sono un uomo morto.»

Ora capisco la sua reticenza nello svelare la verità. Mi infiammo parecchio e lui aveva previsto la mia reazione, per questo non ha il coraggio di guardarmi, ma osserva ipnotizzato il posacenere posato sul tavolo.

«E, per l'amor del cielo, si può sapere perché hai dei debiti con quella gente?»

Una miriade di ipotesi, una peggiore dell'altra, si stagliano nella mia mente. La sua risposta mi spiazza. «Il Draxter non guadagna più come un tempo, avevo bisogno di liquidità per pagare un po' di debiti insoluti. Ethan si è presentato da me una sera, mi ha proposto di far diventare il locale un drop-bar per una notte.» Si interrompe, solleva lo sguardo su di me. «Un drop-bar è un...»

«Lo so cos'è, lavoro in uno studio legale, conosco il gergo criminale», puntualizzo. «continua.»

Los Angeles pullula di malavitosi, sparatorie, sirene della polizia, è come stare nell'ultimo girone dell'inferno. Ma qui a Roseville non mi sarei mai aspettata di ritrovare le stesse dinamiche corrotte, non in un posto tranquillo come questo.

Si massaggia le tempie, fuma avido. «Tutti qui sanno che gli Street Eagles sono spacciatori.» Tutti tranne me. «Non avrei voluto accettare, ma con la percentuale che mi avrebbero dato sarei riuscito a risolvere i miei problemi, in più non mi sarei messo contro a gente come loro. Dovevo solo fargli usare la cassaforte e dargli la combinazione, chiudere gli occhi per una notte soltanto e guadagnare quello che normalmente guadagno in tre mesi, sembrava un gioco da ragazzi.»

Vorrei dirgli che i soldi facili nascondono sempre qualche insidia, che nessuno ti dà mai niente per niente, ma lui sembra già abbastanza sconvolto e pentito. Non me la sento di infierire. «E poi, cosa è successo? Come sei finito da complice a nemico numero uno?»

«C'è stato un furto, qualcuno deve aver fatto una soffiata e i soldi sono spariti e ora loro vogliono che li risarcisca o gli consegni il bar per pareggiare i conti.»

Sferro un pugno al tavolo. «Porca puttana, Scott!»

Mi accendo una sigaretta e inizio a camminare avanti e indietro, iperattiva. Chi può aver commesso una pazzia del genere, chi può aver sfidato gente come quella?

Osservo papà, la sua faccia scarna, gli occhi inquieti e stanchi. È disperato, fino a dove potrebbero averlo spinto i suoi problemi?

Mi sposto i capelli dietro le orecchie, provo a mantenere un tono neutrale, amichevole. «Hai detto che eri pieno di debiti, non è che hai fatto qualche stupidaggine, qualcosa di cui poi ti sei pentito?»

Il suo sguardo spossato si fa triste, le iridi azzurre diventano lucide. «Pensi che li abbia rubati io? Ho commesso tanti errori in vita mia, ma non avrei mai fatto una cosa del genere, non se questo sarebbe significato giocarmi il bar di mamma, il tuo bar.»

Tiro un sospiro di sollievo.

Ora che ho il quadro completo, ogni cosa appare chiara, il mistero che tutti mostravano quando chiedevo informazioni, la pessima impressione che mi hanno fatto gli Street Eagles a pelle, le bugie di papà, comprendo tutto quanto, tranne una cosa. «Perché non me lo hai detto prima? Mi coinvolgi solo adesso, quando orami siamo in trappola.»

Il pestaggio è solo la punta dell'iceberg, io ne sono consapevole e Scott altrettanto. «Ti ho mentito per proteggerti, per tenerti lontana da loro. Il Draxter è tuo, solo per questo ti ho chiamata. Mi aspettavo che avresti firmato la cessione senza remore e che saresti tornata alla tua vita, lontano da me e da questo posto maledetto. Non avrei mai e poi mai pensato che ti avrebbero fatto del male, se l'avessi saputo, mi sarei fatto sparare piuttosto che tirarti in mezzo.»

Sono incazzata con lui, soprattutto perché ha lasciato che quei criminali usassero il bar di mamma per i loro scopi, però non ce la faccio a lasciarlo nei guai.

Il mio cervello va a mille, cerca frenetico una via d'uscita, ma poi guardo Scott e mi rendo conto che se sono così in ansia non è solo per la mia incolumità ma anche per la sua. Sembra cambiato davvero e io non voglio che gli succeda nulla, non all'uomo che è diventato oggi.

I suoi occhi cerchiati da profonde occhiaie mi addolciscono. «E se io avessi firmato, se le cose fossero andate come avevi previsto, cosa avresti fatto poi?»

Quel bar è la sua vita, l'unico legame che gli resta con mia madre e anche la sola fonte di entrate di cui dispone. Che ne sarebbe stato di lui se io non mi fossi incaponita, che fine avrebbe fatto?

«Non mi importa, bambina, la mia vita è al capolinea ormai, in qualche modo mi sarei arrangiato. Adesso voglio che tu pensi soltanto a te, al tuo ragazzo, al tuo lavoro a Los Angeles. Non devi più sacrificarti per me.»

Ha ragione, che mi importa di uno stupido bar, di un padre che mi ha fatto soffrire per anni, di una cittadina che ho sempre ripudiato? Se fossi furba, metterei quella dannata firma e darei le spalle a lui e a questo posto, decisa a non guardarmi più indietro.

Ma io non sono mai stata furba e l'uomo contrito che ho davanti è sempre stato il mio punto debole e la mia croce. Me ne sono andata una volta, non lo farò di nuovo. «Quanti soldi vogliono quei fottuti spacciatori?» Li odio, odio gli Street Eagles, quello che fanno per vivere e quello che hanno fatto a me e Scott. Non avrei dovuto trattenermi con Danny, quella sera, avrei dovuto spaccargli la faccia. Troverò quei soldi, a costo di fare quattro lavori, di prostituirmi, di fare una rapina; papà non perderà il Draxter, riuscirò a salvarlo come non sono stata capace di fare da ragazzina. Sono disposta perfino a chiedere un prestito a Logan, anche se questo mi costerà con tutta probabilità la possibilità di scegliere se sposarlo oppure no.

A mali estremi, estremi rimedi.

Nessuno è mai morto per un matrimonio, Logan è ricco sfondato e aspetta solo che io gli dica sì, non mi negherebbe mai nulla, nemmeno una richiesta in denaro. Devo solo trovare il modo di ottenere ciò che voglio senza vederlo, i segni sul mio viso tradirebbero la criticità della situazione in cui mi trovo. Già mi immagino come penserebbe di affrontare i biker, 'presenteremo un esposto, li denunceremo per estorsione'. Peccato che questa gente si pulisce il culo con le denunce, si fa una bella risata e poi ti spara in testa.

Mi sento già abbastanza in colpa all'idea di circuirlo con la prospettiva di un matrimonio, non voglio metterlo anche in pericolo. Lui è uno nato nella bambagia, la malavita l'ha vista solo nei film, non sa come funziona un mondo marcio come questo. Io sì, io ci sono cresciuta nel fango e se non voglio che lui ci salti dentro e ci anneghi, dovrò propinargli un sacco di bugie condite da una dichiarazione d'amore coi fiocchi.

Mi serve solo sapere a quanto ammonta il prezzo per la mia libertà. Ma Scott non mi è di nessun aiuto.

«Non lo so, erano impacchettati, non ho la più pallida idea di quanto abbiano messo nella cassaforte. L'unica cosa che so è che si accontenterebbero di barattare il debito col bar, quindi la cifra non deve essere tanto bassa.»

Sono in un vicolo cieco, questa non è un'asta, non posso offrire una somma forfettaria, rischierei di beccarmi una porta in faccia. Non posso usare Logan come un bancomat, devo avere delle informazioni precise prima di chiamarlo e c'è una sola persona che mi può dire tutto quello che mi serve sapere.

Ethan, posso fidarmi di lui?

Sembrava davvero dispiaciuto per me, sono quasi certa che fosse all'oscuro dei piani di suo zio, o per lo meno del mio pestaggio. Probabilmente è il suo aspetto divino a confondere le acque, ma credo che mi aiuterà, anche senza che gli offra qualcosa in cambio.

Otterrò da lui i particolari, chiamerò Logan, pagherò e metterò la parola fine a questa storia. Dirò addio una volta per tutte a Ethan Cruel e alla sua banda.

Papà tossisce forte, dopo essersi ingozzato col fumo. Gli do dei piccoli colpetti sulla schiena e lui afferra la mia mano, la stringe e si calma. È allo stremo, asfissiato dai problemi senza soluzione che ci circondano, e sono certa stia lottando interiormente con la voglia di annegare i pensieri in una bottiglia di Rum, se gli dicessi quali sono le mie intenzioni gli darei il colpo di grazia.

Meglio tenere il mio piano per me.

«Sistemeremo tutto, non ti preoccupare. Perché non ti riposi un po' adesso?» A spingermi verso queste premure non è solo l'apprensione per il suo aspetto stanco. Devo riuscire a prendere il suo cellulare di nascosto, annotare il numero di Ethan senza che lui mi veda.

«Sto bene. Devo passare in banca per pagare delle fatture e poi torno qui. Questa sera ce ne stiamo a casa tutti e due, devi rimetterti.» Mi accarezza una guancia, si alza in piedi e mi bacia la testa prima di uscire.

«Va bene.» Aspetterò che ritorni e metterò in atto il mio piano.

L'antidolorifico fa effetto, mi sale l'appetito. Sbocconcello un'insalata di pollo, sistemo la cucina e porto il fucile nella mia stanza, mi arrampico sopra una sedia e, in punta di piedi, lo butto sullo scaffale più alto e lo copro con i maglioni di lana invernali. Qualsiasi cosa succeda, papà non deve trovarlo o avere la tentazione di usarlo.

Soddisfatta del mio nascondiglio improvvisato, faccio un po' di ordine in camera mia, cambio le lenzuola del letto, lavo il pavimento, ritiro il bucato e lo piego ordinatamente. Non mi fermo un secondo, mi tengo impegnata per non crogiolarmi nei miei stessi pensieri, anche se dovrei evitare di fare sforzi.

Dopo aver pulito l'intera casa con una precisione maniacale, sono uno straccio. Ne ho appena presa una pastiglia, ma decido di raddoppiare la dose di paracetamolo, nella speranza di un po' di sollievo. In attesa che faccia effetto, mi butto sotto la doccia e il getto d'acqua bollente lenisce un po' le mie ossa scricchiolanti. Con una salvietta avvolta intorno ai capelli a 'mo di turbante, mi vesto e impreco tra me e me per la difficoltà che riscontro anche solo nell'allacciarmi il reggiseno. Mi siedo di fronte allo specchio e mi trucco, copro i segni sul viso meglio che posso, ma non ottengo grandi risultati.

Dopo la sequela di sforzi, mi sdraio sul letto, in attesa che papà torni. Quando sarà di nuovo a casa, metterò subito in atto il mio piano, contatterò Ethan e gli chiederò di vederci stasera. Mi chiedo se è per lui che ho

123

spennellato la mia faccia di fondotinta e le mie labbra di rossetto. Non voglio che lui mi veda ridotta a brandelli, oppure desidero che lui mi guardi ancora con bramosia, come ha sempre fatto da quando ha messo piede al Draxter? Lui è uno spacciatore, un demone abbagliante e seducente che maschera la corruzione della sua anima dietro sorrisi angelici e occhi che promettono il paradiso. Soprattutto ora che so chi è davvero, non mi farò contaminare, ottenuto ciò che mi serve, gli starò lontano, non lo degnerò più di uno sguardo.

Eppure qualcosa dentro me freme all'idea di rivederlo, di poterlo incontrare da sola. Saranno i barbiturici, mi staranno mandando fuori di testa, effettivamente mi hanno messo addosso una sonnolenza stordente, forse ho esagerato con le dosi. Papà mi sveglierà quando ritorna, posso dormire qualche minuto, assecondare le mie palpebre che calano.

Chiudo gli occhi e, quando li riapro, mi rendo conto di aver dormito per quasi quattordici ore filate. Mi levo l'asciugamano umido dai capelli, ridotti a un groviglio di nodi indisciplinati e vado in cucina. Ho la testa pesante, ho bisogno di un caffè.

Trovo papà collassato sul divano, col telecomando tra le mani e la tv accesa a basso volume. Spengo il televisore e prendo il plaid per coprirlo, quando noto il suo cellulare sul tavolino di vetro.

È un colpo di fortuna!

Glielo sequestro, scorro la sua rubrica e trovo il numero di Ethan. Lo scrivo su un biglietto e poi torno sgattaiolando in camera mia, con la refurtiva tra le mani. Sono le sei e mezza, fuori è spuntato da poco il sole, di certo il dio pagano starà dormendo, forse non è il caso di disturbarlo. Ora che sono riposata e nel pieno delle mie facoltà, mi sembra che la mia idea non sia così geniale come avevo pensato. L'ultima volta che ho attuato uno dei miei piani, mi hanno pestato nel parcheggio del bar. Mi mordicchio le unghie, le dita tentennano davanti allo schermo del mio smartphone. Se continuo a pensarci mi tirerò indietro. «Al diavolo i dubbi!» impreco tra me e me.

Digito veloce la sequenza numerica, scrivo un sms telegrafico e poi butto il telefono sul letto, lo lancio come se scottasse. Nemmeno mi risponderà, ignorerà la mia richiesta, verrà al Draxter stasera col solito sorriso da schiaffi e farà finta di niente, oppure mi starà alla larga come gli ho chiesto di fare.

Sono una stupida, una sconsiderata che crede ancora alle favole, dovrò...

Un bip echeggia nella camera, segnala l'arrivo di un messaggio. Col cuore in gola afferro il telefono e guardo il display.

«Tra mezz'ora, dove ci troviamo?»

Ha detto sì, è disposto a vedermi e io ho poco tempo per prepararmi e progettare come muovermi. Gli do appuntamento in una vecchia casa abbandonata vicino al bosco, lì nessuno ci vedrà e poi salvo il numero sotto la voce: Dio pagano. Nel caso qualcuno dovesse prendere il mio cellulare, non sospetterà nulla.

Sono già vestita, ho giusto il tempo di darmi una ripassata al trucco, ma per i capelli aggrovigliati che mi ritrovo non c'è rimedio. Faccio due treccine che mi cadono sulle spalle, mi danno un'aria da bambina, ma sono la cosa più pratica e carina che mi viene in mente. Lascio un biglietto a papà, lo deposito sulla penisola, accanto a una tazza di caffè che potrà scaldare al microonde. Invento che sono uscita per andare in farmacia e che tornerò presto.

Mi metto in macchina e, per tutto il tragitto, rosicchio ciò che rimane delle mie povere unghie. Arrivata a destinazione, mi guardo nello specchietto retrovisore, per accertarmi di essere presentabile. Sono stata brava col make-up d'emergenza, ma i segni sul viso sono comunque evidenti, sono troppo freschi. «Dai, June, non è una sfilata di moda!» dico al mio riflesso. Irritata dalla mia apprensione, smonto dall'automobile e cammino sotto le fronde degli alberi che costeggiano questo rudere abbandonato.

Questa casa è ancora più fatiscente di come la ricordavo, dà l'impressione di poter cadere da un momento all'altro. Un tempo era la tenuta di un duca, ma ora è solo un cumulo di macerie; l'edera la sta inghiottendo completamente, il tetto è sfondato e i vetri sono anneriti dagli anni. Sembra una di quelle case dell'orrore, infestata di fantasmi pronti ad agguantarti non appena ti distrai.

Ho un brivido, non so se di freddo o di paura. Forse non è un buon posto dove incontrare un criminale, se Ethan mi ammazza e lascia qui il mio corpo, non mi troveranno prima di qualche decennio.

Mentre aspetto, faccio il giro del perimetro, giusto per non stare con le mani in mano e quietare l'ansia. Mi fermo al primo angolo, il sentiero è sbarrato dai rovi, è impossibile proseguire oltre. C'è una piccola porticina distrutta che dà sull'interno, non sarebbe saggio entrare qui, ma in qualche maniera devo pur ammazzare l'attesa.

Contro ogni assennatezza, varco la soglia dell'angusta porta sul retro e mi ritrovo in uno spazio ampio e deserto, flebilmente illuminato dai raggi che filtrano dalle finestre. C'è odore di chiuso e di vecchio qui, il pavimento di legno scricchiola e ho il terrore che qualche spettro possa comparirmi davanti agli occhi da un momento all'altro. Ma la curiosità ha la meglio e mi addentro ancora di più in questo luogo decaduto.

Passeggio tra i mobili consumati e pieni di polvere, sfioro i tasti di un pianoforte scordato e un suono sgraziato irrompe nel salone. Sento dei passi all'esterno e intravedo il giacchetto scuro di Ethan che passa davanti al vetro.

«June?» Spezza il silenzio che ci circonda.

«Sono qui.» Lo aspetto all'interno, non so perché, forse perché qui dentro mi sento più al sicuro, lontana da occhi indiscreti.

Arriva in pochi secondi, si abbassa per riuscire a entrare dalla porticina, decisamente non della sua misura, e viene verso di me. Non lo vedo bene, ma noto che si guarda intorno e tiene una mano rivolta verso la cintura dei suoi pantaloni e allora capisco.

Credo sia armato e stia valutando se serva o meno sfoderare la pistola e io mi innervosisco. È lui il fuorilegge doppiogiochista, non io. «Giù le armi, Ethan, sono sola. Di solito, io non mando scagnozzi a fare il lavoro sporco al posto mio.»

Ormai è di fronte a me, posso vedere con chiarezza il suo viso, rasserenato dal fatto che questa non sia una trappola, ma ferito dalle mie insinuazioni. «Te l'ho già detto, io non c'entro niente con quello che ti hanno fatto.»

L'assurdo è che io gli credo, ma per qualche arcana ragione non voglio che lui sappia che mi fido.

Si fa più vicino, mi inebria col suo profumo di tabacco e dopobarba e quando i suoi occhi cristallini si piantano nei miei ho il sentore che il cuore mi schizzi fuori dal petto. In questa penombra sembra ancor di più una visione celeste, le sue iridi chiare brillano nel buio e mi trafiggono.

«Davvero mi credi capace di farti del male?» Lo sta facendo di nuovo, mi sta spogliando di ogni bugia col suo sguardo ammaliatore.

E io non ho difese. «No... non lo so, non ti conosco.»

Una scintilla di speranza gli attraversa gli occhi.

«Però mi hai chiamato qui, quindi vuol dire che un po' ti fidi.»

Ha ragione, oppure sono solo disperata. «Tra tutti i tuoi amici, mi sembri quello meno cattivo.»

Ride per la mia frase infantile e io me la prendo.

«Forse ho fatto un errore a chiamarti.»

Lo pianto in asso, in questo salone impolverato e buio ed esco fuori, ma lui mi viene dietro, mi affianca.

«Aspetta, non ti arrabbiare.»

Maldestra come sempre, inciampo e barcollo. Lui mi prende al volo e mi tiene in piedi. Siamo faccia a faccia, petto contro petto, le sue mani sulla mia pelle bruciano e il mio stomaco sussulta adesso che posso vederlo alla luce del sole. È di una bellezza impossibile da immaginare, a cui è impensabile resistere.

Un solo particolare imbratta quel viso armonioso e perfetto: ha un occhio nero, un livido piuttosto fresco. Come se lo è procurato? Istintivamente nella mia testa visualizzo suo zio Danny.

Forse è a causa mia che ha fatto a pugni con lui, forse ha mantenuto la sua parola e ha punito i responsabili del pestaggio. Lui si accorge che sto fissando quel preciso lembo di pelle violacea e, seppur tra le righe, conferma le mie ipotesi.

«Hai ragione, probabilmente sono il meno cattivo tra i miei amici.» Passa le dita sui miei lividi, li accarezza e io mi sciolgo.

Perché non lo fermo, perché gli permetto di toccarmi? Perché quest'intimità non mi sembra sbagliata?

Quel suo sguardo penetrante e quel tocco delicato mi faranno perdere la ragione. Ethan è peggio di una doppia dose di antidolorifico, è più invalidante, più

128

efficace, riesce a mettermi a tappeto più velocemente, a farmi dimenticare chi sono.

Sopra le nostre teste, un corvo, appollaiato sul ramo di un albero, prende il volo e si libra nel cielo con un frullio d'ali. Distolgo lo sguardo da Ethan e questo mi basta per tornare in me.

Gli faccio cenno che posso stare in piedi da sola e lui mi lascia andare. Si siede su un tronco disteso sull'erba e si accende una sigaretta, senza smettere di guardarmi.

Devo sbrigarmi, sottrarmi il prima possibile al suo incantesimo. «Scott mi ha detto tutto, del drop-bar, del furto, della cessione del Draxter.»

Ethan digrigna la mascella, abbassa lo sguardo, inchiodato da una realtà che lo dipinge come uno sporco ricattatore narcotrafficante.

È solo questo per me, uno spacciatore da cui guardarsi le spalle? Forse dovrebbe, eppure io non ho paura di lui, né sento la repulsione scorrermi nelle vene quando gli sto vicino. Ciò che sento sottopelle quando ce l'ho davanti è ben lontano dal disprezzo.

Lo raggiungo, mi siedo al suo fianco, sono stanca di stare in piedi. Il mio patetico tentativo di mantenere le distanze oggi fa le bizze, il mio cuore martella sia se sto a sessanta centimetri da Ethan, sia se sto a cinque, quindi tanto vale che mi sieda. «Non voglio perdere il locale, era di mia madre, è tutto ciò che mi resta di lei. Troverò il modo di restituirvi i soldi, ma...»

Ethan scatta, mi interrompe brusco. «Non ci darai niente, né i soldi né il Draxter, almeno non finché non avrò scoperto chi ci ha fregati e chi ti ha aggredita.» È me che vuole difendere o vuole solo scovare la mela marcia nel suo cesto? «Sono convinto che si tratti della stessa individuo, solo due persone possono nascondersi dietro entrambe le cose.»

Non capisco, Danny è l'unico su cui punterei il dito, di chi altro sospetta?

Il suo sguardo greve, il fatto che non me lo dica esplicitamente e aspetti che ci arrivi da me, mi aprono gli occhi. «Non ci posso credere! Pensi che sia stato Scott?»

Anche io ho dubitato di papà, ma un conto è ipotizzare che si sia lasciato trasportare dall'avidità, un altro è accusarlo di aver pagato qualcuno per malmenarmi. C'è una bella differenza tra le due cose.

Ethan solleva le spalle con fare ovvio. «Spingerti a vendere sotto minaccia, scaricare la colpa su di noi, così da salvarsi il culo, è un piano semplice.»

Scuoto la testa, lo inchiodo con uno sguardo accusatorio. «Forse tu sei abituato ad avere a che fare con persone senza scrupoli, ma su mio padre ti sbagli.»

Si scalda, i suoi occhi si infiammano. «Come fai a esserne così sicura? Non mi pare che Scott sia un sant'uomo!»

A cosa si riferisce? Con che diritto lo giudica?

«Non mi avrebbe mai fatto questo!» Indico la mia faccia livida e lui abbassa lo sguardo.

Inspiro a fondo e butto fuori. Incrocio le braccia al petto, con l'indice sfioro una vecchia cicatrice ormai sbiadita e confesso ciò che non ho mai avuto il coraggio di dire a nessuno. «Scott era un alcolista, aveva il vizio di alzare le mani quando era ubriaco.» Mi volto verso Ethan, cerco i suoi occhi. «Non avrebbe mai mandato qualcuno a picchiarmi, non dopo tutto quello che mi ha fatto passare.»

Il suo sguardo resta incollato al mio. Non sembra stupito dalla mia confessione, piuttosto pare sinceramente dispiaciuto. Mi fissa con una tale intensità da obbligarmi a interrompere il contatto visivo.

Gli faccio pena? Vorrei rimangiarmi tutto, solo per cancellare la compassione dipinta sul suo viso.

Sto per alzarmi, desiderosa di scrollarmi di dosso la sua pietà, ma lui mi prende per un braccio e mi tiene inchiodata al suo fianco. «Mi fido del tuo giudizio, se sei convinta che Scott è innocente, ti credo.»

Vorrei dirgli che, a questo punto, rimane soltanto una persona da incolpare, ma preferisco tacere. Danny è pur sempre suo zio e io so come ci sente ad avere un mostro in famiglia, non voglio accanirmi ulteriormente su Ethan.

In fondo poco importa chi dei suoi amici abbia mosso i fili, io e Scott dobbiamo comunque restituire quei soldi se vogliamo evitare altre imboscate. «Ho bisogno di sapere quanti soldi c'erano nella cassaforte, Scott mi ha detto che erano impacchettati e non sa di che cifra si tratta.»

Ethan scuote la testa contrariato. «June, te l'ho detto, finché non avrò dissipato i sospetti sul club non ti devi preoccupare dei soldi.»

Perché la fa così semplice? Mi dà i nervi. «Ma prima o poi dovrò farlo, perciò dimmelo. Quanto vi devo risarcire?»

Lo imploro con lo sguardo e lui cede. «Centomila dollari.»

«Cazzo!» Mi prendo la testa tra le mani, è molto più di quel che pensavo.

Mi alzo in piedi, mi massaggio le tempie, cerco di mantenere la calma e di pensare lucidamente.

Ethan si avvicina, mi posa una mano sulla spalla, la stringe appena. «June…»

Mi giro verso di lui, camuffo la paura che qualcuno ammazzi me o Scott dietro un'espressione stoica. «C'è un uomo che mi aspetta a Los Angeles, è ricco e vuole sposarmi. Posso chiedergli un prestito.»

Cala il sipario, sul viso di Ethan si spengono le luci della ribalta e le sue mani scivolano via da me. Si allontana di un paio di passi, accarezza la barba bionda e quando torna a guardarmi la sua espressione è pregna d'angoscia. «È quello che vuoi?»

Perché mi guarda così, come se fosse lui quello con l'acqua alla gola?

«Dare dei soldi a degli spacciatori? No, non è quello che voglio.»

Non so perché uso quella parola come un'arma, perché rimarco il disprezzo per ciò che è, forse perché mi sento così esposta ai suoi occhi che tento di difendermi come posso.

«Sposare quel riccone, è quello che vuoi?» Non mi dà tregua, mi smaschera di nuovo e vince la partita.

Logan è il mio fidanzato, un ragazzo fantastico, lui non lo sa, ma io sì. Allora perché mi comporto come una condannata a morte?

Lo faccio perché non mi piace non avere scelta, dev'essere per forza per questo. «Voglio solo che questa storia finisca.»

Ha la risposta che cercava e si rianima. «Non esiste, non sacrificherai la tua vita per un pugno di motociclisti corrotti.»

Anche lui è uno di loro, eppure quella toppa da vicepresidente sembra un'etichetta messa sul barattolo sbagliato, stride con l'umanità che mi ha mostrato finora. È il loro vice, anche lui vende droga per campare, ma non è come loro, è diverso.

Chi sei davvero Ethan Cruel?

Non ho il tempo di chiederglielo perché lui, con un paio di falcate, azzera le distanze. Infila le mani dietro le mie orecchie e mi bacia e io smetto di pensare, di respirare e chiudo gli occhi.

È un bacio cruento, la sua lingua si insinua nella mia bocca con prepotenza e dà fuoco a tutto ciò che incontra sulla sua strada, anche la più piccola reticenza viene incenerita. Divento cera calda nelle sue mani, mi abbandono a lui e mi stringo contro il suo petto, vittima di un'attrazione fatale e nociva. La barba pizzica le mie labbra, il taglio sulla bocca fa male, ma non mi fermo, né fermo lui, lascio che risucchi via la mia anima e mi faccia sua.

Mi ritrovo con le spalle contro la parete sgangherata di questo rudere, con le sue mani addosso che mi accarezzano, mi tengono stretta, mi sconquassano. Le mie paure, i miei desideri più oscuri e la mia vita si spengono e si accendono su questa bocca che sento mia, e il contatto si fa sempre più profondo, più incalzante.

Scompare tutto nella mia testa, la mia mente si svuota ed Ethan mi entra dentro, nelle vene, nel sangue, come veleno dolce e letale arriva velocemente al cuore e ci esplode dentro. Ma poi le sue dita toccano l'esatto punto in cui quei tre biker mi hanno colpita con un calcio, senza saperlo mi riportano a quel momento e a una realtà che grida all'oltraggio, davanti a noi due avvinghiati l'uno all'altro.

Poggio i palmi sul suo petto, col fiato corto e le viscere ribaltate. Ethan interrompe subito il bacio, ma mi rimane comunque addosso, a una spanna dal mio naso, respira il mio stesso ossigeno.

«Fidati di me, lasciati salvare da me», sussurra, mentre afferra con la mano una delle mie treccine e se la rigira tra le dita.

Fisso le mie scarpe come se fossero la cosa più bella del mondo. Se lo guardo negli occhi è la fine, se non mi stacco da lui immediatamente non riuscirò più a farlo. Non ho mai desiderato tanto qualcuno e non ho mai avuto tanta paura di assecondare i miei desideri.

Nessuno mi ha mai baciato così.

Lascio indietro Ethan e corro via. Mi guardo alle spalle una sola volta e lui è ancora lì immobile, nella stessa posizione. Non mi ferma, non ci prova nemmeno, forse anche lui sa che quello che è successo è stata una pazzia, scatenata da un'emozione che nessuno dei due potrebbe permettersi di provare.

Salgo in auto, sbatto con forza lo sportello e mi copro la bocca con le mani. «Merda, merda, merda!» Cosa ho fatto? Che cosa mi sta succedendo?

Non credo troverò risposte esaustive, ma sono sicura che il ricordo di questo momento di perdizione mi perseguiterà per tutto il giorno. E forse anche oltre.

Alle sei in punto parcheggio davanti al Draxter e mi accendo una sigaretta. Braccata dai sensi di colpa, scorro la lista delle ultime chiamate e pigio sul nome di Logan.

Lui risponde quasi subito, dopo un paio di squilli. «Ciao, amore, come stai?»

Bene, se non consideriamo che ti ho tradito e che presto o tardi qualcuno ammazzerà me o papà.

«Male, sono preoccupata, non so dove sbattere la testa.» Temo che queste saranno le uniche parole veritiere che gli rifilerò.

«Che succede?»

Inizia la commedia. «Papà rischia di perdere il locale. È pieno di debiti con i fornitori e io non so come aiutarlo, non voglio vendere il Draxter, era di mia madre», piagnucolo.

Nemmeno si immagina quanto mi costi chiedere aiuto a lui, mostrarmi come una donzella in difficoltà che aspetta solo di essere salvata dal suo cavaliere.

O forse lo sa fin troppo bene, perché sembra non capire dove voglio andare a parare e rimane in silenzio.

«È fuori di centomila dollari e io non so dove trovarli.» Prendo un bel respiro e sgancio la bomba. «Ho bisogno di un prestito, amore.»

Ethan mi ha chiaramente fatto capire che non vuole mi sacrifichi, ma io non voglio metterlo ulteriormente in difficoltà. Sta tra due fuochi, non voglio debba scegliere tra me e il suo club.

«Caspita, June, sono un sacco di soldi! Come ha fatto ad accumulare così tanti debiti?» Non è stupido, ha capito che c'è qualcosa che non quadra.

«Lo so, mi dispiace, non te li chiederei mai se non fossi così alle strette. Ho bisogno di te, amore, ti prego, aiutami.» Sono una schifosa bugiarda. Mento, lo chiamo 'amore', faccio la sdolcinata per circuirlo. Sono imperdonabile, ma sono davvero all'angolo, non so dove sbattere la testa.

«In qualche modo risolveremo.» È un sì, un no, un forse? «Adesso devo tornare in aula, non so a che ora finisco, ma appena mi libero ti chiamo e ne parliamo.»

Riaggancia, senza nemmeno salutarmi o dirmi che mi ama, mi lascia interdetta con il telefono ancora appoggiato all'orecchio. Probabilmente mi merito questo trattamento distaccato da parte sua, gli sto chiedendo implicitamente di darmi una prova d'amore, quando io stessa non so cosa sento realmente per lui.

La mia mente va a Ethan, a quello che ho provato quando le nostre labbra si sono toccate, è impossibile non fare il paragone con le emozioni che mi dà Logan.

Come è possibile sentire un'attrazione così forte per qualcuno che conosco a malapena e non sentire la stessa cosa per un bravo avvocato che mi ama e vuole sposarmi?

Da quando sono qui, sto tirando fuori il peggio di me. Come può la mia indole essere così corrotta, al pari della corruzione che ruota attorno al mondo di Ethan?

Ho una gran confusione in testa, tanti quesiti senza risposta e una sola certezza: quando sto con Ethan il cuore mi scoppia nel petto e si riversa nello stomaco.

Entro al Draxter con l'umore sotto le scarpe. Pegaso e Rebecca mi tempestano di domande, 'perché quei lividi?', 'è stato Scott?', 'perché non sei venuta ieri?'. Risposte vaghe, ecco cosa gli do, le ripago con la stessa moneta, anche loro hanno fatto la medesima cosa con me, se la curiosità le consumerà ben gli sta.

Pensavo che lavorare mi avrebbe permesso di distrarmi, invece stare qui dentro mi fa vivere in un loop perenne. Ogni volta che qualcuno entra dalla porta, il cuore mi balza in gola, ho paura che i tre bikers decidano di tornare e darmi una ripassata. Papà è rimasto a casa, non si sentiva bene, gli ho fatto promettere di chiamare se qualcosa non va e lui mi ha promesso di venirmi a prendere alla chiusura.

Tesa come sono, mi cadono bicchieri, sbaglio le comande, sbatto dappertutto, sono un disastro ambulante. Butto giù un paio di gin-tonic, per calmare i nervi, ma ottengo il risultato opposto, divento più sbadata e, senza freni inibitori, i miei pensieri vanno a briglie sciolte. Per quanto potrò andare avanti così, come un prigioniero che aspetta l'esecuzione? Quanto tempo mi resta prima che quegli uomini mettano in atto le loro minacce? Se non mi uccidono loro, morirò comunque durante una crisi di panico o di crepacuore.

Più scorrono le ore, più si avvicina l'orario di chiusura, più l'ansia aumenta. A mezzanotte passata, vado in cucina per lavare tazze e bicchieri nella lavastoviglie, visto che quella sul bancone si è inceppata. Mi appoggio al tavolo, ho le gambe a pezzi, sto in piedi da non so quante ore.

Sento dei rumori alle mie spalle, d'istinto afferro un coltello abbandonato sul ripiano e mi volto sulla difensiva, brandendo l'arma improvvisata.

«Ehi, ehi, sono io, Princess.» Ethan mi sta di fronte, con i palmi alzati in aria in segno di resa.

136

Mollo il coltellaccio, tremo e ho una gran voglia di piangere. «Sto impazzendo, finirò al manicomio.» Gli occhi mi si riempiono di lacrime, li chiudo e stringo i denti. Percepisco le mani di Ethan avvicinarsi, ancor prima che mi sfiorino. Lo scanso, se lascio che mi tocchi non ho scampo, non riuscirò più a stargli lontano stavolta.

Lo respingo, ma ogni singola cellula del mio corpo agogna un contatto e quando lui ignora la mia riluttanza e mi avvolge in un abbraccio, crollo.

«Vieni qui», bisbiglia. Mi scontro col suo petto marmoreo e i pianeti si riallineano. Mi sento a casa, al sicuro, è lui la mia cura contra la paura e io mi arrendo, getto le armi, abbatto i muri e lascio che le sue braccia facciano quello che sanno fare meglio: scacciare i miei demoni.

«Sono stanca, non ce la faccio più.» Mi aggrappo al suo gilet e lui infila le dita tra i miei capelli, sulla nuca.

Sospira. «Lo so.» Mi bacia la testa, tira fuori il suo lato più dolce e protettivo, una tenerezza che mai avrei pensato potesse appartenergli, almeno fino a tre giorni fa.

Ethan aspetta pazientemente che mi calmi e quando trovo il coraggio di sollevare il viso verso di lui, incrocio il suo sguardo e mi perdo dentro le sue iridi tanto chiare e limpide da sembrare uno specchio d'acqua trasparente.

Non lo so per quanto tempo restiamo in silenzio a fissarci, a me pare un'eternità. Se lui mi baciasse adesso, non mi tirerei più indietro, né fuggirei come ho fatto stamattina. Osservo la linea perfetta delle sue labbra, mi sembra di sentirle ancora muoversi audaci sulle mie, morbide, piene e affamate.

Mi viene l'acquolina in bocca e il battito cardiaco accelera a dismisura. Deglutisco e mi mordo l'interno delle guance. Forse ho bevuto troppo e non sono lucida.

«June...» La voce di Ethan è cavernosa, tormentata. «Se non la pianti di guardarmi così, ti strappo di dosso questi vestiti.»

Fallo, forse è quello che voglio anche io.

Ricaccio in gola i miei pensieri libidinosi e le domande scomode. Perché adesso, a differenza di oggi, ha deciso di fermarsi? Per rispetto nei miei confronti, perché mi sono tirata indietro per prima, perché è più razionale di me e non vuole più giocare col fuoco?

Qualsiasi sia la risposta, non lo saprò mai. Sono troppo orgogliosa per chiedere, o più probabilmente ho troppa paura del responso.

Gli do la schiena e tolgo le stoviglie pulite dal cestello, per sistemarle. Ethan mi ferma. «Lascia stare, ti porto a casa.»

Mi volto nella sua direzione e mi prendo qualche secondo per dare un senso alle sue parole. «Non devi farmi da babysitter, ci posso andare anche da sola.»

Dio solo sa quanto mi rincuori la sua presenza, quanto voglio che resti, ma non mi va che mi faccia da guardia del corpo spinto da non so bene quale senso del dovere.

«Preferisco portartici io.» Gli interessa soltanto la mia incolumità, non vuole avermi sulla coscienza, è chiaro.

Per qualche motivo avrei voluto mi dicesse qualcosa di diverso. «Non serve, non...»

Mi arriva addosso, mi tappa la bocca con la sua mano grande e calda e ci ritroviamo di nuovo a una spanna l'uno dall'altro, troppo vicini per i miei nervi fragili. «Vieni con me, discorso chiuso.»

Lui è abituato a dare ordini e io sono allergica all'obbedienza. Eppure non controbatto, gliela do vinta. Annuisco e lui mi libera.

S'incammina, ma quando vede che non lo sto seguendo, torna sui suoi passi.

«Non posso andarmene ora, non mi fido a lasciare Pegaso e Rebecca da sole», mi giustifico.

Un brivido mi risale la spina dorsale al solo ricordo di quello che è successo l'altra notte. Non voglio correre il rischio che capiti qualcosa di brutto anche alle ragazze.

«C'è Chester di là, le tue amiche sono al sicuro, soprattutto Pegaso. Credimi quando ti dico che il mio socio non la perderà di vista.» Allusivo, mi strizza l'occhio.

Sbuffo, odio essere sempre l'ultima a sapere le cose.

Spogliata di ogni resistenza ed eliminato ogni ostacolo, mi accodo a Ethan che, dopo aver bisbigliato qualcosa nell'orecchio del suo amico Chester, mi fa strada nel parcheggio, verso la sua moto. La prima e unica volta che ci sono salita ero a pezzi, in ogni senso possibile e immaginabile; ricordo che quando mi sono stretta contro la sua schiena mi sono sentita subito meglio, come se quel semplice contatto mi avesse guarita in un istante.

Mi chiedo se anche oggi succederà la stessa cosa e la magia si ripeterà.

Monto in sella, lui mi passa il suo casco e sale a sua volta, sistemandosi tra le mie cosce. Un'ondata di calore si propaga proprio in quel punto esatto e istintivamente esercito pressione tra le gambe, come se fossi io a non volerlo lasciar cadere sull'asfalto.

«Stringiti a me.» Sono certa che percepisca l'attrattiva che mi scatena addosso e se ne compiaccia.

Vorrei non dovermi avvinghiare a lui, per non alimentare ulteriormente il suo ego smisurato, ma quando da gas non mi lascia altra scelta che incollarmi al suo busto come uno zaino e tastare con mano i suoi addominali scolpiti. Rimugino sul bacio di questa mattina, sul fatto che invece stasera mi abbia in qualche modo respinta, sul modo in cui del tutto assurdamente ci siamo avvicinati e mi chiedo come finirà questa storia. Mi rimpinzo di ipotesi e dubbi, ma alla fine il vento che sferza sul mio viso fa volare via ogni pensiero negativo. Rimane solo il corpo caldo di Ethan e il modo fantastico in cui mi fa sentire e allora metto da parte il buon senso e mi lascio andare. Poggio la testa sulla sua spalla e mi godo il viaggio, il silenzio della notte e la bolla d'intimità in cui siamo avvolti, mentre solchiamo le strade deserte di Roseville a tutta velocità.

Quando arriviamo a destinazione, quasi mi spiace dovermi staccare da lui. Mi faccio lasciare in cima alla via, per evitare che papà mi veda con lui. Ethan smonta per primo, si sistema i capelli aggrovigliati con le dita e io lo fisso imbambolata, perché riesce a essere sexy anche mentre si pettina.

È tanto bello che mi gira la testa. Mi levo il casco, glielo ridò e mi rendo conto che non vorrei che se ne andasse, ma ora la sua missione è compiuta, io sono al sicuro, non serve più che resti.

«Grazie del passaggio.» Ci cado di nuovo, mi soffermo sulla sua bocca e sento piccoli fuochi d'artificio scoppiettare festosi nel mio stomaco.

«Se hai bisogno, sai dove trovarmi.» Paventa una serenità assoluta.

Forse bacio male, forse Ethan non sopporta chi scappa, forse non vuole complicare le cose, oppure non vuole esporsi ancora una volta. Ci sono un milione di ragioni per cui dovrei lasciarlo andare, ma nessuna di queste riesce a dissuadere il mio ostinato cuore in tumulto.

Mi lancio in una missione suicida, spinta da una fede cieca e assoluta verso il dio pagano più abbagliante che abbia mai incontrato. Mi sollevo sulle punte dei piedi, mi sporgo verso il suo viso e bacio l'oggetto dei miei desideri.

Premo appena le labbra sulle sue, camuffo la passione dietro un più o meno casto e innocente bacio a stampo. Mi aspetto una reazione, ma Ethan resta immobile con gli occhi sgranati e la mascella tesa.

Gli do le spalle e mi incammino verso casa, delusa e inappagata.

«'Fanculo le regole.» Faccio appena in tempo a sentirgli pronunciare queste parole che le sue mani mi acciuffano per le spalle.

Ethan mi fa voltare di scatto e poi si catapulta sulla mia bocca, con la stessa dolente intensità di stamattina. «June Summer, sarai la mia rovina.»

L'irruenza con cui le sue labbra si muovono sulle mie mi fa oscillare all'indietro, Ethan mi circonda la schiena con le braccia, per non farmi muovere nemmeno di un centimetro. Insinuo le mani tra i suoi capelli e schiudo la bocca per respirare il suo stesso ossigeno, per lambire la sua lingua e sentire il suo sapore.

Non c'è più delicatezza nei suoi movimenti, solo smania di tenermi ancorata a lui. Il suo modo di baciarmi, di giocare con la mia lingua e le mie labbra, è febbrile, animalesco, mi sta facendo perdere il controllo. Dimentico che siamo in mezzo alla strada, mi tendo sulla punta dei piedi, premo il seno contro il suo petto e gli tiro i capelli sulla nuca, inclino la testa, per approfondire il bacio.

Un verso gutturale rimbomba nella sua gola, un attimo prima che lui si fermi. «Andiamo via di qui, vieni con me.»

Senza fiato, con le labbra arrossate e gonfie, lo guardo.

Mi sta porgendo la mano, aspetta che l'afferri e che mi lasci portare via. Dovrei fermarmi, tornare indietro finché sono in tempo, ma ormai non c'è via d'uscita per me, la mia anima è persa. Mi affido a lui, non voglio più scendere da questa nave anche se sta andando dritta nell'occhio della tempesta.

Saliamo in sella e questa volta non c'è bisogno che lui mi dica di aggrapparmi, le mie mani si muovono da sole e lo stringono, decise a non mollare la presa per nessun motivo al mondo. Ethan mette in moto, guida come un pazzo. Percorriamo la strada per la perdizione a ottanta miglia orarie.

Venti minuti più tardi ci ritroviamo nel bel mezzo di un bosco, di fronte a un capanno nascosto da una fitta fila di alberi sempreverde.

Sfilo il casco, mi guardo intorno, ma non si vede quasi nulla. Siamo avvolti dall'oscurità. «Che posto è questo? Vuoi uccidermi e seppellire qui il mio cadavere?»

Ethan sorride, il suo sguardo fa scintille anche nel buio. Si avvicina, mi respira sul collo e poi lo morde. «Ho tante belle cose in mente, ma ammazzarti non è tra queste, credimi, non con i metodi tradizionali per lo meno.»

Con la lingua lambisce il sottile strato di pelle dietro l'orecchio, mi sposta i capelli, e continua a torturarmi. Ho il cuore che pompa come un maledetto e la salivazione azzerata. Mi ha in pugno e allora decido di giocare ad armi pari.

Mi struscio contro il suo corpo, insinuo le mani sotto la sua maglietta, tasto la pelle della sua schiena, bollente e liscia e lui freme. «Eppure, prima, sembrava che non volessi nemmeno baciarmi...»

Ringhia, le dita scendono fino alle mie natiche, mi solleva di peso, mi fa avvinghiare le gambe intorno al suo busto e cammina sulle foglie secche con me in braccio. «Adesso ti faccio vedere io quanta voglia avevo di saltarti addosso.»

Ridacchio contro la sua bocca e lo bacio e mordo le sue labbra e le lecco, pregustando ciò che mi aspetta. Perdo il contatto con la realtà. Raggiungiamo la porta del capanno, Ethan traffica con le chiavi, tento di distrarlo con ogni mezzo e, dopo svariati tentativi, riusciamo a entrare.

Accende una luce, finiamo contro una parete, appiccicati e febbricitanti. «Cos'è che vuoi, June? Dimmelo.»

Le parole mi escono di bocca, prima che possa filtrarle. «Te.»

Ethan respira nell'affanno, mi guarda negli occhi, solenne e improvvisamente serio. «Andrò all'inferno per aver osato toccare una creatura angelica come te. Sono dannato, June, dovrei starti il più lontano possibile.»

Lontano? Lo attiro ancora più vicino, lo imprigiono nel mio abbraccio. «Non farlo, non voglio che tu lo faccia.»

Lui chiude gli occhi, sospira profondamente e poggia la fronte contro la mia. Vuole tirarsi indietro?

La paura che abbia cambiato idea sfuma quasi immediatamente. Mi rimette a terra, mi prende per mano e mi conduce in una striminzita stanza spoglia, con un letto singolo e poco altro ad arredarla. Non perde tempo, mi sbottona la camicetta, mi sfila la gonna, butta tutto a terra e io ringrazio il cielo che la lampada sopra le nostre teste emetta una luce fioca, forse i miei lividi non sono tanto visibili così.

Mi toglie anche il reggiseno, con un'abilità che la dice lunga sulla sua esperienza nello spogliare una donna. Mi prende un seno tra le mani, lo strizza e rimane a rimirarmi. «Sei perfetta, sei fatta apposta per le mie mani.»

Trastulla un capezzolo con le dita, la mia schiena si inarca e il calore della mia intimità diventa bruciante.

143

Gli levo la maglietta, accarezzo i suoi pettorali duri e torniti, bacio la sua pelle, parto dal collo, scendo fino alla clavicola e lui geme.

Frettoloso, si toglie scarpe, pantaloni e boxer e mi butta sul letto. Si sdraia sopra di me, sfrega la sua erezione contro il mio basso ventre e mi stuzzica. Le sue dita sono dappertutto, le labbra sulle mie, sul mio petto, vagano libere su di me. I miei umori inzuppano il sottile strato di stoffa che ricopre il mio sesso, non posso aspettare un secondo di più.

«Ti prego...» lo supplico, lo imploro di placare il desiderio che mi consuma.

Con una mano mi tiene il viso, con l'altra scende fino al centro delle mie pulsioni e infila due dita sotto il pizzo. «Dio, sei così bagnata. Al diavolo i preliminari, voglio scoparti adesso.»

Mi strappa le mutandine, le riduce in brandelli e le getta a terra. Peccato, erano le mie preferite.

Con un solo irruente affondo si spinge dentro di me, in tutta la sua lunghezza e mi riempie. Trattengo il fiato, conficco i polpastrelli nella sua schiena e mi mordo il labbro così forte che il taglio si riapre e sento in bocca il sapore metallico del sangue.

Ethan ci passa sopra il pollice, cancella quella macchia rossa e prende a muoversi. «Voglio che non mi dimentichi tanto facilmente», dentro e fuori, svuota e riempie, «voglio restarti addosso, impresso come un tatuaggio indelebile», su e giù, a un ritmo inflessibile e sempre più serrato, «adesso sei mia, non me ne andrò più dalla tua testa.»

Sangue e carne, mani che toccano e si cercano, la sua bocca carnosa, il suo profumo, tutto di lui mi sta facendo impazzire. Non so più cosa fare per placare questo delizioso tormento che mi rivolta lo stomaco e mi squarcia l'anima. I nostri corpi si fondono, danzano sulle

144

note della canzone stonata che è questa notte, questo momento di felicità rubato al caos.

Le sue spinte non mi danno tregua, i suoi baci zittiscono i miei ansiti e io sento l'orgasmo montarmi dentro. Ethan capovolge i ruoli, finisco a cavalcioni su di lui, con le sue mani sul mio fondoschiena che guidano e assecondano il mio ondeggiare. Si mette dritto, infila il naso tra i miei seni, li lecca avido e io stringo i suoi capelli tra i miei pugni contratti. Dopo pochi secondi una colata di lava mi esplode tra le gambe e mi risucchia via tutte le energie.

Mi accascio sul suo collo, col respiro mozzato e un tamburo al posto del cuore. Ethan mi sposta i capelli dal viso sudato, mi dà un bacio lento e poi mi osserva rapito. Non sono mai stata tanto nuda, tanto vera e me stessa come adesso.

«Non immagini quanto sei bella in questo momento.» Mi trapassa l'anima con quelle iridi di ghiaccio.

«Sono a un passo dall'infarto, ecco cosa sono!»

Sfodera un sorriso mai visto, da peccatore che ha appena trovato la luce eterna.

Mi rimette sul materasso, mi fa voltare di fianco e mi penetra di nuovo, con una delicatezza che ben presto lascia il posto alla furia. Quando la sua mano si sposta sul mio monte di venere, vengo una seconda volta.

Accaldata e allo stremo, mi sdraio supina, lo accolgo e ignoro la carne gonfia e pulsante che implora tregua. Divarico le cosce e lui mi imprigiona le mani ai lati della testa e riinizia a martellarmi, fa scivolare via la fatica e mi riporta verso l'annebbiamento del piacere. Allaccio le gambe intorno al suo busto, inarco la schiena e lascio che si spinga fino in fondo.

Le mie dita si tendono, intrappolate sotto le sue, e il suo sguardo si intreccia al mio. Non smette di guardarmi nemmeno quando raggiunge l'apice e i suoi occhi si fanno liquidi e torbidi. Esce un attimo prima di essere scosso dagli spasmi, mi viene sul ventre e mi rimane addosso finché le sensazioni non scemano del tutto.

Ethan rotola su un fianco, mi bacia la punta del naso e poi si alza dal letto, entra in quello che presumo sia il bagno e svanisce dalla mia visuale. Ritorna dopo un paio di minuti, ancora nudo, con i capelli bagnati e il corpo tempestato di goccioline che scivolano sulla sua pelle.

Si sdraia, mi attira a sé, abbandona braccia e gambe sul mio corpo.

Passo le dita sulla sua barba umida. «Anche io dovrei farmi una doccia.»

Scuote la testa, esercita pressione con le ginocchia, per impedirmi di alzarmi. «Non c'è acqua calda e poi non voglio che lavi via il mio odore.»

Mi accarezza la schiena, con le stesse mani che fino a pochi minuti fa sbranavano la mia pelle. I suoi occhi sono quieti, mi ipnotizzano, si perdono nei miei.

Avvolti nel silenzio, sussulto quando dall'esterno si sente l'ululato di un lupo. Non sono un'amante della natura incontaminata, ma questo capanno disperso nel nulla è appena diventato il mio posto preferito.

«Si può sapere dove mi hai portata? Che cos'è questo posto?» Troppo impegnata a pensare a lui e al desiderio di farci l'amore, non mi sono presa la briga di guardare la strada, né dove siamo finiti.

La mia domanda innocente lo rabbuia. «Sei certa di volerlo sapere?»

E io che ingenuamente pensavo fosse la baita di un cacciatore, di qualcuno della sua famiglia magari. È chiaro che questo luogo ha qualcosa a che fare con il suo club, evidentemente qualcosa di poco pulito.

Annuisco e lui prende un grosso respiro e inizia a giocherellare con i miei capelli. «Qui è dove impacchettiamo la roba, prima di distribuirla ai rivenditori.»

Istintivamente, mi scosto di poco dal suo abbraccio e deglutisco.

Lui smette di sfiorarmi, lo sguardo si fa greve e pesante. «Non scherzavo quando ti ho detto che finirò all'inferno, un peccatore come me non avrebbe mai dovuto avvicinarsi a una come te.»

Non amo le etichette, né chi pensa che ogni cosa si possa classificare soltanto come bianco oppure nero. Io ho sempre visto tutto grigio, è una vita che sguazzo nelle sfumature e Ethan è una di quelle, ai miei occhi è tutto fuorché un'anima persa.

Ora è il mio turno di dargli sollievo, di allontanare i suoi demoni. «Non c'è luce senza oscurità, nessuno è immacolato e non spetta a me giudicarti. Sapevo chi eri, anche prima di seguirti qui.»

«E?» Non gli basta l'assenza di giudizio, vuole sapere cosa penso davvero di lui.

«E non mi importa quello che fai per vivere.» Si rilassa, le sue dita tornano a lambire le mie scapole e gli occhi recuperano vivacità. «Io ho visto chi sei davvero e non sei così sporco come credi.»

Criminale, donnaiolo, arrogante, da quando lo conosco gli sono stati affibbiati una miriade di attributi, io stessa l'ho identificato con ognuno di questi ruoli. Ma dal momento in cui mi ha consolata fuori dal Draxter, la sera del pestaggio, i suoi mille volti sono scomparsi ed è rimasto solo il vero Ethan, quello che sta facendo l'impossibile per proteggermi e che ha messo a repentaglio la sua posizione pur di amarmi, anche se, con tutta probabilità, per una notte soltanto.

Lui abbozza un sorriso, stanco, grato, dolce. Mi bacia e si fa più vicino. «Devo essere stato piuttosto bravo a letto per averti ispirato tanta clemenza.»

Fa del sarcasmo, come suo solito quando è in difficoltà, e io gli schiaffeggio il bicipite d'acciaio e faccio per sgusciare via dalla sua presa. Ma lui mi ferma, mi impedisce di muovermi. «Dove pensi di andare?»

Ride, ma io la vedo la paura nel suo sguardo, la riconosco perché è la stessa che sento anche io. Il timore di chi è stato in paradiso e ora deve tornare coi piedi per terra. «È tardi, Scott sarà preoccupato.»

Ho perso la cognizione del tempo, ma sono certa che sia notte inoltrata e se papà sapesse con chi sono gli verrebbe una sincope.

Ma a Ethan non importa, mi trascina tra le sue braccia e mi fa poggiare la testa sul suo petto. Mi trattiene a suon di carezze. «Mandagli un messaggio, digli che sei da un'amica, inventati qualcosa. Non ti lascerò andare via tanto facilmente.»

Un sms per tranquillizzare Scott, una piccola bugia a fin di bene, non è un dramma, forse posso godermi questa parentesi felice ancora per un po'.

«Voglio che resti esattamente dove sei.» Mi tiene stretta nel suo abbraccio, anche se sa che non ce bisogno di convincermi a rimanere.

«E dove sono, Ethan?» Sotto il mio orecchio, il suo battito cadenzato e lento.

«Sul mio cuore, June, è quello Il tuo posto.» E io lo bacio quel cuore, ci poso le labbra, perché lo sento anche un po' mio.

Chiamo papà, gli rifilo una balla improvvisata, 'esco a bere qualcosa con Pegaso', qui a Roseville dove dalle dieci in poi non si muove più nemmeno una foglia, rischio di ridere delle mie stesse bugie, ma per fortuna lui se la beve. Mi raccomanda di stare attenta, di non fare troppo tardi e mi dà la buonanotte e intanto io scaccio le

148

mani insistenti di Ethan, che non smettono un secondo di palpeggiarmi e distrarmi. Chiudo la conversazione e la schermata ritorna alla lista degli ultimi numeri utilizzati. Sotto la voce 'Scott' compare 'Logan' e sotto di lui c'è 'Dio pagano'. Ethan, alle mie spalle, impegnato a baciarmi la nuca e il collo, vede il display prima che possa oscurarlo.

Smette di fare quello che stava facendo. «Chi è 'Dio pagano'?»

E adesso, che gli dico? «Un amico.» Sì, per la precisione, un amico con il quale ho appena fatto sesso e che se ne sta ancora incollato a me, col suo corpo nudo da adone.

Mi fa voltare e mi guarda negli occhi con le pupille in fiamme. «E che ti ha fatto questo amico per guadagnarsi quel nomignolo?»

È geloso?

Scoppio a ridere, se solo sapesse. Lui si arrabbia e mi ruba il cellulare dalle mani. Prima che possa fermarlo, sblocca la schermata e fa partire la chiamata.

«Ridammelo!» Tento di portarglielo via, ma lui riesce abilmente a tenermi ferma con un braccio e con l'altro a brandire lo smartphone.

Non so cosa sia peggio, se il fatto che palesi una possessività che non ha motivo di essere, oppure che scopra la verità.

Quando il suo cellulare trilla dalla tasca dei jeans gettati sul pavimento, smetto di lottare. Ormai il danno è fatto.

Mi fissa, gli torna il sorriso. «Sono io, io sono 'Dio pagano'?»

Sbuffo, gli do un pugno sul petto e mi metto a braccia conserte, col viso imbronciato. Lui se la ride di gusto e io vorrei strozzarlo. Mi giro dalla parte opposta, convinta di fargli uno sgarbo, ma lui riesce a rigirare la frittata a suo piacimento. Mi viene vicino, mi intrappola in un abbraccio e spinge la sua erezione contro le mie natiche. «Non fare così, Princess. È un nomignolo adorabile, più che azzeccato direi.» Rimango immobile, fredda come una statua di marmo, anche se mi costa parecchia fatica.

Dovrei salvaguardare la mia dignità, ciò che ne rimane per lo meno, ma il modo in cui inizia a toccarmi, e quella maledetta asta turgida a un soffio dalla mia intimità, mi fanno scordare perfino il mio di nome. Mi respira sul collo, le dita scendono sotto l'ombelico e io mi aggrappo alle lenzuola per non urlare, per non dargli la soddisfazione che cerca.

Con i polpastrelli disegna piccoli cerchi concentrici attorno al mio clitoride, fa di me la sua tela bianca su cui dipingere linee astratte che conducono alla perdizione. E io sì che mi perdo, mi perdo e mi ritrovo nei suoi movimenti.

Titilla, sfrega, preme.

«Ethan…» Perché lo imploro, perché si fermi, perché continui?

«Che c'è, Princess?» Anche il suo timbro graffiato è sensuale, mi invita a cedere all'oblio.

Mi manca la voce. «Ethan… non fermarti.»

Mi ha in pugno, corpo, anima e cuore. Mi morde la clavicola e mi porta a un passo dall'orgasmo senza nemmeno penetrarmi. Quando una colata di lava incandescente risale dai piedi e raggiunge le cosce, Ethan affonda il membro dentro di me e io grido il suo nome.

Si stende sopra di me, mi bacia le palpebre, le guance, il naso. «Chi l'ha detto che è peccato nominare il nome di Dio invano?»

Rido, col respiro affannato e i muscoli ancora scossi dai tremiti. «Sei un blasfemo!»

«Un pagano, ecco cosa sono, il tuo Dio pagano.»
Una battuta che nasconde un fondo di verità.
Non ho mai venerato nessuno come ho fatto con Ethan.

Facciamo l'amore un'altra volta, più lentamente, assaporiamo un centimetro di pelle alla volta, con la tenera bellezza di un fiore che sboccia dopo un lungo inverno.

Manca poco più di un'ora all'alba e lo spauracchio del ritorno alla realtà comincia a far sbiadire la magia. Col cuore pesante, mi alzo e prendo a raccattare i miei vestiti; do le spalle al letto, gli occulto il mio sguardo triste, e mi infilo la gonna.

Ethan accende la luce dell'abat-jour e poi mi raggiunge, sposta le mie dita, che stavano cercando di allacciare il gancio del reggiseno, e lo fa posto mio. Ho il suo sguardo addosso, lo percepisco, sfiora il grosso livido sulla mia schiena, ora ben visibile sotto la luce gialla della lampada da tavolo.

Sospira, mi attira contro il suo busto e mi cinge la vita con le braccia. È teso, lo sento anche se non riesco a vederlo in faccia in questa posizione. «Pagheranno per quello che ti hanno fatto.»

Gli accarezzo i bicipiti, mi faccio piccola contro il suo torace, mi godo questa sensazione di sicurezza che so già svanirà non appena ci saluteremo. «Non cerco vendetta, voglio soltanto smettere di avere paura che qualcuno sbuchi dal nulla e mi faccia fuori.»

Sono cresciuta in mezzo alla violenza e al terrore, non posso pensare di ripiombare nell'incubo.

Ethan mi fa ruotare verso di lui, sempre tenendomi stretta. «Guardami.»

Non voglio farlo, non voglio veda il timore nei miei occhi, ma non posso evitarlo.

Mi solleva il mento con le dita. «Non devi più avere paura, risolverò questa cosa. Sei sotto la mia protezione adesso, nessuno dovrà sapere di noi, ma ti proteggerò a qualunque costo.»

Il mio cuore manca un battito. «Di noi?»

Non ho mai pensato al dopo, a cosa saremmo diventati dopo questa notte di passione. Io sono fidanzata, abito a Los Angeles, sono quella che deve un mucchio di soldi al suo club. Ethan è uno spirito libero, un fuorilegge senza patria che sta facendo il doppio gioco con i suoi amici a causa mia. Siamo acqua e fuoco, due elementi incapaci di convivere senza danneggiare l'altro, cosa potrebbe nascere di buono da due come noi?

«Sì, 'noi'. Non ti libererai più di me, dopo questa notte sei mia.»

Alla mia anima non frega niente della logica e della razionalità, alle parole di Ethan prende il volo e si innalza nel cielo, lontano dai problemi e dagli ostacoli.

Gli poso le mani sul collo e la testa sulla sua guancia. «Siamo due pazzi da rinchiudere.»

Una risata rimbomba nella sua gabbia toracica. «Non mi dispiacerebbe se mi rinchiudessero in una stanza con te.»

Le mani scendono sul mio sedere, lo strizzano. Lo blocco, anche se a malincuore. «Portami a casa, oppure non ce ne andremo più di qui.»

Sbuffa, nemmeno lui vuole andarsene, ma sa che non abbiamo altra scelta. «Ai tuoi ordini, Princess.»

Varco la soglia di casa mia il più silenziosamente possibile, alle cinque e quaranta del mattino, dopo aver salutato Ethan con un lungo bacio appassionato. Prima che papà si svegli, mi chiudo nella mia camera e mi lascio andare sul letto, distrutta e assonnata.

Mi giro e rigiro tra le coperte, inebriata dal suo profumo ormai impresso a fuoco sulla mia pelle.

Ripenso a quello che è successo nelle ultime ore a come la situazione si sia capovolta così drasticamente e non riesco a chiudere occhio.

Provo a dare un senso alle mie emozioni, a capire come mai non mi sono mai sentita così viva accanto a un uomo stabile come Logan e come invece abbia trovato quello che non sapevo nemmeno di desiderare tra le braccia della sua perfetta nemesi.

Quando i raggi del sole spuntano e irradiano le pareti color pastello, giungo a una conclusione.

La ragione per cui l'agio e le premure di Logan non sono state capaci di fare breccia dentro di me è che io non l'ho mai amato. Lo so, con assoluta certezza, lo so perché per la prima volta mi sono innamorata. Mi sono innamorata di Ethan Cruel.

6
Ethan

It's a long hard fight to learn to care for each other.

Che cos'è la felicità?

Non lo so, ho sempre pensato che tutto ciò che ruota intorno a questa parola fosse una stronzata per filosofi perbenisti, pronti a giurare che un attimo di felicità valga un'intera vita di stenti.

Se qualcuno me lo chiedesse ora, non sarei più così scettico. Una notte con Princess e improvvisamente mi rendo conto che tutte quelle filippiche sdolcinate sono vere e io non voglio smettere di crederci.

Smonto dalla mia 883, il sole sta spuntando, sulle mie dita c'è il profumo di June e sulla mia faccia un sorriso da coglione innamorato. Salgo i gradini del club a due a due, nonostante la notte completamente insonne, volo su per le scale, con l'adrenalina ancora in circolo.

Credo mi servirà una canna, per quietarmi e dormire un po'. Cammino lungo il corridoio che porta alla mia stanza, butto un occhio allo specchio appeso alla parete e noto un paio di succhiotti sul mio collo. Con la mente ritorno a poche ore fa, a quando Princess stava sdraiata sopra di me e baciava e mordeva e leccava la mia pelle, e io morivo e rinascevo dentro quella bocca.

«Sei fottuto!» dico al mio riflesso.

Rido di me, della mia espressione da pesce lesso, di questa ostinata felicità che se ne sbatte dei pericoli e delle complicazioni e non vuole andarsene dai miei occhi stanchi ma brillanti. Spalanco la porta della mia stanza e la prima cosa che investe me e il mio sorriso è l'odore acre di nicotina, di Pall Mall, per la precisione. La seconda cosa che mi arriva addosso come uno schiaffo ben assestato è lo sguardo inquisitorio di mia madre. Se ne sta sul mio letto, con una sigaretta quasi del tutto consumata tra le labbra.

Non l'ho più vista dopo la cena finita in tragedia, forse è ancora incazzata per come mi sono comportato, o forse è qui per un motivo diverso.

Mi fermo sulla soglia per un paio di secondi e poi raggiungo la finestra e la spalanco. «Come mai qui a quest'ora?»

Mi accendo pure io una sigaretta, mentre i suoi occhi perfettamente truccati seguono ogni mio movimento e mi inchiodano. «E tu, come mai rientri adesso?»

Mi ha fregato, devo inventarmi qualcosa. «Che fai, mi controlli? Non ho più sedici anni, non ho bisogno della balia.»

Scatta in piedi, ferina e pericolosa, come una pantera pronta ad attaccare mostra le zanne. «Non ti azzardare a rifilarmi le tue cazzate, so dove sei stato e con chi.»

Cazzo, come è possibile? Chester deve avermi tradito. Pensavo di averlo convinto che volevo solo parlare con June, credevo che lui avrebbe passato la notte con Pegaso e che sarebbe stato così contento da mantenere la promessa fatta di non parlare a nessuno della nostra incursione al Draxter.

«Pablo è stato al rifugio stanotte, ha visto te e quella Summer insieme. Il club è sotto sopra e tu che fai, ti scopi la ragazza che sta mandando al diavolo l'equilibrio della nostra famiglia?»

Chester mi è rimasto fedele, ma ci ha pensato Pablo a mandare a monte i miei piani. È un infame, un maledetto infame che cerca di guadagnarsi gradi seminando zizzanie, non avrei mai dovuto dare il mio voto per la sua entrata nel club. Se, all'epoca in cui era solo una recluta senza toppe, avessi seguito il mio istinto, ora non mi troverei in questa situazione.

155

Tengo a bada il respiro accelerato e la rabbia verso quell'arrivista pieno di aquile tatuate dappertutto, anche se vorrei andare da lui adesso e dargli fuoco, levargli di dosso tutti quegli stendardi che porta con tanto orgoglio. Sara è su tutte le furie, se le remo contro rischio di spingerla a fare qualche pazzia delle sue. O va da Princess e le fa una piazzata, oppure si spingerà ancora più in là e metterà in atto le sue minacce contro di lei e io non posso permetterlo.

Mi appoggio alla cassettiera che sta alle mie spalle, reggo il suo sguardo e mi metto a ridere. «E Pablo ti ha anche detto quanto l'ho fatta godere per farla cadere nella mia trappola?»

Negare, inventarsi alibi, mentire al meglio che si può, è questo che mi è stato insegnato a fare quando si viene accusati di qualcosa.

Non è la prima volta che mi invento una balla, ma non ho mai detto bugie a mia madre, lei mi ha sempre spalleggiato, perciò non ne ho mai avuto bisogno. Mai finora.

Un senso di nausea mi pervade la bocca dello stomaco. Odio quello che sono costretto a dire per proteggere Princess, vorrei urlare e tornare da lei adesso, lasciare che i suoi occhi verdi lavino via i miei peccati e invece mi tocca stare qui di fronte a mia madre e sfoderare la mia maschera migliore, ostentare un cinismo che mi appartiene da una vita intera, ma non oggi, non quando si tratta di June Summer.

La tattica funziona, Sara è interdetta. Mi studia guardinga, mi trapassa da parte a parte col suo sguardo inquisitore, cerca anche il più piccolo segno di cedimento.

Mi obbliga a fare di più, a sputare ancora un po' di merda su questa notte perfetta. «Credi che mi importi davvero qualcosa di lei? Me la sono sbattuta solo per convincerla a vendere il suo locale da quattro soldi.»

"Non voglio vendere il Draxter, è l'ultima cosa che mi resta di mia madre." Ripenso al voto di June mentre mi diceva queste parole, alla sua determinata volontà di non arrendersi nonostante tutto. Ormai questa è anche la mia guerra, fosse l'ultima cosa che faccio, non permetterò a nessuno di toccare quel posto.

Sara ha ancora delle remore, inclina la testa e si avvicina con movimenti lenti. «E come mai hai cambiato idea? Fino a due giorni fa eri il paladino di quei due morti di fame, hai fatto a pugni con tuo zio per quella sgualdrina e ora ti sei redento?»

Se la chiama in quel modo un'altra volta, non risponderò più delle mie azioni e al diavolo la storia di copertura.

I miei nervi si tendono, il respiro si fa più corto e il cuore mi implode nel petto. Però non mi muovo, non fiato, non tradisco nessuna emozione. «Non mi sono redento, sono ancora incazzato con Danny, sta rischiando troppo con quei due, manco il suo sogno nel cassetto fosse quello di passare le serate a servire birre scadenti a buzzurri di provincia.»

Ora è Sara a stringere i denti. Reagisce sempre così quando parlo male di mio zio, non sopporta la mia insubordinazione, ma sa anche che provare a farmi cambiare idea adesso è tempo perso. «E quindi? Vai al sodo.»

«E quindi ho sbollito, mi sono reso conto che dovevo fare qualcosa per aiutare il club e mettere da parte le liti tra 'padre' e figlio. E allora mi sono portato a letto June, per tirarla dalla mia parte. È stato solo sesso, mi sono sacrificato per un bene più grande, piantala di farti strani film. Pablo avrebbe potuto unirsi a noi, invece che venire a fare la spia da mammina!»

La sola idea di Pablo che si unisce a noi in un'orgia mi rivolta le budella. Se ci provasse gli caverei gli occhi con le mie stesse mani.

Sara si rilassa, sfiora uno dei succhiotti che ho sul collo e sorride. «Immagino quanto ti sia costato questo sacrificio!»

Forzo un sorriso di risposta e poi mi allontano, con la scusa di chiudere la finestra, solo per avere un attimo di tregua dalla mia recita. «Be', per fortuna la figlia di Scott è una figa stratosferica e non un cesso.»

Chiudo lo spettacolo con una battuta degna di un finale coi fiocchi, nella speranza che questa farsa finisca al più presto, non sarei in grado di sopportare altro.

Io sono a pezzi e mamma, invece, pare aver ritrovato la serenità. Mi credo tanto furbo, ma non devo dimenticare da chi ho ereditato le mie doti peggiori, forse anche lei sta mentendo e finge di credermi.

Non lo scoprirò questa mattina. Veloce e impetuosa come è arrivata, se ne va. «Va bene, i particolari non mi interessano.» Si avvicina, mi bacia una guancia e mi dà l'ultimo avvertimento. «Sta' attento, tesoro, stai rischiando grosso e chiama tuo zio per chiarire. Ti voglio bene.»

Esce dalla mia camera e io crollo. Mi prendo la testa fra le mani e mi lascio consumare dall'angoscia. Sapevo che il ritorno alla realtà sarebbe arrivato, solo non credevo sarebbe successo tanto presto. Sono sul bordo del burrone, devo sbrogliare questa matassa in fretta, prima che i miei sentimenti diventino così evidenti che nessuna bugia riuscirà più a salvare la mia posizione nel club e, più di tutto, a scongiurare la ritorsione contro Princess.

Ho un solo colpo in canna, non posso sbagliare. Se accuso Danny, devo essere certo al cento per cento della sua colpevolezza, oppure la mia crociata mi si rivolterà contro. Gli ammutinamenti raramente finiscono nel verso giusto, mettersi contro il mio presidente e di conseguenza contro la mia famiglia è una scelta che non ha ritorno, qualcosa di definitivo. Alla fine uno di noi dovrà andarsene e, per quanto la vita del malvivente mi stia parecchio stretta ultimamente, amo il mio club e non sono disposto a lasciarlo nelle mani di un impostore.

Prendo il cellulare dalla tasca e rimango a fissare lo schermo, divorato dai miei stessi desideri. Vorrei chiamare June, sentire la sua voce, tornare nel mio angolo di paradiso proibito, anche se solo per un secondo. Darei tutto quello che ho per assecondare i miei bisogni e placare il mare in burrasca che ho dentro, darei ogni cosa tranne una: lei.

Ricaccio in fondo all'anima le mie emozioni che chiedono di essere sfamate e faccio la cosa giusta. Scorro la rubrica e decido di usare il cellulare per contattare qualcun altro, qualcuno che non avrei né voglia né piacere di sentire.

***

«Ti ho portato una birra rossa, va bene?» Scott deposita il bicchiere colmo di liquido ambrato sul tavolino. È servizievole, aspetta che gli dia un cenno d'assenso, prima di sedersi con la sua lattina di Coca-Cola tra le mani.

Mi limito ad annuire. Se pensa di comprarmi con delle moine da leccaculo, si sbaglia di grosso. June si fida, ma io non sono così clemente, nutro ancora dei dubbi su di lui e se le mie reticenze nei suoi confronti dovessero essere fondate, Scott scoprirà quanto può essere spietato un criminale.

Scott si siede, si passa un fazzoletto di stoffa sulla fronte sudata e si accende una sigaretta, con le dita che tremano. «Ho fatto come mi hai chiesto, ho detto a June che avevo da fare e sono venuto qui, senza farmi vedere da nessuno.»

Non mi piace dover mentire a Princess, ma lei è troppo coinvolta, ho bisogno di parlare con suo padre e levarmi ogni dubbio sulla sua presunta innocenza. Lo faccio principalmente per il bene di June, ma se lei sapesse di questo incontro, non perdonerebbe mai la mia mancanza di fiducia verso quello che ritiene a tutti gli effetti un uomo nuovo e redento.

Bevo un sorso di birra, riappoggio il bicchiere sul tavolo che Scott ha sistemato sul retro del Draxter, così da avere un po' di privacy. «Vado dritto al punto: Sei stato tu a far sparire i nostri soldi e a mandare gli scagnozzi che hanno aggredito tua figlia, per convincerla a vendere?»

Spalanca gli occhi, scandalizzato. «Io non le avrei mai fatto del male.»

Stringo i denti e ingoio la rabbia. June mi ha parlato del loro passato burrascoso, si è lasciata andare a un mucchio di confessioni su ciò che lui le ha fatto passare e ora Scott mi dice che non l'avrebbe mai ferita, proprio lui che l'ha costretta a scappare per smettere di essere trattata come un pungiball.

Mantengo la calma, mi mostro amichevole. «Magari le cose ti sono sfuggite di mano, forse pensavi che lei avrebbe ceduto senza battere ciglio e tu saresti potuto scappare lontano col bottino.»

«No, io non c'entro niente!» Sta sudando copiosamente, non so se per paura o perché non sa come dimostrare che sta dicendo il vero.

Sembra sincero, soprattutto quando parla di June. Non ho motivo di non credergli, ma decido comunque di metterlo in guardia. «Se scopro che hai provato a incastrare tua figlia per crearti un diversivo, non ti servirà scappare, ti troverò anche in capo al mondo e ti ammazzerò con le mie mani.»

Le guance scarne di Scott si colorano di rosso, si sporge verso di me con veemenza. «Io non vi ho derubati, men che meno farei picchiare June!» sbraita, «È mia figlia, *io* non sono un criminale senza scrupoli!»

Sbatto i pugni sul tavolo e gli punto l'indice contro. «Non ti azzardare ad accusarmi di aver fatto pestare tua figlia, io non picchio le donne.»

Rispondo così, d'acchito, senza pensarci. Commetto un errore madornale, non solo lascio a intendere di sapere cosa lui facesse a June, ma gli mostro anche quanto questo mi mandi in bestia.

Scott non è stupido, nota il mio livore e fa due più due.

Alla mia frase istintiva risponde con una domanda altrettanto istintiva.

«Perché sei qui, per il tuo club o per June? Chi vuoi salvare davvero?»

La domanda diretta mi prende in contropiede e la mia maschera da duro senza cuore cade. È un attimo, un piccolissimo momento in cui la verità di ciò che sento mi si legge negli occhi.

Per chi sto lottando, per la mia famiglia o per June? La verità è che voglio salvare entrambe, che non voglio perdere né l'una né l'altra, anche se inizio a pensare che, se mai mi trovassi a dover scegliere, so già da che parte mi schiererei.

«Non voglio che una ragazza innocente ci vada di mezzo.» Mi giustifico così, ma ormai la situazione si è capovolta e sono io quello sotto interrogatorio che si sente messo alle strette.

Mi accendo una sigaretta, mentre Scott sembra stia rimuginando su qualcosa. Dopo qualche istante fa un respiro profondo e torna a guardarmi dritto in faccia.

«C'è una cosa che non ho detto a nessuno, di quella notte.»

È dubbioso, incerto se fidarsi di me oppure no. «Parla, io voglio soltanto chiudere questa faccenda per il bene di tutti.»

Per il bene di June, ecco cosa vorrei dirgli.

161

Non c'è bisogno che glielo dica apertamente, ormai Scott ha capito che provo qualcosa per lei, infatti confessa tutto. «La notte del drop-bar non riuscivo a dormire, ero nervoso, continuavo a chiedermi se avessi inserito bene la combinazione della cassaforte, se avessi chiuso tutte le porte, se avessi fatto tutto per bene, perciò sono tornato al Draxter a controllare, a notte fonda. Ho incrociato Danny, che usciva dal parcheggio del bar con la sua moto, a tutta velocità e, quando sono arrivato qui la cassaforte era stata aperta e i soldi erano spariti.»

Danny non deve averlo visto, in caso contrario Scott sarebbe già bell'e morto.

«Lì per lì non ci ho dato peso, avevo visto Danny, probabilmente vi eravate ripresi i soldi per qualche intoppo. Ma poi il giorno dopo siete venuti da me, armati e incazzati mi avete detto che vi avevano derubato e che io avrei dovuto ripagarvi e lì ho capito che il vostro capo aveva agito da solo. Non potevo dire niente, mi si sarebbe ritorto contro come un boomerang, Danny mi avrebbe fatto fuori.»

È la verità, o Scott si è inventato questa storia per scagionarsi?

Lo guardo dritto negli occhi, fingo di credere ciecamente all'innocenza di mio zio. «Quei soldi erano del gruppo, nemmeno il presidente può prendere iniziative private.»

È una cazzata colossale, ultimamente ognuno di noi sta agendo per conto proprio, fregandosene degli altri. Io per primo.

«Senti, io non lo so che regole avete tra di voi, né perché Danny abbia agito così, so solo che l'ho visto qui quella notte. Che motivo avrei di mentirti, lo sai che mi farebbe se sapesse che ho parlato con qualcuno?»

Vorrei prendermi la testa tra le mani, ma non posso fargli capire che credo ai suoi sospetti, perché sono anche i miei.

162

Una cosa però mi fa incazzare, qualcosa che va oltre la delusione bruciante dell'ennesima prova contro Danny. Devo far appello a tutte le mie forze per non prendere a pugni questo bastardo. «Sei stato zitto, hai preferito coinvolgere tua figlia, piuttosto che rischiare la pelle? E ora è lei che è stata minacciata e rischia di morire!»

Sbuffo fiato caldo dalle narici, come un toro incazzato, ma questa volta Scott non si fa intimorire. «Non pensavo l'avrebbe toccata. June è la cosa più importante della mia vita, se avessi saputo come sarebbero andate le cose, non l'avrei mai coinvolta. Sarei disposto a morire per lei, farei di tutto per salvarla.» I suoi occhi si riempiono di lacrime, si caricano di colpe passate e presenti. «Ho detto queste cose a te perché ho capito che provi qualcosa per lei, so che la proteggerai a qualsiasi costo.»

Potrei smentirlo, tornare a vestire i panni del criminale senza scrupoli, ma sarebbe del tutto inutile, così come io non ho più dubbi sulla colpevolezza di Danny, anche Scott è certo dei miei sentimenti per la figlia.

Lascio la birra a metà. Mi alzo dal tavolo col cuore pressato in una morsa. «Non dire a nessuno quello che hai detto a me e dimentica questo incontro. Me ne occupo io.»

Mi allontano e quando sto per raggiungere la porta e andarmene, Scott parla. «Nessuno di noi due la merita, lei è troppo per entrambi, ma ti chiedo di salvarla, Ethan, fa quello che io non sono stato in grado di fare.»

Me ne vado senza rispondere. Io non la lascerò in balia di un lupo affamato e pronto a sbranarla, la proteggerò, costi quel che costi.

Raggiungo la mia 883, parcheggiata un isolato lontano per non destare alcun sospetto. Cammino così spedito che, quando arrivo a destinazione, ho il fiatone. Monto su e spero che un giro in moto mi schiarisca le idee e mi restituisca un poco di lucidità, perché quella l'ho persa da... non so nemmeno da quanto non riesco più a ragionare senza che le emozioni offuschino la mia capacità di giudizio.

Non posso credere che Danny abbia fatto questo al suo club, che abbia mentito a me e mi abbia trattato come se il pazzo fossi io. Mi ha dato una casa, mi ha insegnato a sopravvivere, è stato la mia guida, il mio punto di riferimento e poi mi ha tradito, ha voltato le spalle al suo stesso sangue. Mi ha fatto passare come quello che ha perso la testa e che ha voltato le spalle ai suoi fratelli. Vorrei andare da lui e spaccargli la faccia, urlargli tutto il mio disprezzo e smascheralo davanti a tutti quelli che finora si sono schierati dalla sua parte.

La mia sete di giustizia è forte, ma la paura di sbagliare, il timore che June possa pagare lo scotto di un mio passo falso, mi spinge a essere più cauto. Non posso dire a Danny che Scott l'ha visto, sarebbe come condannarlo a morte, ma senza prove su cui far leva lui non confesserà mai. Derubare il club, agire nell'ombra, sono crimini imperdonabili per il nostro codice; Danny sa a cosa andrebbe incontro, sa che verrebbe cacciato dal club e dalla città, le toppe strappate dal suo giubbetto e il marchio dell'infame prenderebbe il posto del tatuaggio che ha sulla schiena.

Senza prove tangibili, non cederà mai di sua spontanea volontà, anzi, farà di tutto per salvaguardare la sua posizione. Proverà a cacciarmi al posto suo, il club si sfalderà, diviso tra due fuochi, gli Street Eagles smetteranno di esistere e mia madre morirà di dispiacere. Una sconfitta su tutti i fronti.

D'altro canto, se non mi sbrigo, June o Scott resteranno sotto le macerie. Danny si sente braccato dalle mie insistenze e questo lo rende disperato, capace di ogni cosa, anche di un omicidio.

C'è una sola cosa che posso fare per salvare sia il club, sia June: trovare il bottino in contanti e inchiodare mio zio. Solo allora nessuno potrà opporsi all'espulsione del nostro presidente, mia madre aprirà finalmente gli occhi su di lui e Princess e suo padre non avranno più nulla da temere. Quei soldi sono la chiave per risolvere il problema, senza spargimenti di sangue o faide interne. Col mio piano ben in mente, svolto sulla Settantatreesima e decido di andare a casa di Sara. Quando non sta al club, è lì che Danny e alcuni dei ragazzi vanno a dormire, se le banconote ci sono ancora, devono essere lì. Nessuno, men che meno un fuorilegge esperto come lui, lascerebbe il malloppo in un posto non custodito.

Mamma dovrebbe essere al lavoro, ho ancora le mie vecchie chiavi, posso entrare e perlustrare con calma. Parcheggio sul retro, dietro le alte siepi che costeggiano il giardino pieno di fiori, con l'erba falciata in modo così curato da sembrare finta. Entro dalla porta secondaria e sbuco in cucina; la macchinetta del caffè è ancora accesa, la caraffa è calda, mamma deve aver dimenticato di spegnerla. Stacco la spina e decido di prendere una tazza e versarmene un po', una dose di caffeina sarà utile a tenermi sveglio.

Apro l'armadietto sopra il lavandino e mi blocco. Sento dei rumori venire dal piano superiore, c'è qualcuno in casa. Metto mano alla Glock che mi porto sempre appresso, tolgo la sicura e attraverso cucina e salotto in silenzio, pronto a sparare se servisse. Salgo i gradini, lo sguardo rivolto verso l'alto e di sottofondo il suono di passi, di qualcuno che cammina nella mia vecchia stanza.

Arrivo in cima, appiattisco la schiena contro la parete, faccio un bel respiro e irrompo nella camera, con

165

l'arma puntata contro l'intruso. Un urlo terrorizzato fende l'aria e riecheggia tra le pareti.

«Porca puttana, Ethan, abbassa quella pistola!» Sara si tiene una mano sul petto ansante e si appoggia al muro, per recuperare il fiato perso per lo spavento. «Ma che razza di problemi hai?»

Rimetto via la Glock e riservo a mamma lo stesso sguardo severo che tiene puntato su di me. «Pensavo ci fosse qualcuno in casa! La tua macchina non c'è, credevo fossi al lavoro.»

«L'ho portata dal meccanico, la batteria è morta e al salone ci pensano le ragazze.» Lo shock lascia il posto alla curiosità. «Che ci fai qui? Dovresti essere con Danny. È a una riunione con i cinesi, per una partita di coca.»

Cazzo, la riunione, me ne sono scordato. Oggi c'era l'incontro con Lucian Wang, il pechinese che controlla la zona est della città, per stringere un accordo tra il nostro club e il suo, per unire i nostri territori e triplicare i profitti di entrambe le parti. Saremmo dovuti andarci io e Danny, presidente e vice, e invece a me è uscito di testa e lui non si è preso la briga di chiamarmi.

Sara percepisce la direzione dei miei pensieri e si anima. «Te ne sei dimenticato, non è vero?»

Non ho voglia di stare a sentire le sue pantomime su come dovrebbe comportarsi un buon vicepresidente. Esco dalla camera e scendo le scale, ma lei mi viene dietro. «Dannazione, Ethan, sei il braccio destro di tuo zio, dovresti accompagnarlo anche al cesso e non perderti dietro a stupide discussioni!»

«Infatti. Ero passato a cercare lo zio, per chiarire.» Mi difendo, invento una scusa che dovrebbe, in via teorica, salvarmi da una sfuriata.

Cado male. «Potevi chiamarlo, o avevi troppo da fare? Se non eri coi ragazzi, dove sei stato finora? Eri ancora con quella?»

«Sono stanco dei tuoi maledetti interrogatori!» urlo con tutto il fiato che ho. «Ti ho già detto e ridetto che devi lasciarmi in pace e stare fuori dagli affari miei!»

Ormai siamo davanti alla porta d'entrata, la spalanco e me ne vado a passo spedito, mentre la capostipite della mia ingombrante e invadente famiglia se ne sta ferma a guardarmi, con la bocca spalancata per lo stupore causato dalla mia reazione.

Tornerò a cercare il bottino in un altro momento, quando mia madre non sarà tra i piedi con le sue mille domande e i suoi sguardi inquisitori. Per adesso ho solo bisogno di respirare un po' d'aria fresca, a pieni polmoni.

Trascorro l'intero pomeriggio sulla strada, da un cliente all'altro, mi lavo via il senso di oppressione a suon di miglia macinate a tutta velocità, solo per non sentire il rumore dei miei pensieri. Intorno alle nove, decido di tornare alla base, ho un mal di testa che mi sta uccidendo.

Non faccio in tempo a sfilarmi il casco che mi vedo arrivare incontro Owen. Ha uno sguardo cupo, le folte sopracciglia nere aggrottate e il passo svelto di chi sta per darmi addosso in questa giornata infinita. «Dove sei stato oggi?»

È la domanda del giorno, sembra che i miei spostamenti siano diventati motivo di discussione pubblica.

Mi massaggio le tempie, l'emicrania è sempre più forte. «Ho portato qualche pacco in giro.» Non mi avvio verso l'entrata, rimango accanto alla mia motocicletta. Qualcosa mi dice che presto avrò voglia di levarmi di mezzo anche da qui.

«Sei stato da Scott.» È un'affermazione, non una domanda, sapeva già cosa ho fatto e voleva vedere se glielo avrei detto di mia spontanea volontà.

Scrollo le spalle. «Servono degli ottimi hamburger al Draxter per pranzo.» Lo prendo in giro, irritato ed esausto.

Mi arriva a una spanna dal naso. «Danny è una furia. Pablo gli ha detto che sei andato senza dire niente al club e hai saltato l'incontro con Wang!»

Scoppio a ridere, una risata isterica, folle, amara. «Così ora mi fate seguire, mi mettete qualche idiota alle calcagna per sapere quante volte mangio, scopo o vado a pisciare?»

Owen strabuzza gli occhi. «Non c'è un bel niente da ridere! Sono tutti incazzati, Pablo ha raccontato della tua notte di fuoco al rifugio. Danny vuole staccarti l'uccello, dice che non è tollerabile che tu te la faccia con quella puttanella indebitata con noi.»

Dovevo aspettarmelo, avrei dovuto prevedere che Pablo non si sarebbe limitato a parlare solo con mia madre e che Sara non sarebbe stata l'unica a insultare June.

Contraggo i pugni, argino la collera al meglio che posso, perché se la lascio esplodere succede un casino. «Sono stato a letto con lei solo per rabbonirla e farla cedere sulla vendita del bar.»

Forse non ci metto abbastanza convinzione, o forse Owen mi ha visto con altre ragazze e ha notato la differenza. «Stronzate. È chiaro che quella ti piace, ti conosco, lo vedo.»

È il mio migliore amico, è stato stupido pensare di poterlo ingannare come gli altri, forse con lui potrei essere sincero, potrei raccontargli tutto e togliermi un peso.

Mi passo le mani nei capelli, li sposto dalla fronte e mi prendo qualche secondo per decidere cosa confessare, fin dove sia saggio spingermi.

E mentre io penso come dirgli la verità senza comprometterlo, lui mi pugnala alle spalle. «Sia chiaro, puoi scoparti chi ti pare, ma non quando le tue voglie si mettono tra te e il club. Quella gonnella è off-limits», conclude.

Lascio cadere le braccia lungo i fianchi, annientato e sconfitto. Non posso fidarmi nemmeno di lui, non è dalla mia parte, la nostra amicizia per lui passa in secondo piano, come tutti gli altri, preferisce mettersi tra me e la prima cosa bella che mi è capita nella vita, invece che concedermi il beneficio del dubbio.

La delusione, l'ennesima della giornata, mi brucia dentro. Devo trattenermi dal tirargli una testata.

«Vaffanculo, Owen, a te, a Danny e a mia madre!»

Gli do una spallata e salgo in sella.

Mi viene appresso, prova a fermarmi. «Ti prego, Ethan, ragiona.»

Metto in moto e gli sfioro i piedi con la ruota anteriore. «Dì pure a tutti che vado al Draxter, così non c'è bisogno che mi sguinzagliate dietro qualche imbecille per pedinarmi.»

Accelero, lo avvolgo in una nuvola di gas di scarico e lo lascio lì a tossire e imprecare.

Raggiungo il pub come se fosse un bunker sicuro durante un attacco aereo. Mi precipito all'interno, col sangue che pompa nelle vene e la rabbia che mi offusca la mente. Con lo sguardo cerco Princess tra la marmaglia di gente seduta ai tavoli, che sbraita e inveisce contro lo schermo appeso alla parete che trasmette la finale del campionato di football.

Quando la vedo, intenta a sparecchiare bicchieri e bottiglie vuote in un angolo del locale, la tempesta si placa e torna il sole. Anche lei mi vede, i nostri sguardi si intrecciano, sulle sue labbra da baciare compare un sorriso raggiante e io torno a respirare.

Che cos'è la felicità? Qualsiasi cosa sia, io l'ho trovata negli occhi di June Summer.

That's the price you pay.

«Princess, sei qui sotto?» La voce di Pegaso mi arriva alle orecchie in un'eco lontana. Dove sono? Non lo so nemmeno io se sono qui o no, quando Ethan sta con me perdo la cognizione della realtà, come se entrambi fossimo avvolti da una bolla capace di far sparire ciò che ci circonda.

Ethan sorride malizioso e si spinge dentro di me con un movimento secco che mi toglie il fiato. Per fortuna ho la schiena appoggiata alla parete del magazzino, altrimenti le mie ginocchia molli mi farebbero cadere a terra.

Alla seconda spinta, gli conficco le unghie nelle spalle e lui mi copre la bocca con una mano, per tacitare i miei gemiti. Mi bacia il collo, lambisce la mia pelle con le labbra calde e umide. Se Pegaso non se ne va immediatamente, nemmeno un bavaglio basterà a zittire i miei ansiti.

Finalmente la porta dello stanzino dove teniamo i rifornimenti del Draxter si chiude e io posso tornare a respirare. «Sei un fottuto pazzo.»

Lo rimprovero e lui ride con le labbra premute contro le mie. «Mmh, da quando sei così sboccata, Princess?»

Mi solleva per le natiche, mi prende di peso e mi stende sul tavolo dove di solito poggiamo i cartoni di birre e alcolici. «Da quando frequento te.»

Si sdraia su di me, mi morde la clavicola e io allaccio le gambe intorno al suo busto e inarco il bacino, per far arrivare le sue stoccate più a fondo. Lui chiude gli occhi, si gode le sensazioni di estasi che passano dal mio corpo al suo. Questa faccia, la sua espressione distesa e languida, non le scorderò mai, le porterò con me fino alla fine dei miei giorni, perché sono la cosa più bella che io abbia mai visto.

«Può finire solo in due modi: o io ti porto all'inferno, o tu mi porti in paradiso», mi dice.

Siamo io e lui il ponte tra i due mondi, l'esatto punto in cui luce e il buio si incontrano.

Mi fa mettere seduta, mi divarica le gambe e con le mani si aggrappa al bordo del tavolo, per esercitare più forza negli affondi.

L'apice è vicino, anche lui è al limite. Gli prendo il viso tra le mani, lo bacio, incapace di staccarmi dalla sua bocca anche per un solo secondo.

E lui risponde alla mia lingua con lo stesso impeto di un uragano e dà il via ai primi spasmi dell'orgasmo. Mi mordo il labbro per non gridare e lui sposta le dita sul mio fondoschiena e le preme sulla pelle, così forte che mi lascerà il segno, mentre il piacere sconquassa anche lui.

Restiamo occhi negli occhi per qualche secondo, ancora scossi dai brividi, col cuore che batte a un ritmo incessante.

Ci rivestiamo col sorriso sulle labbra, innamorati, ebbri di una felicità che ci rende folli e vulnerabili di fronte a una vita che sembra far di tutto per spezzare i nostri sogni. Ethan mi raggiunge, allaccia i bottoncini della mia camicetta al posto mio.

Gli sposto una ciocca di capelli color grano dagli occhi. «Pegaso ci ha chiuso dentro, come facciamo a uscire?»

Ci siamo nascosti qui sotto, Ethan l'ho fatto entrare dal retro e io sono andata in pausa, ormai venti minuti fa, con la scusa di dover fare una telefonata. Megan si sarà chiesta che fine abbia fatto, perciò è venuta a cercami, ovviamente non ho potuto risponderle e ora che lei ha chiuso la porta a chiave siamo in trappola.

Non possiamo chiamare nessuno, la nostra relazione è segreta e tale deve rimanere. Se uscissimo allo scoperto, scateneremmo un'apocalisse di portata biblica.

«Restiamo qui, abbiamo tutto ciò che serve.» Ethan indica gli scaffali pieni di alcolici che ci circondano e poi indica me.

Non so se ridere o iniziare a fare la persona seria e preoccuparmi. Per quanto mi stuzzichi l'idea di restare qui con Ethan per tutta la notte, non voglio rischiare che qualcuno ci scopra. Ethan si accende una sigaretta e si siede sul tavolo, mi osserva mentre salgo la rampa di scale che porta all'uscita e provo ad abbassare la maniglia, inutilmente.

«E adesso?» Ritorno da lui, con una leggera ansia che inizia a scorrermi sotto pelle.

Si alza, prende una bottiglia di vodka. «E adesso apriamo questa e vedrai che un modo interessante per passare il tempo lo troviamo.» È pazzo, un bellissimo, abbagliante e seducente pazzo.

Stappa la Stolichnaya, la vodka migliore che abbiamo, e se la porta alla bocca. Gliela rubo di mano, ne bevo un sorso e storco subito il naso, è forte e tremendamente fredda eppure mi brucia la gola.

Ethan se la riprende e mi pulisce le labbra col pollice. «Sei la cosa più pura e limpida che ho mai assaggiato.»

Avvampo, per l'alcol che incendia lo stomaco e per i suoi occhi incandescenti posati su di me.

Quando finirà, quando una delle numerose insidie che tentano di dividerci spezzeranno i nostri sentimenti, come farò a fare a meno di lui?

Sposto lo sguardo, per evitare che lui mi legga dentro e veda l'oscurità dei miei pensieri. Nel tentativo

172

di sfuggire a Ethan, la finestra in cima al muro cattura la mia attenzione.

Prendo una sedia, la sistemo sotto l'infisso, raggiungo a malapena l'apertura, ma con un po' d'impegno potrei farcela. Torno da Ethan, mi stringo a lui per imprimere il suo profumo nella mia mente. Fino a domani non potrò vederlo, sono già due notti che torno tardi e mi invento scuse di ogni tipo, papà sta iniziando a insospettirsi, stasera dovrò fare la brava e rientrare a casa con lui.

«Esco dalla finestra, vengo ad aprirti e tu sgattaioli via senza farti vedere», propongo.

Mi bacia, poggia il naso tra i miei capelli e inspira.

«Ok, e poi rientro dalla porta principale, fingo di non aver passato l'ultima mezz'ora a sentirti godere, mi siedo al mio solito tavolo e ti guardo da lontano.»

Muovo la testa in segno di disapprovazione, ma lo faccio tanto lentamente che non risulto credibile. «Ethan, dovremmo stare più attenti, andarci pia...»

Blocca le mie obiezioni sul nascere. «Non dirmi di no, è già abbastanza difficile dover mantenere le distanze davanti agli altri, non togliermi anche questo.»

Mi si stringe il cuore nel petto, non condividiamo solo la passione di questi momenti fugaci, ma anche l'angoscia di non poter avere una relazione normale. Siamo circondati dall'ostilità delle nostre famiglie, mio padre, suo zio, il suo club, nessuno accetterebbe quest'unione.

Siamo un fiore nato tra le crepe dell'asfalto, cresciuto su un terreno inospitale e arido, sbocciato in tutta la sua fragile bellezza.

Gioco con la sua barba ispida, osservo il suo viso. «Andrà tutto bene, riuscirai a smascherare Danny e potremo viverci liberamente. Dobbiamo solo tenere duro, avere un po' di pazienza.»

Se e quando il presidente degli Street Eagles verrà spodestato per quello che ha fatto al suo stesso club, i problemi miei e di Ethan non saranno totalmente risolti, ma quantomeno non dovremo più ignorarci in pubblico.

Ethan sbuffa, mette il broncio, assume un'espressione da bambino capriccioso, ma alla fine mi lascia andare.

Salgo in piedi sulla sedia, mi aggrappo all'infisso e provo a issarmi ripetutamente, senza grandi risultati.

Mi volto verso Ethan, sghignazza, a braccia conserte mi fissa con aria divertita e arrogante.

«Dammi una mano!»

«Non so se ho voglia di farlo, da qui la visuale non è niente male.» La sua voce è calda, sensuale. Indosso un paio di jeans elastici, il mio sedere strizzato nel tessuto è in bella vista davanti al suo naso.

Scuoto la testa, trattengo una risata. «Muoviti, prima che arrivi qualcuno!»

Lui si avvicina, mi afferra per le gambe e mi solleva quel tanto che mi basta per raggiungere la finestra e arrampicarmi. Accovacciata sul davanzale mi preparo a balzare giù, il salto non è molto alto, saranno sì e no due metri. Atterro agilmente sui piedi, mi guardo intorno per assicurarmi di essere sola e rientro furtiva al Draxter.

Liquido sbrigativa Pegaso, che mi chiede che fine avevo fatto, e con una scusa raggiungo la porta del magazzino e libero Ethan.

Mi ruba un ultimo bacio e scappa dalla porta sul retro, per poi ritornare qualche minuto dopo, dall'entrata principale, con l'espressione più neutra che riesce a tirar fuori. Pure io indosso la solita maschera d'indifferenza, anche se ogni giorno che passa risulta sempre più arduo celare i miei sentimenti.

Queste emozioni scalpitano nel mio cuore, premono per uscire, stanche di dover restare recluse nel silenzio.

Le schiaccio in profondità, cammino a passo deciso sulla frustrazione che mi causano e raggiungo Ethan.

Raddrizzo le spalle, butto in fuori il petto, sbatto le palpebre lentamente e mi inumidisco le labbra con la lingua. «Che cosa posso darti?»

Lui non si scompone, solo i suoi occhi febbrili tradiscono la sua eccitazione. Si scosta i capelli dalla fronte, un sorriso sghembo gioca sulla sua bocca. «Princess, se non vuoi che mandi a puttane la nostra copertura e ti faccia urlare il mio nome qui davanti a tutti, ti conviene smettere di provocarmi.»

Deglutisco, tengo a bada il tremolio delle mie mani e mi sporgo verso di lui, con la scusa di passare un panno pulito sopra il suo tavolo. Strofino il ginocchio contro la sua gamba. «Non lo faresti mai.»

Intravedo la sua mano allungarsi verso di me, mi sposto indietro, prima che mi sfiori e lo sento sospirare. Mi allontano, vado verso il bancone con addosso la sola cosa che posso avere da lui in questa sala: il suo sguardo affamato.

Raggiungo Pegaso e lei mi studia con i suoi occhioni scuri, passa in rassegna il mio viso accaldato. «Hai un po' di bava sul mento.»

Arrossisco violentemente. «Non dire cazzate!» L'eccitazione pompa nel mio petto. «Fammi il solito, un bourbon senza ghiaccio.»

Megan trattiene una risata e prende bottiglia e bicchiere. Me lo porge, apre la bocca per dirmi qualcosa, ma si trattiene. Ma poi, quando mi volto, la sua voce mi richiama. «Senti, non sono affari miei, ma sta' attenta.»

La guardo come se non sapessi di che sta parlando.

Allora si fa più seria, quasi preoccupata. «Ethan, in fondo, è un bravo ragazzo, ma ha una grossa e ingombrante famiglia alle spalle e non parlo solo di Danny. Sua madre Sara è una tipa tosta, una di quelle a cui non è consigliabile pestare i piedi, una matriarca vecchio stampo fissata con l'ideale arcaico di una famiglia unita a qualsiasi costo.»

Perché mi dice queste cose? Vuole spaventarmi perché è gelosa, oppure ha capito tutto e vuole mettermi in guardia?

Sollevo le spalle, camuffo come posso il timore che lei inizi a nutrire dei sospetti su noi due. «E perché la cosa dovrebbe toccarmi?»

Il suo sguardo non perde intensità. «Tieniti i tuoi segreti, June, solo cerca di stare attenta. Lo dico perché ti voglio bene, non voglio vederti soffrire.»

Questa volta non riesco a risponderle con l'ennesima bugia. È una buona amica, ma non conosce Ethan come lo conosco io, non sa quello che lui sta facendo per me, i rischi che sta correndo.

Mi volto verso di lui, incrocio i suoi occhi di cielo che puntano nei miei. Di che cosa dovrei avere paura? Ethan non mi farà soffrire, mi fido ciecamente di lui.

Divisa tra il servizio e le occhiate furtive scambiate con Ethan la serata scorre veloce. Gli avvertimenti di Pegaso finiscono nel dimenticatoio, rido e chiacchiero coi clienti, mi rilasso a tal punto che non guardo dove vado e sbatto il fianco contro il tavolo di un quintetto di camionisti alticci sulla cinquantina. Lo urto con tanta forza che per poco non rovescio tutti i bicchieri pieni che ci sono sopra.

«Scusate.» I loro whisky sono salvi, ne è caduta solo qualche goccia sul legno.

Ma a loro pare non interessare molto, sono più concentrati sulla scollatura della mia maglietta. Uno in particolare, un tipo con capelli e baffi rossi e folte sopracciglia dello stesso colore, mi squadra e si lecca le labbra. «Non importa, bocconcino, ma se proprio ci tieni a farti perdonare, io qualche idea ce l'ho…»

Mi viene il vomito, ma non mi do nemmeno la pena di rispondergli, è solo un idiota ubriaco. Vado oltre, ma

176

faccio appena in tempo a muovere un passo che una manata mi colpisce il sedere, accompagnata da un sonoro schiocco.

Scioccata, mi volto verso il colpevole, incazzata come poche altre volte in vita mia, con la dignità calpestata che brucia ancor più del gluteo colpito. L'idiota ignora la mia collera, si sganascia dalle risate insieme ai suoi amici. Probabilmente pensa che sia una ragazzina indifesa, ma si sbaglia, sono tutto fuorché indifesa. Istintivamente sollevo lo sguardo verso Ethan, come mi aspettavo, lo vedo fremere, stringere il bourbon tra le dita con una tale forza che penso il vetro potrebbe infrangersi da un momento all'altro.

Io guardo lui, ma lui non guarda me, tutta la sua funesta attenzione è rivolta all'uomo che mi ha messo le mani addosso. Lo fissa, con la mascella contratta, fa strisciare la sedia sul pavimento, pronto ad alzarsi. Se ci raggiunge, si scatenerà di certo un putiferio, il tizio non uscirà di qui con le sue gambe e potremo dire addio all'intenzione comune di nascondere la nostra relazione.

L'idiota non sa il pericolo che corre e, davanti al mio mutismo, infierisce. «Hai perso la lingua, bocconcino? Vuoi che ti aiuti a ritrovarla?»

Ethan ormai è in piedi, l'espressione minacciosa e tesa proiettata verso di noi. Per mia fortuna, prima di partire alla carica, incrocia il mio sguardo e io lo blocco, facendogli cenno di no con la testa, con un gesto quasi impercettibile.

Porto in alto la mano e tiro uno schiaffo all'idiota, che smette di ridere e rimane sbigottito. «I maiali stanno nei porcili. Fuori dal mio bar, adesso!»

Cala il silenzio in sala, ora sì che ho tutti gli occhi puntati addosso, Pegaso compresa.

Sarà che è sbronzo, o proprio imbecille di suo, ma il tizio non accetta di essere stato umiliato e si alza in piedi, torreggia su di me e io mi preparo mentalmente

177

all'idea di dover presto ripulire il suo sangue dal pavimento. Ethan lo farà a pezzi.

«Chi ti credi di essere, puttana?» sbraita paonazzo.

Mentre io conto i secondi che mi separano dalla catastrofe, Scott mi raggiunge e si mette in mezzo, facendomi da scudo. «Andatavene, subito, tutti quanti. Se vi vedo ronzare ancora intorno a mia figlia, vi faccio il culo.»

Non l'ho mai visto così arrabbiato, ha il fiato corto, la schiena dritta, gli occhi severi e categorici. Un paio di clienti abituali si schierano al suo fianco, obbligano così l'idiota e i suoi amici ad arrendersi e ad andarsene con la coda tra le gambe. Grugniscono qualche imprecazione sottovoce, uno di loro, forse il più sobrio e sensato, lancia una banconota da cinquanta dollari sul tavolino e trascina tutti fuori.

Ritorna la calma, almeno tra i clienti, mentre Ethan e Scott sono ancora furibondi. Il primo si risiede, più incazzato che mai, e il secondo mi chiede ansiogeno se va tutto bene.

«Sì, niente che non potessi gestire.» Butto lo sguardo verso Ethan, che lascia i soldi sotto il suo bicchiere vuoto ed esce, senza rivolgermi nemmeno un cenno.

O è arrabbiato con me, perché gli ho impedito di intervenire, oppure vuole sfogarsi su quei camionisti all'esterno del locale. In nessuno dei due casi questa parentesi avrà un finale positivo.

Occhieggio al di là delle spalle di papà, intanto che lui mi dice qualcosa che non assimilo, e un poco mi quieto quando sento il rombo dell'Harley di Ethan sgommare via. Ce l'ha con me, ormai è certo, ma non si consumerà nessun omicidio nel parcheggio.

«Bambina, non preoccuparti, non torneranno.» Papà osserva la mia faccia angosciata e l'attribuisce a quanto successo.

Che mi frega di quegli imbecilli, fino a domani non potrò vedere Ethan, capire che gli prende. «Lo so, grazie dell'aiuto.» Sforzo un sorriso di circostanza. «Torno al lavoro.»

Le successive due ore prima della chiusura scorrono lente, tra un'occhiata alla porta d'entrata e una allo schermo del telefono. Di Ethan non c'è più traccia, gli mando un paio di messaggi ai quali non risponde e io non so se sono più arrabbiata o preoccupata.

Che diavolo si aspettava, che l'avrei lasciato scatenare una rissa in mio onore?

Rientro a casa alle due meno un quarto, con l'umore sotto le scarpe e una gran voglia di buttarmi nel letto e dormire per quattordici ore filate. Saluto Scott, entro nella mia stanza, mi richiudo la porta alle spalle e mi ci appoggio contro. Sospiro, questa giornata si è conclusa nel peggiore dei modi.

Nell'oscurità intravedo un guizzo, un'ombra mi piomba addosso, mi tappa la bocca e mi immobilizza. Prima che la paura possa prendere a scorrermi nelle vene, riconosco il profumo dell'uomo che mi stringe in una morsa.

«Sono io, Princess.» Ethan mi schiaccia contro la porta, l'odore di tabacco delle sue dita mi solletica le narici e il suo corpo premuto sul mio mi fa tremare le gambe.

Mi libera la bocca, ma non si muove, mi sta ancora addosso, mi permette solo di ruotare nella sua direzione. «Che cosa ci fai qui, come hai fatto a entrare?»

Intreccia gli occhi ai miei. «Ho forzato la finestra.»

Spalanco le palpebre, mi ha sfondato la serratura?

«Dovevo vederti.»

Si getta sulle mie labbra e io non capisco più niente. Non ha spaccato solo la finestra della mia camera, ma anche quella che teneva chiuso il mio cuore e io non voglio porre rimedio, né cacciarlo. È questo il suo posto.

Mi prende il viso tra le mani e i suoi occhi diventano diamanti nel buio. «Avrei voluto staccare la testa a quel coglione.»

Sento la sua ira repressa, una forza devastante che lo consuma e comprendo che non è solo a causa di quell'idiota che ha reagito così.

Gli sfioro il viso. «Avremmo dato spettacolo davanti a tutti, non possiamo permettercelo.»

Stringe i denti, mi afferra una natica, nello stesso punto violato da quell'uomo, la strizza, come se volesse rivendicarne la proprietà. «Lo so», ringhia contro il mio orecchio, «odio dover fingere che non vali niente per me.»

Stavolta sono io che lo bacio, che provo a portare via il suo malessere con la mia lingua. La situazione si surriscalda velocemente, lui infila le mani sotto la mia maglietta e io lo fermo, prima che andiamo oltre. «C'è mio padre di là, se ci scopre insieme è la fine per tutti e due.»

Per quanto sia estremamente eccitante vivere il nostro amore sempre sul filo del rasoio, non posso rischiare tanto.

Ride e io mi perdo ancora un po' nel suo viso angelico. «Non ho paura di lui, nemmeno una banda di criminali armati è riuscita a tenermi lontano da te, nessuno potrà farlo.»

Le sue dita guadagnano terreno e vengono placate di nuovo. «Devi andartene», con la lingua lambisce il mio collo, prova a farmi crollare, «adesso!»

Mi costa molto mantenere il sangue freddo, ma almeno uno di noi deve restare coi piedi per terra.

Capisce che sono seria e smette di giocare. Infila il naso tra i miei capelli. «Voglio respirarti, June, ne ho bisogno.» Inspira a fondo. «Farò il bravo, lo giuro. Dormiamo insieme e domani mattina me ne vado all'alba.»

Dovrei tirare fuori la mia fermezza, il mio buonsenso, e invece che sforzarmi di uscire da questo mare in tempesta che mi travolge, mi immergo, lascio che mi trascini dove vuole. Annuisco. «Tu resta qui buono e zitto, io vado a farmi una doccia.»

Lui si sdraia sul mio letto, un sorriso raggiante e grato gli increspa le labbra, gli dà l'aspetto di un bambino contento, colmo di una gioia pura e infantile che contagia anche me.

Mi lavo velocemente, ansiosa di raggiungere Ethan. Torno in camera con un asciugamano avvolto intorno al corpo, gocciolo dappertutto, il mio pigiama è nell'armadio, non ho altra scelta che cambiarmi davanti a lui.

Prima che raggiunga l'armadio a muro, Ethan mi intercetta, mi afferra per la mano. «Non metterti niente, vieni qui con me.»

Mi siedo sul bordo del letto, passo le dita tra i suoi capelli. «Qualsiasi idea malata tu abbia in mente, scordatela. Non possiamo fare rumore», sussurro piano.

Lui socchiude gli occhi, posa una mano sulla mia coscia umida. «Nessuna idea malata, voglio solo sentire la tua pelle nuda e...»

«E dormire!» Sorrido, non credo sarà capace di tenere a bada le sue voglie, soprattutto se sono senza vestiti.

Lui annuisce, mi sfila la salvietta, la getta a terra e mi attira verso di sé. Lo spazio è ristretto, Ethan mi sta addosso, la mia pelle sfrega contro i suoi vestiti ruvidi. Mi guarda negli occhi, mi accarezza i capelli con movimenti cadenzati e dolci e la stanchezza accumulata negli ultimi giorni comincia a farsi sentire.

Voglio restare sveglia, non so quando mi ricapiterà di poter stare nella mia camera con lui.

«Secondo te potremo mai avere una vita normale?» gli chiedo, prima di crollare.

Sento le sue labbra posarsi sulla mia fronte e il suo respiro caldo sul viso. «Metterò a ferro e fuoco il mio mondo, June. Vincerò questa guerra per te, per farti restare con me.»

Mi addormento con la sua promessa che mi ronza nelle orecchie e mi riempie il cuore d'amore e di speranza.

La mattina dopo mi sveglio tardi; sulla pelle sento ancora il calore del corpo di Ethan, ma lui non c'è più. Al suo posto, sul cuscino accanto al mio, c'è un biglietto.

"Sei proprio bella quando dormi. Ci vediamo questa sera."

Mi stringo al petto questo pezzo di carta stropicciato, come se fosse un prezioso cimelio dal valore inestimabile. Mi alzo più di buonumore che mai, galleggio su una nuvola rosa fino alla cucina, mi faccio un caffè, incapace di smettere di sorridere anche per un solo minuto. Torno nella mia stanza, controllo la finestra, manca un pezzo di serratura.

Non credo la farò riparare, forse quello che è successo stanotte potrebbe ripetersi, diventare un'abitudine. Rischiare di facilitare le cose a eventuali ladri è un rischio che sarei disposta a correre, se questo mi permettesse di dormire sempre con Ethan.

Felice della soluzione trovata, rovisto tra i vestiti sparsi per tutta la camera, alla ricerca di qualcosa da mettermi. Non trovo nulla che mi piaccia, allora vado verso l'armadio, decisa a sfoggiare il mio vestitino di jeans con le bretelline blu. Non faccio nemmeno in tempo ad aprire le ante, il mio cellulare vibra sul comodino e io mollo tutto e lo raggiungo. Forse è un messaggio di Ethan. Quando guardo lo schermo, la mia euforia si spegne.

È una mail del mio ufficio. In due righe telegrafiche e scocciate chiedono mie notizie e dicono che se non darò una data di rientro, a breve termine, mi daranno il ben servito. Spinta dal senso di responsabilità mi affretto a uscire dalla casella di posta elettronica, per scorrere la lista delle chiamate e contattare la Morgan & Co., ma qualcos'altro cattura la mia attenzione. Un paio di nomi più in basso nella lista mi ricordano che non sento Logan da un sacco di tempo, se non tengo conto di qualche messaggio lapidario.

Forse è di lui che dovrei preoccuparmi, invece che di implorare i miei capi di avere pazienza.

La nuvola soffice su cui galleggio da quando mi vedo clandestinamente con Ethan svanisce e io precipito rovinosamente al suolo, tornando duramente coi piedi a terra.

Il lavoro di segretaria nello studio legale dove sto da un paio d'anni è qualcosa al quale posso tranquillamente rinunciare, ma per quanto riguarda Logan, posso dire la stessa cosa?

Se seguissi il mio cuore, giurerei di poter fare a meno di lui senza ripensamenti, ma la mia coscienza suggerisce che dovrei quantomeno essere sincera e avere il coraggio di dirgli la verità. Confessare al mio stabile fidanzato che non voglio sposarlo, perché mi sono innamorata di un criminale che mi ha fatto perdere la testa. Non so come dirglielo, quali parole usare, al solo pensiero di quest'ipotetica conversazione, mi si rivolta lo stomaco.

Logan mi odierà, non vorrà più vedermi nemmeno da lontano, altro che prestarmi dei soldi per salvare il mio locale.

Mi accascio sul letto sfatto, col cellulare stretto tra le dita tremanti. Le mie lenzuola portano l'odore di Ethan, sembra che il profumo fresco e intenso del suo dopobarba si sia attaccato alle trame del tessuto, deciso a non andarsene più.

Cosa faccio? Cosa devo seguire, il cuore o la ragione? Qual è la scelta giusta per me?

Scott bussa e interrompe il flusso incessante dei miei pensieri.

Mi alzo per aprirgli. Ha gli occhi impastati dal sonno, un pigiama a righe che non gli ho mai visto e un'espressione allampanata che mi mette in allarme. Se avesse sentito o visto Ethan uscire di casa?

«Dove hai messo il mio fucile?» Entra nella mia stanza, arriva fino a una spanna da me.

Deglutisco. Se volesse usarlo contro Ethan? «A che ti serve?»

«Non farò cazzate, non ho intenzione di minacciare nessuno.»

«E allora che te ne fai?» La possibilità che ci abbia scoperti sembra essere scongiurata, ma rimane il fatto che non capisco che gli prenda di prima mattina.

Si massaggia le tempie. «Voglio solo tenerlo vicino al letto, nel caso in cui succedesse qualcosa di notte.»

È chiaro che nemmeno lui è tranquillo. Come me si sente con un mirino puntato sulle spalle e non posso dargli torto.

«Va bene, te lo ridò, ma niente colpi di testa, ok?»

Annuisce, visibilmente più rilassato. «Che poi non capisco come mai ti sei alzato con 'sta voglia improvvisa di riavere il tuo cimelio.»

Si gratta la nuca, intanto che io mi arrampico su una sedia e tolgo il fucile dal nascondiglio nell'armadio.

«Forse sto diventando paranoico, ma stanotte mi sembrava di sentire rumori e voci. Non sono venuto da te perché non volevo svegliarti per una cazzata, ma dormirei più tranquillo con questo al mio fianco.»

Pensa di essere pazzo, di sentire rumori inesistenti, e invece la pazza che ha fatto restare Ethan sono io e per un soffio non siamo stati scoperti.

Con un lieve senso di colpa per le bugie che devo rifilare anche a papà, provo a farmi perdonare. «Vai a vestirti, giustiziere della notte, ti preparo la colazione.» Quando papà esce, anche io mi vesto, stavolta con delle cose prese a caso. Ho la testa nel pallone, gironzolo per la stanza senza meta, raccatto maglie e pantaloni, li piego ordinatamente, mentre nella mia mente si fa spazio una consapevolezza ingombrante e scomoda.

Se chiamo Logan, se mi comporto da persona adulta e responsabile, e gli racconto tutto, insieme a lui vedrò svanire anche la possibilità di un prestito da parte sua. Nonostante Ethan cerchi di rassicurarmi, avere un piano di riserva mi farebbe sentire meglio, però tacere significherebbe prendere in giro il mio fidanzato, sono davvero disposta a mentirgli così spudoratamente, anche se ne va della mia incolumità?

Mi sento una persona orribile, una doppiogiochista di bassa lega, ma non so come muovermi. Papà è terrorizzato, io anche e Ethan sembra in un vicolo cieco con la ricerca del malloppo rubato da suo zio. Forse posso aspettare ancora un po', al massimo qualche giorno e poi, anche se la situazione non si sarà sbrogliata, farò la cosa giusta e confesserò tutto a Logan.

Dopo aver fatto colazione con Scott, mi rendo conto che il frigo è vuoto. Attanagliata dai sensi di colpa crescenti, una tra le tante note stonate di questa estate rovente che ha portato Ethan sulla mia strada, decido di andare al piccolo market del centro, per fare un po' di spesa e lasciare papà a casa a rilassarsi davanti alla tv.

Al reparto d'ortofrutta, soppeso e tasto delle patate dolci, alla ricerca dei pezzi migliori.

Ne butto quattro nel carrello, con gesti distratti e automatici. Ho provato davvero a chiamare Logan poco fa, non per confessargli i miei peccati, ma per sapere come stava e perché è in quasi totale silenzio stampa da qualche giorno, ma ho trovato la segreteria. Che si sia arreso? Che abbia preso male la richiesta del prestito?

Non so che pensare, anche se so che è impegnato con quel maledetto processo infinito, non è da lui latitare. Oggi pomeriggio riproverò a contattarlo. Sovrappensiero, non guardo dove vado e il mio carrello si scontra con quello di qualcun altro. «Mi scusi.»

Ho urtato una donna sulla cinquantina, una bella signora in tacchi a spillo, con lunghi capelli biondi freschi di piega e un viso perfettamente truccato. Qualcosa in quei lineamenti fini sporcati dal tempo mi risulta famigliare. «Non fa niente.»

Io la fisso, lei fa lo stesso. Cerco di capire dove l'ho già vista, ma comprendo che devo piantarla, oppure mi prenderà per una pazza.

La saluto e faccio per allontanarmi, ma lei mi raggiunge e mi sbarra la strada. «June Summer?» Come fa a sapere il mio nome? «Sei la figlia di Mary Sherwood?»

Mia madre è morta più di dieci anni fa e io manco da Roseville da parecchio tempo, non capisco come questa donna possa sapere che sono sua figlia. «Sì, sono io.»

Un sorriso materno fa capolino sulle sue labbra cariche di rossetto color confetto. «Somigli molto a tua madre da giovane, io e Mary andavamo a scuola insieme. Io me n'ero già andata dalla città, quando mi hanno detto che aveva avuto un incidente, mi dispiace molto, era una brava donna, tu la ricordi molto.»

Perché improvvisamente mi sento tanto a disagio e mi tocca stringere i denti per non piangere? Io somiglio a mamma, me l'hanno detto tante volte, ma oggi mi chiedo se sono davvero onesta e pulita quanto lo era lei. Che direbbe di me, se fosse ancora viva? La donna nota il mio disagio e si presenta. «Io sono Sara Cruel, credo che tu conosca mio figlio Ethan.» Il sangue mi si ghiaccia nelle vene. Ecco perché questa signora aveva qualcosa di famigliare, perché il suo viso angelico è molto simile a quello altrettanto bello del figlio.

Inutile mentire. «Sì, lui e i suoi amici frequentano il mio bar.»

Impacciata, e vagamente imbarazzata per questo incontro ravvicinato con la mia probabile futura suocera, le sorrido cordiale. La versione femminile e più vecchia di Ethan mi squadra dalla testa ai piedi, mi mette in soggezione e poi fa una cosa del tutto inaspettata: avvicina le sue dita sottili e curate al mio viso e afferra una ciocca dei miei capelli.

«Sei davvero graziosa, non c'è che dire.»

Forse il suo è semplicemente un complimento, forse Sara non è così diabolica come mi è stata dipinta da Pegaso e perfino da Ethan.

«Io e tua madre eravamo amiche, era una persona onesta, bella e dolce come te.» È così gentile e carina.

Sara mi sfiora una spalla, inclina la testa e mi guarda con rammarico per i miei occhi lucidi. Sembra solidale, empatica, eppure è da quando ce l'ho davanti che sono tesa, come se il mio istinto fosse in allerta.

«So che è dura, tesoro, per questo mi fa arrabbiare che tuo padre si sia indebitato col club, non avrebbe mai dovuto fare affari loschi con una figlia adolescente di mezzo!»

Immaginavo che fosse a conoscenza della situazione, ma non mi aspettavo ne avrebbe parlato con me con tanta nonchalance.

«Sembri una sveglia, sai che quello che è successo avrà delle conseguenze, ma certo non posso scusare mio figlio per averti presa in giro. Si vede che sei una ragazza a posto, e non una delle sciacquette che frequenta di solito, non meriti di essere trattata così.» Il cuore smette di battere. Che sta dicendo? Come fa a sapere di me e Ethan?

«Per Ethan gli Street Eagles sono tutto, sono la sua famiglia, anche se questa non è una scusante. So dei vostri incontri clandestini, ma voglio metterti in guardia, anche se proprio non dovrei farlo. È mio figlio, ma non sono d'accordo con lui questa volta, provare a sedurti per farti vendere il Draxter è una cosa indegna, perfino per un farfallone come lui.»

Sara è una matriarca vecchio stampo fissata con l'ideale arcaico di una famiglia unita a qualsiasi costo. Le parole di Pegaso riemergono nella mia mente.

«Tu non c'entri niente col club, con questa città maledetta. Si vede che sei diversa, dovresti lasciarti tutto alle spalle e tornare a Los Angeles, lontano da Ethan. Lo dico per il tuo bene, in onore dell'amicizia che condividevo con Mary, salvati da questo posto, finché sei in tempo.»

Ecco perché tutte queste manfrine abbinate a subdole insinuazioni, lei vuole solo che mi allontani da suo figlio.

«Con tutto il rispetto, non credo che queste cose la riguardino.» Riprendo il mio carrello tra le mani e tengo la testa in alto, sicura dei miei sentimenti e di quelli di Ethan. «Le auguro buona giornata.»

Lei mi lascia andare, ma mi dà la stoccata finale. «Immaginavo che mio figlio sarebbe riuscito a ingannarti, ci riesce con tutte.»

Mi allontano da lei e dalle sue parole all'arsenico. Abbandono la mia spesa nel reparto scatolame, raggiungo la mia auto con un'ansia crescente che, continuo a ripetermi, non ha motivo di essere. Rimango seduta davanti al volante per interi minuti, inebetita, con

188

un folle bisogno di avere conferme. Non dovrei dubitare, non dovrei dar soddisfazioni a quella donna diabolica, ma non riesco a stare tranquilla e allora chiamo Ethan.

Non risponde subito, forse non è solo, forse è impegnato. «Princess, che succede, è tutto okay?»

Comprendo la punta di preoccupazione nella sua voce, non l'ho mai chiamato in pieno giorno.

«Ho incontrato tua madre al supermercato.» Cerco una sigaretta nella borsa, ho bisogno di fumare. «Non so come, ma sa di noi, ha fatto finta di mettermi in guardia su di te. Ha provato a farmi credere che tu mi hai abbindolato, che mi hai usata solo per convincermi a vendere. Mi ha rifilato una marea di cazzate, qualcuno deve averle spifferato qualcosa, forse uno dei...»

Ethan mi interrompe. «Sono stato io.»

Il pacchetto di Camel mi cade dalle mani. «Cosa?»

«Uno dei miei ci ha visti insieme e le ha riferito tutto, allora io mi sono inventato di averti portata a letto per irretirti e aiutare il club.»

Mi copro la bocca con una mano, mentre il cuore mi implode nel petto. Ethan mi ha tradita, mi ha fatta passare per una stupida puttanella caduta nella sua trappola, ha infangato quello che c'è tra noi per non compromettersi con la madre e il club. Mi manca il fiato.

«June?» Non rispondo, non ho più ossigeno.

«Non avevo altra scelta, l'ho fatto solo per proteggerti, per tutelarci.»

Pegaso mi aveva avvertita, ma io non le ho dato retta.

«Non le crederai? Le ho detto un sacco di cazzate, ma tu la sai la verità, sai cosa sei per me, quello che sento...»

Una lacrima mi riga la guancia. La pulisco con un gesto secco. «Credevo di saperlo, ma non so un bel niente, non so più nemmeno chi sono io.»

«June, ti prego, non fare così, io...»

«Devo andare.» Riaggancio, prima che Ethan prosegua con la sua sequela di scusanti.

Non riesco a non sentirmi tradita e ferita dalla facilità con cui mi ha rinnegata. E se anche a me avesse rifilato un sacco di balle?

Mi prendo la testa tra le mani, mi copro le orecchie con forza, per zittire le voci nel mio cervello. L'ha fatto per me, solo per me, per tenere nascosta la nostra storia, perché mi ama, anche se non me lo ha mai detto.

Forse, se continuo a ripeterlo a me stessa questa tesi sembrerà più reale e la lama che mi ha trafitto lo stomaco smetterà di far male.

***

Arrivo al Draxter all'ora di cena, dopo aver pianto tutte le mie lacrime ed essermi nascosta da papà per l'intero pomeriggio. Cammino spedita nel parcheggio, decisa ad affrontare Ethan a testa alta, mi avrà chiamata un centinaio di volte e io non gli ho mai risposto. È certo che verrà qui stasera.

Marcio come un soldato in guerra. Man mano che mi avvicino al bar, adocchio un'automobile di lusso parcheggiata proprio di fronte all'entrata.

È la Mercedes di Logan. Il cuore mi salta in gola, non so se per la felicità o per la paura. Cosa ci fa qui a Roseville?

Mi passo una mano sul viso, non ho messo il fondotinta, i lividi saranno ancora visibili?

Se lui li notasse e mi facesse delle domande? O peggio, se gli Street Eagles sapessero che il mio ricco fidanzato, nonché avvocato penalista, è qui?

Devo assolutamente convincerlo a tornare a casa. Gli ho già fatto troppo male, anche se non lo sa.

Con la tachicardia a mille, continuo a camminare nella sua direzione; probabilmente lui intravede la mia figura dallo specchietto retrovisore, smonta e mi viene incontro, con una faccia scura che preannuncia guai.

Mi raggiunge e i suoi occhi color cioccolato si posano subito sul mio viso, sui segni appena visibili lasciati dall'aggressione. Li lambisce con le mani e mi fissa spaesato, incredulo. «June, che ti hanno fatto? Chi è stato? Cosa è successo?»

Mi tocca, mi riempie di domande alle quali non posso rispondere. «Niente, sono caduta dalle scale.»

Non mi crede, è abituato ad avere a che fare con i colpevoli che si professano innocenti e anche io adesso faccio parte di quella risma. Sono colpevole di averlo tradito, di avergli propinato una marea di cazzate.

«Smettila! Mi sono informato sulla situazione della città, pare sia sotto scacco di un manipolo di motociclisti criminali, che tengono in pugno polizia e magistrati con delle bustarelle.» Dovevo aspettarmi che il Re del foro avrebbe fatto i compiti a casa, che non si sarebbe presentato impreparato nell'eterno processo che è diventata la nostra storia. «Dimmi la verità, a cosa ti servono i miei soldi? È con loro che sei indebitata? Sono stati loro a farti questo, a minacciarti?»

Non mi dà tregua, torna ad accarezzare i miei lividi, mi tallona, prova ad abbracciarmi, ad abbattere le mie difese. Mi ritrovo intrappolata qui fuori, a respingere i suoi tentativi, con la paura che nessuna delle mie menzogne lo dissuaderà dallo scoprire la verità e la consapevolezza che questo potrebbe costargli caro.

Ma continuo a tentare, perché non voglio gli capiti nulla. «No, nessuno mi minaccia, Scott ha un grosso debito coi fornitori, te l'ho detto.»

Il clima si surriscalda, la pazienza di Logan è esaurita. «Basta stronzate!» Non l'ho mai sentito imprecare, né ha mai alzato la voce con me. Sono con le spalle al muro e mi viene da piangere, perché è solo colpa mia se mi trovo in questa ingarbugliata situazione.

Logan vede il mio smarrimento e si addolcisce, si avvicina e mi prende il viso tra le mani. «So che stai mentendo, dimmi la verità, lascia che ti aiuti.» China la testa e inspira tra i miei capelli. «Mi sei mancata come l'aria. Voglio portarti via da questo posto, al sicuro, a Los Angeles.»

Le prime crepe dei miei muri iniziano a palesarsi e a incrinare la mia volontà. Anche Sara mi ha consigliato di andarmene di qui, di dimenticare suo figlio e questa brutta storia. Perché non dovrei credere alla sua buonafede? È stata comprensiva, si è esposta per mettermi in guardia da Ethan e dal club, anche se è chiaro quanto tenga a entrambi. Ha ragione, io non c'entro niente con questo mondo torbido, Ethan mi ha usata per i suoi scopi e io non ho saputo difendermi.

È un mare pieno di squali, se resto, finiranno di farmi a pezzi.

Non importa se perderemo il Draxter, se le cicatrici lasciate dal tradimento di Ethan impiegheranno mesi a guarire, forse dovrei smettere di lottare e arrendermi alle suppliche di Logan. Lui è qui per me, è venuto per salvarmi, mi ama, non mi ingannerebbe mai, non farebbe mai quello che mi ha fatto Ethan, lui è diverso.

Chiudo gli occhi, cedo alle mani di Logan che chiedono fiducia e abbandono e mi lascio andare contro il suo petto, col viso premuto contro la sua camicia profumata. Lui mi stringe, mi accarezza la schiena, giura che si prenderà cura di me e io mi sento un po' meglio, un po' meno sola al mondo.

Ma questo senso di pace dura un attimo.

Due mani ci dividono con irruenza e i miei occhi, resi liquidi dallo sconforto, incrociano quelli furibondi di Ethan.

Non si preoccupa di avermi appena strappato dalle braccia del mio fidanzato, arriva a un soffio dalla mia faccia e mi inchioda. «Che fine hai fatto? Ho provato a chiamarti un milione di volte!»

La vena sulla sua tempia pulsa, la mascella si contrae e la situazione peggiora quando Logan si fa avanti e recupera il terreno che il suo spintone gli aveva tolto.

«Chi cazzo è questo tizio inamidato che ti stava toccando, che stava addosso alla *mia* donna?» grida.

Sa perfettamente chi è Logan, vuole sapere perché gli stavo permettendo di abbracciarmi, perché ho deciso di tradirlo a mia volta, anche se dovrebbe immaginare perché l'ho fatto. Per colpa sua non ho più uno straccio di certezza.

Logan risponde al posto mio, si mette in mezzo e perde la sua calma plateale. «La tua donna? June è la mia fidanzata! Chi diavolo sei tu, razza di coatto provinciale?»

Guardo entrambi, confusa, senza sapere cosa dire o fare. Non mi aspettavo quella sofferenza profonda negli occhi di Ethan, sembra sinceramente angosciato, tanto quanto Logan pare deciso a rivendicare i suoi diritti su di me a qualsiasi costo.

Luce e tenebre, angelo e demone, da che parte sta il mio cuore a brandelli? Sono in bilico, divisa tra due fuochi.

Fuoco? Un momento, alle spalle di Ethan e Logan si sta alzando una nube di fumo nero e denso, che viene dal tetto del Draxter.

In un battito di ciglia veniamo investiti dalla massa di gente che esce dal locale e ci travolge.

«Al fuoco! Al fuoco!» Urla e lamenti, una fuga generale che fa passare in secondo piano la tragedia che si stava consumando qui fuori, tra me e i miei due amanti.

C'è papà là dentro, e Rebecca e Pegaso, così, mentre la gente spinge e sgomita per uscire dal locale, io faccio un balzo in avanti e vado controcorrente, verso il centro del pericolo.

«June, no!» Non so dire se sia stato Ethan o Logan a chiamarmi, c'è troppo rumore e io sono una furia che si fa strada tra un branco imbufalito di persone terrorizzate. Quando riesco finalmente a entrare trovo il caos assoluto. Le fiamme avvolgono ogni cosa, si stanno mangiando il Draxter un pezzo alla volta, si propagano a vista d'occhio, tra crepitii e fumo acre. Rimango immobile per qualche secondo, a fissare questa distruzione ineluttabile.

Sento delle urla dalla cucina e ritorno in me. Mi copro il naso con la manica, ma non serve a molto, l'aria è irrespirabile e gli occhi lacrimano e bruciano. Corro dietro al bancone, varco la porta carbonizzata che divide il salone dalla cucina e mi butto in una ricerca disperata. Fatico a vedere nitidamente, questa è la stanza in condizioni peggiori, spero che papà o le ragazze non siano qui dentro.

Qualcosa esplode alla mia destra e alimenta l'inferno, cammino tra i detriti e vedo un corpo disteso a terra, tra il tavolo e il lavandino. Mi accovaccio e tiro un sospiro di sollievo quando riconosco Juan, il lavapiatti messicano che ogni tanto lavora qui.

È ridotto male, i vestiti bruciacchiati, la faccia e le braccia ustionate. Non so dove mettere le mani. «Juan, ti porto fuori di qui.»

Prendo il suo braccio e me lo metto sulle spalle, per cercare di farlo alzare. Lui sta per perdere i sensi, con l'ultimo briciolo d'energia si appoggia a me e si mette in piedi, ma anche in questa posizione non riuscirò mai a trascinarlo fuori, è troppo pesante.

Sono a corto d'ossigeno, sto inalando troppo fumo, riesco solo a muovere qualche passo, ma la porta è ancora lontana. Come angeli custodi, Logan e Ethan piombano in cucina e vengono da noi.

Ethan prende Juan, un secondo prima che entrambi stramazziamo sul pavimento. «Va via di qui, ci penso io a lui», mi ordina.

«Scott, le ragazze, devono essere ancora dentro», gli rispondo disperata, mentre Logan si posiziona al mio fianco e mi prende per mano per incitarmi a seguirlo. «Sono usciti dal retro, stanno bene.» Un pezzo di controsoffitto si stacca e cade al suolo, a pochi centimetri da noi e sovrasta la voce di Ethan. «Andiamo!»

Ethan si incammina con Juan che non riesce a tenere la testa dritta e ciondola di qua e di là, sulle gambe instabili. Logan mi trascina come se fossi una bambola di pezza, priva di vita propria. Quando ormai la salvezza è a pochi passi, mi blocco e mi libero dalla sua stretta. «June, che stai facendo?» urla.

Mi guardo intorno, vedo la devastazione che imperversa in ogni angolo e, spinta probabilmente dalla follia, mi lancio in un ultimo gesto disperato. «Il salone non è messo così male, possiamo ancora salvarlo.»

Questo è il locale di mamma, non posso lasciarlo bruciare senza fare nulla.

Mi muovo verso l'angolo a est, dovrebbe esserci un estintore lì, ma Logan mi prende per un braccio e prova a dissuadermi. «June, sei pazza? Sta bruciando tutto, non c'è più niente da fare!» Lo ignoro, non voglio sentire ragioni, mi volto, ma lui mi strattona. «June, ti prego, vieni via.»

«Non posso», bisbiglio.

Logan resta sbigottito, mi guarda mentre mi faccio strada tra le macerie e provo a raggiungere la meta. Dentro una vetrinetta trovo il manicotto dell'acqua, invece che un estintore. Ancora meglio, non ci penso due volte e colpisco la lastra di vetro col gomito, tagliuzzandomi l'avambraccio.

Provo a srotolare l'enorme tubo, ma c'è qualcosa che lo blocca, un fermo che non riesco a individuare in questa nuvola asfissiante. Tasto alla cieca, senza riuscire a venire a capo di niente. Intanto, fuori iniziano a sentirsi nitidamente le sirene dei pompieri in avvicinamento.

«June, lascia stare, stanno arrivando i vigili del fuoco.» Logan mi prende per le spalle e io mi scrollo le sue mani di dosso.

Questo è il mio locale, la mia unica eredità, io devo salvarlo. «Aiutami a slegare la pompa!»

«June, per favore, vieni con me!»

Finalmente riesco a trovare il pezzetto di velcro che blocca la canna arrotolata e lo strappo. Ormai ci sono, ma prima che possa fare un'altra mossa, Ethan irrompe dalla porta d'entrata, mi individua e marcia verso di me, più determinato delle fiamme.

Senza dirmi nulla, mi carica su una spalla e mi porta via, mentre Logan ci segue.

«Lasciami andare, io devo restare!» Scalcio e mi dimeno, ma lui mi tiene stretta, mi stritola tra le sue braccia.

Mi mette giù solo una volta che raggiungiamo l'esterno, lontano dalla folla, dove possiamo tornare a respirare a pieni polmoni. Tossisco come una malata cronica e mi sfrego gli occhi con la manica annerita e sporca. Ethan mi viene vicino, prova ad accertarsi che stia bene, ma quando le sue mani mi sfiorano, esplodo, con un impeto più distruttivo dell'incendio al quale siamo scampati.

«Non mi toccare!» Lo colpisco al petto, senza smuoverlo di un millimetro. «Stai lontano da me!»

Guardo le fiamme che inghiottono il locale di mamma e comincio a singhiozzare e a scuotere la testa, come se non credessi a quello che vedo, entro in iperventilazione.

Ethan cerca di abbracciarmi. «Princess, calmati, respira.»

Lo spingo via, scarico tutta la disperazione contro di lui. «Io non voglio vederti mai più, mi sono fidata di te e tu mi hai mentito.»

Lotto contro le sue mani che provano a quietarmi, mi ribello con tutta la forza che ho, in preda a una crisi isterica.

Lui mi imprigiona i polsi in una morsa e avvicina la faccia alla mia. «Pensi davvero che abbia finto, che sia stato tutto un gioco per me?»

I pompieri sono arrivati, smontano dalle camionette, si disperdono nel caos, mentre le sirene mi spaccano i timpani.

«Parli così solo perché sei sconvolta per il tuo locale e te la stai prendendo con me.»

Mi dimeno, per liberarmi. «Non è vero, il Draxter non c'entra niente! È colpa tua, tu mi hai rinnegato!» grido.

La voce di Ethan è poco più di un sussurro, come se non avesse la forza di parlare più forte. Mi attira più vicino, il mio naso sfiora il suo. «Credi a lei, dopo tutto quello che c'è stato tra noi?»

La mia vita è distrutta per una bugia? Per un amore vero? Che importanza ha ormai?

Schivo i suoi occhi, chiudo i miei per non doverlo guardare in faccia, per non cedere. Arriva Logan a impedirmi di restare schiacciata sotto il peso dei miei sentimenti. Si affianca a me e ordina a Ethan di lasciarmi andare.

Ethan, naturalmente, non gli dà retta, non lo degna di un briciolo d'attenzione e resta concentrato su di me, non molla la presa. «È con lui che vuoi stare? Scegli di credere a una bugia, invece che fidarti di me?»

197

I pompieri corrono avanti e indietro, c'è chi urla di portare una manichetta e di correre sul retro, un altro grida di dividersi in due squadre.

Tentenno, la paura di perdere tutto, di sbagliare ancora, in un caso o nell'altro, mi dilania. Menzogne, minacce, incendi, ho provato a stare al passo, ma questo è un gioco a cui non so giocare.

Ethan digrigna la mascella, mi lascia andare e indietreggia di un paio di metri, con l'aria sconfitta di chi non ha più nulla per cui lottare. «Se è questo che vuoi, vai, sei libera, io non ti pregherò di restare.» Sposta l'attenzione su Logan e sfodera una risata amara. «Resta con l'idiota coi soldi e la cravatta, è quello che meriti.»

Fiumi d'acqua esplodono in getti potenti, spaccano le finestre, travolgono tutto ciò che trovano. Altre sirene, un paio di ambulanze arrivano lanciate verso di noi.

Logan difende il proprio orgoglio, mi stringe a sé, mentre io non riesco a staccare lo sguardo da Ethan e lui continua a fissarmi, con l'aria di chi è appena stato ammazzato dal fuoco amico.

Con ogni probabilità, Logan ha capito tutto e infierisce per ristabilire la sua supremazia. «Presto tu e i tuoi amici pagherete per le vostre colpe. June tornerà a Los Angeles con me, non la rivedrai più, stanne certo.»

Vorrei dirgli di smetterla, di non umiliarlo così, vorrei dire a Ethan che forse ha ragione, che adesso sono troppo scioccata per prendere una decisione definitiva, ma non riesco a spiccare una sola parola. Nella mia testa c'è spazio soltanto per il bar di mamma che è andato letteralmente in fumo.

I paramedici scendono dalle ambulanze, si occupano dei feriti, quelli più gravi li caricano in barella, gli altri li medicano sul posto.

Con l'ultimo barlume di speranza che gli rimane, Ethan attende che io smentisca Logan e scelga lui, a dispetto delle mie paure e dell'assennatezza. Attende, secondi lunghi un'eternità, ma alla fine si arrende.

Mi aspetto che si scagli contro Logan, ora che sa di avermi persa, che lo prenda a pugni, come so muore dalla voglia di fare fin dall'inizio, e invece Ethan mi dà un ultimo sguardo e se ne va, con le spalle ricurve, senza reagire.

Due sanitari in divisa blu si avvicinano, mi chiedono se sto bene, se ho bisogno di ossigeno. Non gli do retta, rifiuto il loro aiuto, tengo gli occhi addosso a Ethan.

È questa la cosa peggiore, la coltellata più profonda e dolente: vederlo allontanarsi da me, deluso e abbattuto, sopraffatto dal mio rifiuto.

Digli addio, June. Respira, chiudi gli occhi, chiudi il tuo cuore in uno scrigno, fallo diventare di pietra, muori dentro, lascia che il dolore ti uccida. I morti non sentono nulla, non piangono, non implorano pietà. Lascia che la tua anima si sgretoli, è questo il male minore, quello che avresti dovuto prevedere ed evitare.

Qualcuno mi chiama, grida il mio nome. È papà, sta correndo verso di me e ora mi stringe in un abbraccio. È illeso, ma chiaramente sotto shock, continua a toccarmi la faccia, le braccia, a scuotermi. «Bambina, sei viva. Stai bene?»

Sono viva? Sto bene?

Non lo so, non sento più niente. Sono vuota, un involucro di carne e sangue, senza contenuto. Ciò che resta della mia anima dopo l'incendio se n'è andato con Ethan.

Logan mi bacia la testa. Non mi ero nemmeno accorta fosse ancora qui. «Vado a parlare con i vigili del fuoco.» Non gli rispondo, allora si rivolge a Scott. «Stiamo tutti bene, per fortuna. Credo che il peggio sia passato, le fiamme sono sedate.»

Di certo si riferisce a quelle che hanno bruciato il Draxter. Quelle che ardono nel mio stomaco, e ne fanno poltiglia, sono ancora vive e affamate. Non si placano.

Nessuno dei due si perde in presentazioni, il ruolo reciproco è chiaro a entrambi. «Grazie.» Papà gli dà una pacca sulla spalla e Logan gli sorride, per poi andare verso il gruppetto di uomini in divisa ignifuga.

«Non so che avrei fatto se ti fosse successo qualcosa.» Scott mi tiene stretta contro di sé e io rimango inerme a fissare un punto indefinito. «Qualcuno ha detto che ti avevano vista entrare. È stato il tuo ragazzo a portarti in salvo?»

A chi si riferisce, al ragazzo che amo a dispetto di ogni logica o al mio fidanzato? Non importa, annuisco.

Scott nota i tagli sul mio braccio, quelli che mi sono procurata spaccando il vetro, e si agita. «Sei ferita! Vieni, ci sono i paramedici, fatti medicare.»

Stavolta non mi oppongo, mi scivola tutto addosso.

Dopo alcune ore mi trovo col braccio fasciato, in un angolo del parcheggio, a osservare ciò che rimane del locale di mamma. Non riesco nemmeno a piangere, le ultime lacrime le ho versate quando Ethan se n'è andato. L'angoscia, intrappolata sotto le mie palpebre, mi divora dall'interno e mi fa barcollare come un'ubriaca.

Mi tremano le gambe, vorrei inginocchiarmi a terra e non rialzarmi più.

«Amore», Logan sbuca alle mie spalle, e soppesa il mio stato. «Ti senti bene? Forse dovresti sederti.»

Ha ragione, sento che potrei cadere al suolo da un momento all'altro, anche se il mio malessere non è dovuto soltanto a quello che pensa lui. «Sto bene.»

Una smorfia di disappunto appare sul suo viso assurdamente pulito, nonostante l'incendio. Evita di insistere, ma mi sostiene con una mano avvolta attorno al mio fianco. «Tuo padre è andato a casa, ha detto di dirti che doveva prendere delle pastiglie per la pressione e che ci aspetta lì.»

Papà. Mi si stringe il cuore a pensare a come starà ora, a mente fredda. I suoi sogni, il suo passato con mia madre, è tutto distrutto. Come è successo, è stato un incidente, uno sfregio?

«Cosa ti hanno detto i pompieri?» chiedo a Logan.

Lui prende un respiro profondo. «Hanno trovato tracce di combustibile, probabilmente benzina. L'incendio è doloso.»

Chiudo gli occhi, mi porto una mano sulla bocca e trattengo il fiato. Questo è un incubo senza fine.

«Il biondino con cui hai discusso sicuramente c'entra qualcosa.» Il tono di Logan è freddo, distaccato.

Non so cosa abbia sentito della conversazione tra me e Ethan, ma la situazione è inequivocabile, gli devo delle spiegazioni. In fondo non è colpa sua se io sono stata tanto stupida da innamorarmi di un altro, merita che quantomeno provi a ricucire lo strappo. «Senti, io devo spiegarti come stanno le cose, dirti quello che è successo.»

Il suo corpo si irrigidisce, diventa un pezzo di ghiaccio, così come i suoi occhi. «No, non voglio sapere niente. Chiuderemo questa storia, torneremo a casa e metteremo una pietra sopra queste settimane.»

Per lui questo è solo un intoppo temporaneo, io invece ho appena perso tutto ciò che avevo, ogni legame materiale con mia madre, l'uomo a cui avevo affidato il mio cuore, tutti i sogni e le speranze mie e di papà.

Ognuno reagisce a modo suo davanti al dolore. Logan ha deciso di adottare il metodo della negazione, anche se temo che fingere che niente sia accaduto non ci faciliterà le cose come spera, chi sono io per giudicarlo? «Va bene.»

L'infelicità che mi scorre sotto pelle all'idea di tornare a Los Angeles, alla mia vecchia vita, è un problema mio, è il risultato di un mio errore. E allora sfrego la guancia contro la sua camicia e gli cingo la schiena con le braccia. Se ha deciso di perdonarmi, anche se non conosce realmente l'entità dei miei peccati, deve amarmi davvero molto. Non posso continuare a mostrarmi ostile.

I suoi muscoli si rilassano e ricambia l'abbraccio.

«Denunceremo quei delinquenti e li sbatteremo in cella a vita. Ci faremo risarcire fino all'ultimo centesimo.»

Dovrei gioire, gli Street Eagles, Danny in particolare, sono spacciati. Con un cane da tribunale come Logan non hanno scampo, eppure io non riesco ad animarmi della sua stessa sete di giustizia. Una parte di me, probabilmente quella che crede alle accuse di Sara, imputa a Ethan la colpa di ogni mio singolo guaio. Ma, nonostante questo, so che lui non ha niente a che fare con l'incendio e vorrei che riuscisse a scampare dalla bufera legale che Logan è deciso a scagliare contro il suo club.

Lo odio, ma vorrei salvarlo dal suo destino.

Zittisco i miei sentimenti in tumulto e mi stringo un po' di più a Logan. Cerco conforto tra le sue braccia, anche se so che non ne troverò qui, con quest'innamorato uomo in giacca e cravatta, che io non amo però.

Ethan ha ragione, stare con lui, consapevole di non ricambiare i suoi sentimenti, è ciò che merito. Ho sfidato la sorte e il destino e ho drasticamente perso, su tutti i fronti.

Dopo un viaggio in macchina, passato nel mutismo più totale, arriviamo a casa mia. Seduto di fronte al tavolo della cucina, troviamo Scott, solo e al buio. Accendo la luce del salotto e lo guardo: si tiene la testa tra le mani, non si è ancora cambiato né lavato il viso, e sta piangendo.

Vederlo così è l'ennesima coltellata al cuore. Anche lui ha perso ogni cosa questa sera.

Lo raggiungo. «Scott... sistemeremo tutto.» Non ho mai sopportato che ti riempie di promesse irrealizzabili, solo per farti stare meglio, ma ora anche io faccio lo stesso, perché non c'è altro da fare in situazioni così.

Gli metto una mano sulla spalla e lui ci posa sopra le sue grandi e ruvide dita. Rimane a capo chino, con gli occhi chiusi e il respiro spezzato dalle lacrime.

Tira su col naso e io mi sento impotente, annientata. Mi ero ripromessa che avrei salvato il Draxter, per papà, ma ho fallito miseramente.

Scott solleva lo sguardo su di me. Sembra invecchiato di dieci anni in una sola sera. «È stato Danny, sono sicuro che è opera sua e degli Street Eagles. Noi non vendiamo e loro passano alle maniere forti.»

Anche io sono convinta che l'incendio porti la sua firma e ormai è del tutto inutile mentire a Logan, le mie scuse erano poco credibili prima, ora sarebbero soltanto ridicole. Butto un occhio verso di lui, sta in piedi, a braccia conserte, concentrato su quello che dice mio padre. Se non fosse che i suoi vestiti sono sporchi di fuliggine, sembrerebbe un semplice avvocato che lavora al nostro caso, senza alcun coinvolgimento.

«Quel pazzo poteva uccidere qualcuno e io non posso nemmeno denunciarlo», continua Scott, riducendo a due fessure i suoi piccoli occhi arrossati. «Mi ucciderebbe, ammazzerebbe tutti e due, senza pensarci.»

Su questo non ho più alcun dubbio: Danny Cruel è disposto a spingersi oltre ogni limite.

Logan tira una manata al tavolo, fa sussultare me e papà all'unisono. «Non dovete permettere a questi criminali locali di schiacciarvi, dovete reagire.»

Ha capito quello che ha detto Scott o è sordo?

«Avete la legge dalla vostra, la polizia vi proteggerà. Gli Street Eagles sono criminali con una lunga fedina penale, verranno arrestati», fa una pausa, guarda solo me adesso, «tutti quanti.»

Un brivido mi percorre la schiena, non posso più dividere il cuore in due, ma quello che succederà dopo stasera mi spaventa. E Logan lo vede, vede che la sua frecciata è andata a segno e mi sta facendo sanguinare.

Con un gesto del capo, mi fa cenno di seguirlo. Non so cosa abbia da dirmi in privato, abbiamo avuto un sacco di tempo in macchina per parlare da soli. Decido di assecondare la sua richiesta, soprattutto perché Scott sembra sul punto di crollare, non reggerebbe nemmeno un grammo di pressione in più stasera.

«Vai a farti una doccia, io intanto preparo qualcosa da mangiare», gli propongo.

Papà obbedisce e, non appena sparisce dentro il bagno, Logan si avvicina a me. Estrae qualcosa dalla tasca interna della sua giacca e prende una biro dal portapenne che sta sulla penisola.

«È a questo che servivano i miei soldi?» Fisso allibita il libretto degli assegni che ha depositato sul tavolo, che intenzioni ha? «Quanto vale il locale? Quanto vogliono quegli estorsori per togliersi dai piedi?»

Mi lascio andare su una sedia e guardo le mani di Logan. Aspettano di scrivere con carta e penna il mio prezzo. A lui non frega niente di rendere giustizia a me e papà o di pagare il debito al posto nostro. Logan vuole comprarmi, farmi tornare a casa con lui, a qualsiasi costo.

Tutto ha un prezzo. Qual è il mio?

8
Ethan

I fight because I have to,
I fight for us to know the truth.
This is the battle I must win.

Mi lascio alle spalle l'espressione soddisfatta del coglione in giacca e cravatta, le mie inutili suppliche e il pesante silenzio di June.

'*Fanculo a tutti*', penso senza guardare indietro.

Monto sulla mia 883, do gas, non infilo nemmeno il casco e schizzo via dal Draxter. Prendo subito velocità, passo dalle quaranta miglia orarie a sessanta in una decina di secondi, con l'aria che mi taglia la faccia e il cervello in subbuglio. Fisso la strada sgombra, ma non la vedo. La mia mente è attanagliata dai ricordi, rivive le ultime ore trascorse con June, me le piazza davanti in una sequenza di immagini che scorrono veloci.

Rivedo gli occhi verdi di Princess che mi guardano come se fossi la cosa più bella al mondo, sento le sue dita che si insinuano nei miei capelli mentre la bacio, il suo corpo nudo abbandonato contro il mio questa notte.

Accelero, tocco le settanta miglia.

"Vincerò questa guerra per te, per farti restare con me." Ripenso al suo viso che sorride alle mie promesse, poco prima di addormentarsi. Il suo profumo che ormai sento dappertutto nei vestiti, sulle mani, che non se ne va più via.

Sfioro le ottanta miglia.

Lei che lascia cadere a terra l'asciugamano e si sdraia al mio fianco, su quel letto troppo piccolo per tutti e due. Lei che dorme con un'espressione angelica, con la testa appoggiata sulla mia spalla e una mano aggrappata alla mia maglietta.

Novanta, cento, voglio solo correre via, allontanarmi più possibile da lei e da queste immagini indelebili.

La delusione nella sua voce al telefono, quando ha capito che mia madre le aveva detto la verità. Tutte le mie chiamate andate a vuoto, la consapevolezza di averla rinnegata, e poi le braccia di un altro che la stringono, che la rivendicano e lei che glielo lascia fare, che si arrende e sceglie lui.

Il motore della mia moto soffre, grida, impazzisce, proprio come me. Taglio una curva a gomito, chiudo gli occhi per una frazione di secondo, per smettere di vedere June e, quando li riapro, vengo abbagliato da due fari, una Jeep si materializza di fronte a me; viaggia a metà tra le due corsie, così lanciata che i miei nervi hanno appena il tempo di tendersi per prepararsi all'impatto. Sterzo bruscamente, l'auto fa lo stesso, scongiuriamo lo schianto per una manciata di millimetri, ma il movimento è troppo repentino, la ruota anteriore perde aderenza, mollo il manubrio e scivolo via, prima di ritrovarmi sotto il mio bolide. Slitto sul terreno impolverato che fiancheggia la strada, mentre la mia 883 schizza via e striscia sull'asfalto con uno stridio di ferraglia, mi saetta accanto e si ferma a una ventina di metri da me.

Rimango disteso a terra, col respiro mozzato dal contraccolpo, i muscoli paralizzati e insensibili dopo la caduta. Non riesco a muovermi, stordito fisso il cielo senza stelle sopra di me, è così buio e io sento addosso un caldo soffocante... forse sono morto, forse l'inferno esiste e io ci sono appena finito dentro.

Chissà se il pensiero di June mi tormenterà anche qui, oppure se il suo ricordo sarà il solo spiraglio di luce in mezzo all'oscurità. Credo che nemmeno la morte riuscirà a separarmi da lei, forse è questa la mia dannazione eterna.

«Oh mio Dio, ti prego dimmi che sei vivo.» Una voce angosciata mi raggiunge, la percepisco appena. «Apri gli occhi, per favore.»

Ha un timbro così delicato e le mani che mi tastano il petto hanno un tocco così leggero, sembrano appartenere a un angelo e io rivedo June la prima sera in cui l'ho incontrata, col suo vestito bianco e quegli occhi abbaglianti.

Mi sforzo di sollevare le palpebre, non mi ero accorto di averle chiuse.

C'è una ragazza china su di me, singhiozza, si tiene la testa tra le mani. «Sei vivo?»

Lo sono? Provo a muovermi, una fitta lancinante alla caviglia mi fa capire che sì, sono tutto ammaccato, ma ancora vivo. A fatica mi sollevo, mi metto in piedi, barcollante. Tossisco, incamero ossigeno, azzardo qualche passo incerto, la gamba è messa malissimo, un dolore maledetto, ma non dovrei avere niente di rotto.

Confuso, zoppico verso la mia moto, spero che parta, in caso contrario, chi potrei chiamare? June mi ha lasciato, mia madre mi ha tradito, così come il mio club, e Danny mi ha pugnalato alle spalle. Sono solo.

«Dove vai?» La ragazza mi insegue, saltella su tacchi vertiginosi. Ha smesso di piangere, ma trema ancora e il mascara le è colato sul viso.

«A casa.» La mia stanza al club, quella è ancora casa mia?

Lei mi si piazza davanti. «Non puoi! Dobbiamo chiamare qualcuno.» Indica la mia faccia graffiata. «Sei ferito, hai bisogno d'aiuto.»

Chi me lo può dare? La donna che mi ha messo al mondo e che non ha mai capito davvero di cosa avessi bisogno? Il padre putativo che mi ha insegnato tutto quello che so e che poi mi ha mentito e ingannato come se non contassi niente per lui? Oppure June, l'unica donna che io abbia mai amato, quella per la quale ho stravolto la mia vita, ma che non sono stato in grado di proteggere, di salvare?

Nel giro di poche ore ho perso ognuno di loro, mi ritrovo senza più uno scopo, lottare non ha più senso. Mia madre non cambierà mai, continuerà a raggirarmi e a prendere decisioni al posto mio, Danny si è rivelato un cinico criminale disposto a sacrificare chiunque per i suoi interessi e il club non gli si rivolterà mai contro, vivrà sempre e comunque all'ombra del proprio presidente.

Come ho fatto a pensare che un'anima immacolata come June avrebbe potuto scegliere me e la mia esistenza travagliata, invece che il suo avvocato?

Solo uno stupido avrebbe coltivato speranze, si sarebbe innamorato di lei e le avrebbe promesso il mondo intero, pur di tenerla con sé. Lei ha fatto la scelta giusta, il pazzo che ha creduto in una favola irrealizzabile sono io.

Sorpasso la ragazza che vuole soccorrermi. «Non serve.»

Arranco fino alla mia 883, ignoro la gamba che pulsa, incanalo la frustrazione nelle braccia, la uso come forza motrice e tiro su la moto al primo tentativo. La carena è ammaccata, accartocciata su se stessa in più punti, lo specchietto di destra penzola attaccato all'ultimo cavo, mentre quello di sinistra è crepato e come se non fosse abbastanza il cavalletto è incastrato. Incazzato con tutti quanti e soprattutto con me stesso, gli sferro un calcio con la gamba buona, lo colpisco fino a farmi male, finché non salta fuori con uno scatto metallico e agonico.

La ragazza mantiene le distanze, probabilmente intimorita dal mio atteggiamento aggressivo. «Posso chiamare il mio papà, è un meccanico, lui saprà cosa fare.»

È giovane, spaventata, probabilmente è il primo incidente che fa. Sembra sull'orlo di un attacco di panico, gesticola frenetica, non sta ferma, mi fissa come se fossi una visione. In effetti è un miracolo che io sia ancora intero.

Metto in folle, provo ad accendere la moto, il motore prima ringhia, poi ruggisce, infine sfiata e muore. Insisto, nelle imprecazioni, faccio impazzire le turbine, non gli permetto di mollarmi anche lui.

Alla fine prende giri e si mette in moto. «Non importa.» Monto in sella, trattengo il fiato, le stilettate alla caviglia non mi danno tregua.

Lei mi viene appresso, tira su col naso e si sposta una ciocca di capelli castani dietro l'orecchio. «Ti ho quasi ammazzato. Ero distratta, non l'ho fatto a posta, mi dispiace.»

Nonostante il trucco marcato e i vestiti provocanti, ha un'espressione innocente, le guance tonde da bambina, gli occhi verdi e spaesati. Mi ricorda June.

Abbasso lo sguardo, le parlo, ma non è a lei che mi rivolgo. «Non è colpa tua, è solo colpa mia.»

Me ne vado, lascio la ragazza in lacrime e sola. Non posso fare più niente per *lei*.

Quando arrivo al club, trovo tutte le motociclette dei ragazzi parcheggiate ordinatamente in fila. Accosto vicino alla porta d'entrata, per fare meno strada possibile. Poggio il peso sulla caviglia illesa, mi aggrappo al muro fino a che raggiungo la sala delle riunioni. Prima di entrare mi do uno sguardo generale, ho i pantaloni stracciati, le braccia piene di graffi e la faccia è annerita dalla fuliggine, dovrei farmi una doccia, mettere del ghiaccio sulla botta, ma i ragazzi sono tutti qui, non posso perdere tempo.

Varco la soglia senza bussare. Fino a prova contraria faccio ancora parte del gruppo, non devo chiedere il permesso di entrare. Mi ritrovo tutti gli occhi puntati addosso. «Scusate, sono in ritardo.» A testa alta, zoppico fino al mio posto, quello accanto al presidente e mi lascio andare contro la sedia imbottita.

Per qualche istante regna il silenzio, è Chester a chiedere per primo. «Che diavolo ti è successo?» È seduto alla mia sinistra, rispondo senza nemmeno guardarlo. «Una tizia mi ha tagliato la strada e sono caduto.» Qualcun altro sta per intervenire, ma taglio subito corto. «Un piccolo incidente, fine della storia.»

I ragazzi aspettano che dica qualcosa di più, quasi scocciati dal mio atteggiamento scontroso, ma io non lo faccio, mi comporto come se questa fosse una riunione qualunque di una sera qualunque. L'essermi schiantato è l'ultimo dei miei problemi.

Cerco una sigaretta nella tasca interna del gilet, ma il pacchetto non c'è, devo averlo perso durante la caduta. Qualcuno mi lancia una delle sue, una Camel, è Owen.

Il mio migliore amico fa scorrere lo sguardo su di me e poi mi guarda negli occhi, a differenza degli altri, senza il minimo sentore di biasimo. Fino a qualche giorno fa sembrava fosse coalizzato anche lui contro di me, invece stasera ha un'espressione diversa, come pentita.

Danny si schiarisce la voce per attirare la mia attenzione. «Come stavo dicendo, mentre tu eri assente, la cucina del Draxter ha *accidentalmente* preso fuoco.»

La sigaretta mi rimane a penzoloni tra le labbra. Perché ha confessato e perché nessuno dei ragazzi sembra particolarmente colpito dalla sua affermazione?

Solo Owen sembra sconvolto quanto me, tiene lo sguardo basso, si tortura le labbra con i denti.

«Ne ho piene le palle di aspettare i tempi di quel ladro alcolizzato. Se entro la fine della settimana non riavremo i nostri soldi, non ci limiteremo ad appiccare un piccolo falò, raderemo al suolo quel fottuto bar. Con l'assicurazione, in un modo o nell'altro rientreremo della perdita», conclude pragmatico.

Le grida di terrore dei clienti, il fragore delle fiamme, le sirene dei pompieri, Danny ha scatenato il caos al Draxter e qui, invece, si respira una calma piatta del tutto fuori luogo.

«Che cazzo stai dicendo? Avresti potuto già uccidere qualcuno stasera, il locale era pieno di gente. Un tizio è in fin di vita!» Mi alzo in piedi, mosso da un impeto impossibile da arginare e guardo quelli che un tempo reputavo miei fratelli. «È questo che siamo diventati, piromani, assassini? Lasciamo che qualcuno muoia solo perché si trova nel posto sbagliato al momento sbagliato?»

Mi aspetto almeno un briciolo di rimorso, ma trovo solo sdegno e sguardi allibiti, come se quello fuori strada fossi io e non loro.

«Come se fosse la prima volta! Da che parte stai, Ethan?» È ancora Chester a dar voce al pensiero comune, inclina la testa, mi guarda con i suoi occhi neri e folli carichi di astio. «Che ti frega di quel posto, di sua figlia o del bastardo che ci ha soffiato il malloppo sotto il naso?»

La mia assenza nel club ha portato Danny in vantaggio, gli ha permesso di circuire la mente di ognuno di loro e di fargli credere alla sua menzogna più grande, quella che vede Scott come carnefice invece che vittima. Ora, per tutti, i Summer sono nemici giurati e io con loro.

Abbiamo già fatto cose come questa, usato metodi intimidatori per costringere qualcuno a fare ciò che

211

volevamo, ma non ci siamo mai spinti tanto oltre, non abbiamo mai messo in pericolo vite innocenti.

Sto per dirgli che io sto dalla parte della ragione, perché non esiste motivo al mondo che possa giustificare il comportamento di Danny, ma lui prende parola prima che mi difenda. «Lasciateci soli. Voglio parlare col mio vice in privato.»

Mi tratta come se fossi un bambino da convincere, l'assurdo è che il gruppo crede alla sua farsa ed esce in silenzio, obbediente. Non posso far a meno di chiedermi se, fino a poche settimane fa, anche io fossi così cieco, se seguissi Danny come una pecora ignorante fa col suo pastore.

Mio zio aspetta che si chiuda la porta, con un gesto della mano indica i miei vestiti stracciati e macchiati. «Figliolo, che cosa ti è successo? Guardati, io non ti riconosco più.»

Il tono paterno, l'affetto ostentato da quel nomignolo che fino a oggi ho sempre apprezzato e che ora mi dà il voltastomaco. Tengo lo sguardo fisso sul tavolo, non riesco nemmeno a guardarlo in faccia.

Si accende una canna, aspira avido e prosegue col suo show. «Non puoi più stare nel mezzo, devi smettere di correre dietro alla sottana di quella puttanella e ricordarti chi sei. Sei un Cruel, il mio erede, è questo il tuo posto.»

Aver perso June mi ha piegato, pensavo che niente avrebbe potuto più scuotermi, almeno per stasera. Sarà che sono stanco di fingere, sarà che non ne ho più la forza, ma io glielo devo urlare in faccia quanto mi ha deluso.

Sollevo lo sguardo su di lui, sento la bile rivoltarsi nello stomaco al pensiero del suo tradimento. «So tutto. Puoi smetterla di fare il padre preoccupato.» Non batte ciglio, finge di non sapere di che sto parlando. «Scott è innocente, sei stato tu a rubare l'incasso. Dimmi dove l'hai nascosto e chiudiamo questa storia una volta per tutte.»

Non si scompone, porta avanti la sceneggiata, ma l'impalcatura che tiene in piedi la sua menzogna inizia a mostrare le prime crepe. Ride, ma i suoi occhi sono inquieti. «Tua madre ha ragione, quella ragazzina ti ha spappolato il cervello. È questo che vuoi, la guerra? Bene, se non la smetterai di remarmi contro e inventarti puttanate per screditarmi, metterò ai voti la tua espulsione. Mi spiace dirtelo, ma credo che i ragazzi non saranno clementi con te.»

Scatto come una molla, mi avvicino al suo viso, con lo sguardo lo inchiodo a quella maledetta poltrona da presidente. «E sarebbero clementi con te se sapessero che li hai riempiti di bugie e spinti a diventare degli pseudo assassini, solo per il tuo interesse? Hai fatto male i tuoi calcoli, zio, ho le prove di ciò che dico. Scott ti ha visto al Draxter quella notte, ti ha visto andare via di tutta fretta, proprio come un ladro.»

Vinco la partita, riesco a far crollare il suo castello di sabbia, ma me ne pento immediatamente. Gli occhi di Danny si accendono di una furia pericolosa e violenta, mi fanno capire di aver commesso un errore madornale. «Dì quello che vuoi, è la tua parola contro la mia.»

Finalmente l'ho smascherato, dovrei sentirmi meglio, più leggero, e invece sento di aver solo peggiorato la situazione. Ora che Danny sa di essere stato visto, farà di tutto per eliminare il testimone scomodo.

Si alza dalla sedia e fa per andarsene. Mi metto in piedi a mia volta e mi piazzo davanti alla porta. «Sappi che ti tengo d'occhio.»

Le mie minacce finiscono nel vuoto, Danny mi dà una spallata ed esce dalla porta. Si siede su uno dei divanetti, chiede a Pablo di portargli una birra e io ne approfitto per andare via. Rivelargli la mia fonte è stato uno sbaglio enorme, ma ormai il danno è fatto, posso solo tentare di contenere i danni. Anche se June non mi ama, anche se mi ha abbandonato, non voglio che mi odi per sempre. È già difficile pensare di vivere senza averla al mio fianco, immaginare un mondo dove l'unica donna che abbia mai amato davvero mi odia non è contemplabile. Non potrei convivere con questa consapevolezza.

Il Draxter pullula di poliziotti che di certo faranno la spola tra il locale e casa di Scott per i verbali e gli accertamenti, e Danny è al club, lontano dall'agitazione causata dall'incendio. Non aspetterà troppo tempo prima di agire, ma lascerà prima che si calmino le acque. Ho un po' di vantaggio, probabilmente una notte soltanto per ribaltare casa di mia madre e trovare la refurtiva, per evitare che faccia fuori Scott.

Una notte, dodici ore al massimo.

O porterò al club la prova schiacciante delle mie accuse, oppure Danny cancellerà ogni possibile pista uccidendo l'unico testimone del suo crimine, il padre di June.

Sono stato io, inconsciamente, a servirgli l'agnello sacrificale. Adesso non posso più sbagliare, devo agire in fretta o succederà l'inevitabile.

***

Rovisto in ogni angolo della casa, per fortuna Sara non c'è e l'unico ostacolo tra me e la mia meta è il tempo. È notte inoltrata, la caviglia si è gonfiata, i tagli sulle braccia bruciano, vorrei farmi una doccia, sbronzarmi fino a perdere i sensi e anestetizzare il mio cuore spaccato. Sconsolato, con la casa messa a soqquadro, mi accascio sul pavimento del corridoio e mi accendo una sigaretta. Abbandono la testa contro la parete di cartongesso e ci sbatto ripetutamente la nuca, disperato e sul punto di arrendermi. Dove avrà nascosto quei maledetti soldi? Sono sicuro che siano qui.

Avvilito, sferro un pugno alle assi di legno del parquet ai miei piedi e uno dei listoni traballa. Sposto il tappeto che ricopre il pavimento e mi rendo conto che un asse è stata smossa e porta dei chiodini di un colore diverso dagli altri. O mia madre si è messa a ristrutturare casa senza dirmelo o quel bastardo di mio zio ha nascosto qui il bottino.

Ignoro il dolore alla gamba, mi precipito in cucina, alla ricerca di un martello per spaccare il legno o per lo meno staccarlo dalla sede. Cerco sotto il lavandino, nei cassetti, dappertutto e alla fine trovo una mazzetta di ferro. Risalgo le scale a tutta velocità, mi accovaccio a terra e rimango immobile per qualche istante.

Sulla parete di fronte a me c'è appesa una foto, uno scatto rubato alla festa del mio ventesimo compleanno, che ritrae me, mamma e Danny quando eravamo ancora felici, quando tutti e tre sembravamo convinti che niente e nessuno avrebbe mai potuto spezzare il nostro legame.

Stringo forte il manico del martello e trattengo il fiato. Cosa succederà se troverò quello che cerco, che ne sarà di mio zio, della mia famiglia? È da tanto che cerco la prova cruciale del suo tradimento, eppure ho paura di vederla con i miei occhi. Sono pronto a dire addio, a fare ciò che andrà fatto?

Una parte di me spera ancora che sia tutto un grosso malinteso, che Danny sarà al mio fianco per festeggiare anche i miei venticinque anni, così che mamma possa appendere l'ennesima nostra fotografia.

Sono titubante, in conflitto con me stesso, ma poi ripenso a June che si lancia tra le fiamme per salvare suo padre, che lotta contro il fuoco per impedirgli di

215

distruggere il locale di sua madre. Lei è stata coraggiosa, fedele, si è battuta nonostante i pericoli, io posso fare lo stesso?

Sferro il primo colpo, inizio a picchiare forte sul legno, l'asse va in pezzi e la verità mi si para davanti. Dalla crepatura si intravede una busta di plastica, la estraggo, mi scortico il dorso della mano per prenderla. Dentro ci sono delle mazzette da cinquanta dollari, sono i nostri soldi, il motivo per cui June è stata aggredita e il suo locale è andato in fiamme, la ragione per cui il mio padre putativo ha tradito la mia fiducia.

Non c'è bisogno che li conti, ormai la realtà è palese. Lascio cadere la busta accanto ai miei piedi, mi prendo la testa tra le mani, cerco di tenere a bada l'ondata di emozioni che mi si è scatenata dentro.

Come ha potuto fare questo a me, a mia madre, ai ragazzi?

Il cellulare vibra nella mia tasca, con le mani che tremano lo prendo e guardo lo schermo. È un messaggio di Owen.

Forse avevi ragione su Danny, se è arrivato al punto di dare fuoco al Draxter con tutti i clienti dentro, nasconde qualcosa. Non avrei dovuto lasciarti solo, ma nel caso volessi saperlo, tuo zio se n'è andato dal club mezz'ora fa. Chiamami se hai bisogno di me.

Il cellulare mi scivola dalle dita e atterra sui soldi impacchettati.

Mio zio non se n'è stato buono ad aspettare che le acque si calmassero, è andato da Scott, per farlo tacere per sempre. E se cercasse di ammazzare anche June, se li avessi entrambi condannati a morte?

Got you stuck on my body, on my body like a tatoo.

«Tesoro, stanno bruciando.» Logan si avvicina, mi sfiora un braccio.

Salto come una molla, ripenso all'incendio al Draxter, sbarro gli occhi e trattengo il fiato. Lui mi tranquillizza, indica il fornello, storce il naso per l'odore acre che sale dalla padella. «Parlavo degli hamburger.»

Riprendo a respirare, torno in me. «Cazzo!» Solo ora mi accorgo che mi lacrimano gli occhi per la nuvola di fumo che appesta l'angolo cottura.

Spengo tutto e impiatto la nostra cena improvvisata, porto a tavola anche un po' d'insalata che spero coprirà il pessimo sapore che di certo avrà la carne semi carbonizzata.

Mi siedo al fianco di mio padre, gli lancio un'occhiata di sottecchi. «Mangia, se sei sopravvissuto a un incendio, puoi sopravvivere anche alla mia cucina.»

Mio padre fissa le sue mani sporche abbandonate sulla tovaglia bianca, se ne sta in silenzio con le spalle ricurve, sbatte le palpebre lentamente e accenna solo un flebile sorriso la mia battuta. «Buon appetito», dice, mentre taglia a pezzetti l'hamburger abbrustolito.

Logan ne addenta un piccolo quadrato, mastica e deglutisce a fatica. «June ha ragione, Scott, se non moriamo avvelenati è un miracolo!»

Nemmeno Logan riesce ad alleggerire la pressione alla quale ci ha sottoposti l'incendio. Fisicamente, io e papà siamo illesi ma la nostra testa è ancora là, tra le fiamme che hanno devastato il nostro bar e annientato ogni nostra speranza.

Per un po' si sente solamente il rumore delle posate che picchiano contro il piatto, nessuno di noi ha il coraggio di dire qualcosa, ognuno perso nei propri pensieri.

È Logan a spezzare questo silenzio pesante. Accantona la carne, decisamente immangiabile, e si pulisce gli angoli della bocca con un tovagliolo di carta. «Vedrete che si sistemerà tutto, la cucina è andata, ma il resto non era messo così male. Con i soldi dell'assicurazione potrete mettere a posto le cose, ridare vita al vostro locale, seguirò personalmente le pratiche, vedrò di accelerarle, così che possiate avere i soldi il prima possibile.»

Io e papà ci lanciamo uno sguardo d'intesa. Non è una cucina da rifare a preoccuparci, ma la taglia che Danny Cruel ha messo sulle nostre teste, Logan comprende la direzione dei nostri pensieri e tenta di rassicurarci.

«Anche il resto andrà a posto. Vi posso assicurare che i responsabili avranno ciò che si meritano e saranno così occupati a difendersi dalla bufera legale che gli scaglierò contro, da non avere tempo di preoccuparsi di altro», conclude determinato, quasi soddisfatto.

Non l'ho mai visto tanto devoto a una causa, non ha voluto sapere quello che è successo tra me e Ethan, credevo avrebbe preferito metterci una pietra sopra e invece mi rendo conto che la guerra per lui è appena iniziata. Si vendicherà, sarà implacabile, esigerà giustizia non solo per assecondare il suo orgoglio ferito, ma anche per punire me e il mio tradimento. Vorrei prenderlo a pugni, urlargli contro, ma resto ferma con la testa china. Posso davvero biasimarlo per questo astio malcelato?

Scott si schiarisce la voce. «Non mi importa più ormai, la sola cosa che mi interessa è che la mia bambina sia al sicuro.»

Oriento lo sguardo su di lui, mi sta fissando come fossi la sola cosa vera che gli è rimasta nella vita.

Non l'ho mai visto tanto sconvolto e sincero come adesso e mi sento a disagio, non solo perché non siamo soliti parlare così apertamente dei nostri sentimenti, ma perché c'è Logan qui con noi e sembriamo due che danno spettacolo davanti a un pubblico di estranei.

«Papà, sto bene, non mi succederà nulla.» Quando mi rendo conto di ciò che ho detto, mi blocco. Erano anni che non chiamavo Scott 'papà', nemmeno ricordo l'ultima volta che l'ho fatto.

Ora sì che lui sorride davvero, un sorriso atteso a lungo, pieno di una felicità profonda. «Bambina...»

I suoi occhi azzurri si fanno lucidi, mi prende la mano e la stringe tra le dita ruvide e, stavolta, non mi ritraggo. Logan ci osserva perplesso.

Vorrei custodire questo momento, preservarlo da Logan, probabilmente perché non voglio renderlo partecipe di questa parte della mia vita, ma Scott è deciso a liberarsi una volta per tutte dei demoni che ci assillano da anni. È come un fiume in piena che non può essere arginato.

«Sai, Logan, sono stato un padre terribile, quando mia moglie è morta ho iniziato a bere e ho reso la vita di mia figlia un inferno.» Dopo aver fatto un breve riassunto della mia infanzia a Logan, si volta nella mia direzione. «Mamma era la mia bussola, bambina, senza di lei mi sono perso. Ci ho messo un po' per capirlo, ma tu sei la parte migliore di me, non permetterò più a nessuno di farti del male, costi quel che costi. Voglio solo il tuo bene, non mi interessa altro.»

Dimentico di avere uno spettatore, dimentico le bugie di Scott, l'incendio e il mio pestaggio, l'alone d'ombra che ha sempre oscurato il rapporto con mio padre se ne va e faccio una cosa che mai avrei pensato di fare: mi butto tra le braccia di Scott e lascio che mi stringa forte.

Mamma, vorrei che ci vedessi adesso, di nuovo insieme come una vera famiglia.

Dopo quest'abbraccio pacificatorio, il clima si distende, incredibilmente si alleggerisce. Eppure a me manca qualcosa, mi sento incompleta, oppressa, senz'aria.

Lascio papà e Logan a chiacchierare, con la scusa di voler cambiare le lenzuola del mio letto, visto che il mio fidanzato si aspetta di dormire con me. Appena entro nella mia stanza, mi accascio contro la parete color pastello e mi prendo la testa tra le mani.

Ho una gran voglia di piangere, di urlare fino a perdere il fiato, perché mi sento così? Ho appena ritrovato mio padre, il Draxter avrà nuova luce con i soldi dell'assicurazione e Logan ha firmato un assegno che libererà me e papà dal giogo dei nostri strozzini. Il bene ha vinto, allora perché mi sento come se qualcuno mi avesse strappato il cuore?

'È con lui che vuoi stare?'

Le parole di Ethan riecheggiano nella mia testa, il suo viso scalfito dal dolore per il mio rifiuto mi tormenta. Sono riuscita a tener a bada il mio cuore fino ad ora, Logan sembra così felice di poterci dare una mano e papà è tanto contento di vedere un uomo per bene al mio fianco, che non me la sono sentita di guastare il loro umore, ma adesso questa sofferenza celata mi è piombata addosso e mi toglie il respiro.

Non posso più negare a me stessa la verità: io amo Ethan, io gli credo. Quello che abbiamo condiviso in questi giorni è quanto di più vero e forte abbia mai vissuto nella mia intera esistenza.

Non so se Sara abbia manipolato i fatti per proteggere il figlio dalla furia del suo club, oppure se abbia davvero cercato solo di mettermi in guardia, ma io so che si sbagliava, quello che c'è tra me e Ethan è reale, lui non mi ha presa in giro.

Io so chi è Ethan, ho visto fin nel profondo della sua anima nera. È uno spirito libero, un'anima impossibile da imbrigliare, sua madre e il suo club hanno provato a intrappolare i suoi desideri e quando non ci sono riusciti hanno fatto di tutto per spezzare il nostro legame, convinti così di poter tornare ad avere il controllo su di lui.

Non mi pento di averlo amato così intensamente, di averlo fatto entrare nella mia vita, contro ogni logica di essermi fidata di lui. La sola cosa di cui mi pento è di avergli voltato le spalle, spinta dalla paura di non essere ricambiata.

Ero sconvolta, il locale di mamma andava a fuoco, Logan è piombato qui all'improvviso, non ho saputo gestire la pressione e me la sono presa con Ethan, anche se tutto ciò che volevo era sprofondare in un suo abbraccio.

Forse per noi è troppo tardi, forse siamo destinati ad amarci senza poterci mai toccare, ma quel che è certo è che non posso più mentire, non solo a me stessa, ma a Logan. Guardo l'assegno poggiato sulla mia scrivania, mi avvicino, con l'indice sfioro la sua grafia impeccabile e capisco che non posso continuare a fingere. È arrivato il momento di dire la verità.

«Ehi, amore, tutto okay?» Logan compare alle mie spalle, mi accarezza la schiena e si china su di me per baciarmi una guancia. «Mi sei mancata tanto.»

Le sue mani grandi si posano sul mio ventre e io mi sento morire. Lui mi ha pensata e aspettata per tutto questo tempo e io sto per uccidere i suoi sogni di una vita insieme.

Faccio un bel respiro, mi volto e lui tenta di baciarmi. Gli metto le mani sul petto, lo fermo.

«Che c'è?» mi chiede confuso.

Cerco le parole giuste e lui travisa la mia titubanza.

«Tuo padre è uscito a fumare, siamo soli.»

«Non è per questo.» Mi scosto dal suo corpo, metto un paio di metri di distanza, sperando che questo mi dia un po' di coraggio. «Io non posso accettare i tuoi soldi.»

Corruga la fronte, si sposta i capelli da viso, mi osserva spaesato. «June, sei stata tu a chiedermi aiuto, se avessi saputo prima in che casino ti eri cacciata, di certo, sarei venuto subito. Sono solo soldi, non mi interessa darli a loro se servono a riscattare la tua libertà.»

Non gli credo, sono convinta che il solo motivo per cui ora è così propenso a firmare assegni è perché pensa di poter far tornare tutto come prima. Però evito di accusarlo, la stronza che l'ha tradito e lo sta lasciando sono io. «Io non posso accettare i tuoi soldi perché non ti amo, Logan», confesso tutto d'un fiato.

Mi sento meglio, alleggerita di un grosso peso.

Logan è attonito, la sua espressione si indurisce, perde la solita pacatezza che lo contraddistingue. «È per quel criminale, vero?» ringhia.

Abbasso la testa, non solo per la vergogna del tradimento di cui mi sono macchiata, ma anche perché ho il timore che Logan veda l'intensità del sentimento che provo per Ethan. Non voglio infierire. «Mi sono innamorata di lui, non era previsto, non avrei mai voluto farti del male, ma è successo e non posso fingere che non sia così.»

Logan mi raggiunge, mi fronteggia con i suoi occhi scuri che sembrano diventati di granito. Mi afferra per le spalle. «Tu sei mia!» grida furente, prima che un rumore assordante ci interrompa.

Una scarica di proiettili si schianta contro le finestre della cucina, entrambi ci precipitiamo fuori dalla mia stanza. Il rombo di una motocicletta che si allontana a tutta velocità copre le mie urla strozzate, papà è riverso a terra, in una pozza di sangue e schegge di vetro.

«No!» Corro da lui, mi inginocchio sul suo corpo, gli prendo il viso tra le mani, ha gli occhi chiusi e nonostante le mie preghiere disperate non li apre, non dà cenni di vita. «Papà, ti prego, svegliati. Non lasciarmi, ti prego, resta con me.»

C'è sangue dappertutto, le mie mani intrise lo toccano, lo scuotono, lo stringono, ma lui non si muove, non respira. È un incubo, vorrei che qualcuno mi svegliasse. Guardo Logan, in piedi al mio fianco, immobile. «Aiutalo, fa' qualcosa!»

Posa una mano sulla mia spalla. «È morto, June, non possiamo fare più niente.»

«No! Lui starà bene, ce la farà», grido disperata.

Non può lasciarmi, non adesso che ci siamo ritrovati, lui è forte, lotterà per me.

Lo cullo tra le braccia, gli dico che gli voglio bene, che supereremo anche questa, mi oppongo alla realtà finché Logan non mi strappa via da lui e mi solleva di peso dal pavimento. Scossa da un tremolio incontrollabile, mi lascio abbracciare da lui, ma non trovo alcun sollievo.

Papà è morto, non c'è più, non lo sentirò più chiamarmi 'bambina', i suoi occhietti azzurri non si poseranno più su di me. L'ho perso, per sempre.

Dopo una manciata di secondi, Logan estrae il cellulare dalla tasca dei pantaloni. «Chiamo la polizia.»

In mezzo alla sofferenza che mi annebbia, spunta prepotente la paura. «Ethan... non fare il suo nome, lui non c'entra niente.»

Il suo sguardo cambia, si fa tagliente, rabbioso. «Farò quello che tu avresti dovuto fare già da un po': denunciare il tuo amante e i suoi amici!»

Da dove arriva tutta questa cattiveria, perché si accanisce tanto? Non pensa che io abbia già perso abbastanza? Ho appena visto morire mio padre, ho ancora il suo sangue addosso e lui riesce soltanto a pensare alla sua vendetta personale?

Il dolore, la rabbia, li canalizzo in un'unica direzione e mi scaglio contro di lui, come una furia. «No.»

Tento di sfilargli il cellulare dalle dita, ma lui è più alto e prestante di me, e me lo impedisce. «Ancora li difendi, difendi ancora quel criminale?»

Mi ribello alle sue parole, con tutte le forze provo ad agguantare il suo smartphone e lui si scalda, finiamo per combattere come soldati che lottano su due fronti opposti.

«È di questo che è capace il tuo nuovo ragazzo. Ha ucciso tuo padre e tu vuoi ancora proteggerlo?»

«Non è stato Ethan, lui non avrebbe mai fatto una cosa del genere», esclamo con solida certezza.

Questa sporca guerra ha già travolto troppe vite innocenti, non posso perdere anche lui.

Logan mi tiene testa, mi prende per un braccio e prova a bloccarmi, stanco della mia ribellione. «È un assassino, se ti amasse davvero non ti avrebbe fatto questo!» Fuori controllo, indica papà, mi obbliga a guardare il suo corpo immobile.

«Basta!» Libero una mano e gli tiro un sonoro schiaffo in pieno viso, devastata, incapace di sopportare una sola parola in più.

Smettiamo di muoverci, Logan è basito, ferito dall'ennesima dimostrazione d'amore per un altro. Forse ho esagerato, per un attimo provo dispiacere per lui, comprendo la sua sofferenza, la leggo sul suo volto. Sollevo la mano verso la guancia colpita e faccio per accarezzargliela, ma lui mi scansa con un movimento secco.

«Come vuoi, da qui in poi te la vedi da sola, June.»
Si allontana, mi volta le spalle, ma poi ci ripensa e si gira
verso di me, negli occhi l'amore trasformato in livore.
«Non sei diversa da loro, prima o poi farai la stessa fine
di tuo padre e ti pentirai amaramente di avermi lasciato
per quella feccia. Ti avevo sopravvalutato, sei solo una
stupida puttana di provincia, tu e quel criminale vi
meritate a vicenda.»
Se ne va, Logan Ferrel, l'avvocato integerrimo, il
fidanzato perfetto, mi dice addio. Si allontana da me e
dai miei casini, senza mai guardarsi indietro, dopo
avermi vomitato addosso tutto il suo odio. Vorrei
fermarlo, dirgli che mi dispiace averlo ferito tanto, ma
non ho la forza di far altro che inginocchiarmi accanto a
papà, intrecciare le mie dita alle sue e restare ad
ascoltare il ruggito del motore della Mercedes che
abbandona la strada ed esce per sempre dalla mia vita.
Guardo il volto di papà, gli bacio la fronte e
comincio a dondolare su me stessa, preda di una crisi di
pianto. Prendo il cellulare, chiamo la sola persona di cui
mi fido ciecamente, la sola di cui ho bisogno. Chiamo
Ethan, mentre fisso la faccia insanguinata di papà, gli
squilli mi riempiono le orecchie, il senso di vuoto
amplifica il dolore lacerante che ho dentro. Aspetto che
Ethan risponda, aspetto che papà si svegli e mi parli,
aspetto di aprire gli occhi e rendermi conto che è tutto un
brutto sogno. Ma non succede niente, nessuno può
svegliarmi da quest'incubo, sono orfana, non ho più un
padre né una madre, Logan se n'è andato, Ethan non
risponde, non verrà, non c'è più nessuno al mondo che
mi voglia bene.

10
Ethan

You're the victime of your crime.

Il display del mio cellulare, gettato a terra, si illumina, sullo schermo lampeggia il nome di June. È la seconda chiamata di fila, ma io non posso rispondere. Danny mi ha trovato prima che io potessi trovare lui. È di fronte a me, mi punta contro la sua calibro trentotto, mi tiene sotto tiro.

Ai miei piedi c'è la refurtiva, i soldi sporchi che ci hanno condotto a questo scontro finale e inevitabile. La vibrazione del telefono si interrompe per un paio di secondi e poi riprende, spezza il pesante silenzio che c'è nella stanza.

Non alzo le mani in alto, reggo lo sguardo di mio zio, coi muscoli tesi e i pugni chiusi. Non ho paura di morire, non c'è spazio per il timore, la rabbia occupa ogni singola particella del mio corpo. «Che cosa hai fatto? Fino a dove ti sei spinto per coprirti le spalle?»

Conosco già la risposta, se lui è qui, se June continua a chiamare, ciò che temevo si è verificato.

«Ho fatto quello che andava fatto, figliolo, ho eliminato un testimone scomodo», risponde in tono greve, quasi dispiaciuto.

Perché fa così, perché si comporta come se qualcuno lo avesse obbligato a commettere un omicidio efferato, come se non avesse avuto scelta? Siamo alla resa dei conti finale, la sua pistola mira al mio petto, con quale coraggio si aspetta che io creda al suo sguardo affranto?

«Non mi chiamare così, io non sono tuo figlio, non sono più niente per te», sibilo a denti stretti, mentre ripenso alla lunga lista di tradimenti e orrori che ha commesso.

Le mie parole lo colpiscono, irrigidisce la mascella, trattiene il respiro. Mi fissa e poi lentamente abbassa l'arma, non la mette via, la tiene in mano, come se fosse combattuto sul da farsi. «Non vuoi nemmeno sapere perché l'ho fatto?»

Un sorriso amaro, beffardo, mi piega le labbra. «Credi esistano giustificazioni valide per i tuoi peccati?» Indico me e lui, i soldi abbandonati sul pavimento, in mezzo a noi. «Una buona ragione per scusare questo?»

Nei suoi occhi azzurri c'è il vuoto, due fessure che danno sull'inferno che è diventata la sua anima. «Ho il diabete di tipo uno, l'ho ereditato da mio padre, presto dovrò ritirarmi.»

Fa una pausa, aspetta che dica qualcosa, ma io sono troppo incazzato e deluso. L'affetto, il dispiacere nell'immaginarlo debole e malato, tengo tutto dentro, ricaccio qualsiasi emozione in fondo alla gola.

«Non ho pensione, né soldi da parte. Ho dato tutto al club, i miei anni migliori, la mia vita, tutte le mie energie. Ho rubato quei soldi per garantirmi una vecchiaia dignitosa. Come cazzo avrei fatto a campare, chi diavolo avrebbe pensato a me, Ethan?»

«Noi! Il club avrebbe pensato a te, non ti avremmo mai abbandonato.» Se lui non avesse rovinato tutto, io mi sarei preso cura di lui, come lui ha fatto con me in tutti questi anni. «Siamo la tua famiglia, ma ora sei solo, Danny. Hai mentito, tradito, ucciso, sei venuto qui per eliminare anche me! Che cosa vuoi, la mia assoluzione?»

Fa un passo verso di me, mi punta contro il dito. «Tu mi obblighi a farlo!» sbraita, con la vena sul suo collo che pulsa. «Se stessi dalla mia parte, se solo potessi mantenere il segreto, se provassi a capirmi.»

Dimenticare le bugie, diventare suo complice. Dovrei fingere che non ha assassinato il padre della donna che amo? Preferisco morire piuttosto.

«Io non sarò mai come te!» Lo spintono, preso dalla foga, gli sferro un pugno in pieno viso.

Barcolla, la sua pistola finisce a terra e noi con lei. Uno addosso all'altro, rotoliamo come due cani randagi che lottano per la supremazia. Io sono più abile nel combattimento corpo a corpo, ma le ammaccature dell'incidente con la jeep sono fresche, mi svantaggiano.

Danny mi schiaccia la caviglia con lo stivale, il dolore mi toglie il fiato, smetto di lottare. Non so se mi abbia colpito volutamente in quel punto preciso, ma la sua mossa decreta il verdetto dell'incontro. Sale a cavalcioni sopra di me, mi serra il busto con le ginocchia, recupera la pistola e me la punta in faccia, negli occhi una vena di follia e disperazione.

«Avanti, fallo!» grido feroce. «Ammazzami come un cane, uccidi il sangue del tuo sangue, seppellisci tutti quanti e goditi i tuoi fottuti soldi!»

Dilata le narici, le braccia tremano per la tensione mentre fa scattare la camera di scoppio. Il colpo è in canna, sta per premere il grilletto e io chiudo gli occhi. Non voglio che mio zio che mi pianta una pallottola in fronte sia l'ultima immagine che vedo. Prima di morire voglio pensare a June, al suo sorriso angelico.

«Mi dispiace», bisbiglia Danny, un secondo prima di spararmi.

Il colpo sonoro mi esplode nelle orecchie, uno schizzo di sangue caldo e denso mi imbratta la faccia. Aspetto che arrivi il dolore, che i polmoni annaspino alla ricerca d'ossigeno, ma non sento nulla, sono ancora vivo.

Apro gli occhi, mio zio è accasciato sulle mie gambe, disteso in una posizione innaturale; ha un buco sul petto, all'altezza del cuore, attorno al foro c'è una grossa macchia di sangue che si allarga a vista d'occhio, la sua mano destra impugna ancora la trentotto fumante. Alla fine ha preso la sua decisione, ha scelto la mia vita invece che la sua.

È finita, Danny è uscito di scena per sempre e lo ha fatto a modo suo, padrone del suo destino fino all'ultimo respiro.

Epilogo

Sei giorni dopo

We're burnin', we're on fire.
Here we are, inside the flames.
We're burning in a new way.

June fissa la bara con occhi vacui, le sembra troppo piccola per un gigante come il suo papà. *Chissà se ci starà comodo?* Si chiede, rendendosi subito conto che Scott non può sentire più nulla adesso, nemmeno il senso di claustrofobia di una cassa stretta.

Uno degli addetti del cimitero di Roseville impugna la vanga, dà a June un ultimo sguardo, come se aspettasse il consenso prima di seppellire suo padre. Lei stringe tra le dita una rosa bianca, l'ha raccolta nel giardino di casa sua, l'ha tenuta in mano per tutto il funerale, mentre il prete pronunciava la funzione, mentre si sforzava di non piangere e nascondeva l'angoscia dietro un paio di occhiali scuri, mentre una folla infinita di sconosciuti le faceva le condoglianze e le diceva di farsi forza.

Che ne sanno loro del mio dolore, di cosa significa trovarsi completamente sola al mondo? Nessuno di loro ha il diritto di stare qui, nessuno di loro voleva bene a papà quanto me, nessuno conosceva i suoi segreti più intimi, le sue paure, i suoi sogni. Per loro era solo un barista dalla battuta sempre pronta, un compagno di bevute, un vicino di casa gentile.

Eppure di persone che piangono ce ne sono tante, ricoprono buona metà del cimitero, chi se ne sta in disparte in un angolo, chi ha portato mazzi di fiori da

230

lasciare sulla sua tomba, chi prega per la sua anima. June li invidia, probabilmente alcuni di loro custodiranno molti ricordi felici di Scott, lei ne ha solo di brutti, quelli buoni sono pochi, troppo pochi per un padre e una figlia. Se solo non avesse speso gli ultimi quattro anni a odiarlo, a rifiutare le sue chiamate, i suoi inviti, i suoi tentativi di recuperare il loro rapporto.

Se l'avesse perdonato, ora anche lei avrebbe qualcosa in più di una manciata di giorni buoni da ricordare. Se l'avesse accettato per ciò che era, ora non sarebbe sul punto di seppellire l'unico genitore che le era rimasto, Scott le avrebbe chiesto aiuto prima e lei non gli avrebbe mai permesso di indebitarsi con Danny Cruel.

June ripensa alle mani calde di suo padre, al suo cuore che batteva forte mentre la abbracciava dopo l'incendio, alla sua faccia commossa quando lei lo ha chiamato 'papà'.

Almeno sono riuscita ad abbracciarlo per l'ultima volta. Vorrei avergli detto che gli voglio bene, che sono fiera di lui, dell'uomo che è diventato, vorrei...

«Princess.» Megan le poggia delicata una mano sulla spalla. «È ora.»

June si riscuote, stritola lo stelo della sua rosa, una spina le si conficca nella carne. È ferita, ma non perde sangue, ne è già stato versato troppo.

Si avvicina alla buca con passo malfermo, fa un respiro profondo e getta il suo fiore bianco. La rosa atterra sul legno lucido della bara senza far rumore, l'eco risuona solo nella sua anima con un tonfo sordo.

«Addio, *papà*», sussurra piano. Spera che, dovunque lui si trovi, possa sentirla.

L'uomo con la pala attende che lei si volti prima di cominciare a ricoprire di terra il corpo di Scott. Verrà seppellito accanto a Mary, alla sua amata moglie. Così, almeno loro due, potranno stare insieme per sempre.

June si era ripromessa che sarebbe rimasta fino alla fine, fino a quando tutti non se ne fossero andati, ma sente che le lacrime trattenute a fatica ora premono per uscire, le serrano la gola, le fanno tremare le gambe. Ha bisogno di piangere il suo papà e di farlo lontano da occhi indiscreti, lontano da tutti quegli sconosciuti. Cammina lungo il campo santo, senza mai voltarsi indietro, mentre il cielo sopra la sua testa china inizia a rilasciare piccole gocce di pioggia, che scompaiono sul suo vestito nero. Un sorriso amaro le incurva le labbra pallide, Scott amava la pioggia, diceva sempre che gli ricordava il giorno in cui conobbe Mary, al lato della statale che porta al Draxter, con l'auto in panne durante un temporale estivo.

La necessità di abbandonarsi al pianto le schiaccia i polmoni, sta per cedere, non ce la fa più a fingersi forte. Accelera il passo, un tacco si impunta nel terreno asciutto, la fa barcollare. Due mani la sostengono, le evitano di cadere sulle ginocchia.

Se fosse finita a terra, non si sarebbe più rialzata, non ne avrebbe avuto la forza.

«Attenta!» Dustin Andersen, il nuovo eletto sceriffo di Roseville la tiene in piedi, cerca i suoi occhi dietro le lenti scure.

June lo ringrazia, si libera della sua presa e prova ad allontanarsi, ma il ragazzo in divisa la segue come un cane da caccia.

L'affianca. «Ti faccio le mie condoglianze.»

Lei lo ringrazia di nuovo, senza fermarsi.

La pioggia bagna la divisa immacolata di lui, gli sta piuttosto stretta, come se Dustin avesse scelto una taglia più piccola per mettere in risalto i pettorali palestrati. «A dire la verità sono venuto anche per chiederti se ti è venuto in mente qualcos'altro della notte dell'omicidio.»

232

June si arresta, la sua Honda ormai è a una decina di metri. La rabbia le monta dentro, deve far appello a tutto il suo autocontrollo per non prendere a pugni quel pallone gonfiato. «Sei veramente venuto al funerale di mio padre per interrogarmi di nuovo?»

Sono giorni che Dustin le sta addosso, che continua a farle le stesse domande che le ha fatto durante la deposizione che lei ha rilasciato alla centrale di polizia, se ne frega del suo lutto e cerca in tutti i modi di scucirle qualche informazione in più. Ma June gli ha detto la verità, lei non ha visto niente, era in un'altra stanza, ha sentito soltanto gli spari.

Ha omesso tutto il resto, non gli ha detto che è sicura sia stato Danny Cruel a dare fuoco al Draxter e ad ammazzare a sangue freddo suo padre, che l'ha fatto per coprire i suoi misfatti. Ha taciuto la verità per proteggere Ethan, per evitare che gli errori di suo zio ricadessero su di lui, vittima come lei delle macchinazioni di Danny. Solo il giorno dopo l'omicidio ha scoperto che il presidente degli Street Eagles si era tolto la vita.

Owen, il timido miglior amico di Ethan, è andato da lei e le ha raccontato quello che era successo la sera prima, quando Ethan ha trovato i soldi che suo zio aveva rubato al club. Quel giorno June aveva capito come mai Ethan non avesse risposto alle sue chiamate, si era anche chiesta se lui la ritenesse responsabile della morte di suo zio, se in cuor suo lui non la odiasse per la perdita del padre putativo, che per quanto si fosse dimostrato un uomo crudele, restava pur sempre sangue del suo sangue.

Neanche adesso June ha trovato una risposta certa alle sue domande, ma non si pente di averlo protetto con la sua omertà. È così che ci si comporta quando ami qualcuno, pensi a lui ancor prima di preoccuparti di te stessa.

Non importa quanto l'assenza di Ethan gravi come un macigno sul suo cuore rotto, lei non lo tradirà. Dustin si gratta la nuca con imbarazzo, ma ci mette poco a riprendersi. «So che non è il momento più opportuno, ma pensavo che dopo il funerale saresti tornata a Los Angeles e volevo sapere se prima di rientrare a casa non avessi intenzione di dirmi qualcosa.»

Los Angeles, quella è ancora casa sua? È lì che tornerà per provare a ricostruirsi una vita, lontano da Roseville e da tutti i suoi problemi?

Lo sceriffo nota la sua titubanza, tenta di usarla come leva. «Non vuoi che chi ha ammazzato tuo padre paghi?»

Danny è morto, ha già pagato il prezzo della sua avidità. La vendetta non riporterà indietro Scott, servirebbe solo a ferire Ethan, a gettare altre ombre nelle loro vite e lei è stanca di quest'oscurità perenne. Vorrebbe vedere un po' di luce, è quello che vorrebbe anche per il ragazzo che ama.

June si toglie gli occhiali, guarda Dustin dritto negli occhi. «Te lo dico per l'ultima volta: io non ho visto niente», gli dice sincera. «Ho appena seppellito mio padre, spero avrai la decenza di lasciarmi in pace.»

Dustin arrossisce, forse lui non sa cosa sia la decenza, ma June spera che prima o poi la smetterà di perseguitarla.

Liberatasi dall'ostacolo in divisa, sale sulla sua auto e se ne va. Guida lentamente verso una meta indefinita, la pioggia estiva bagna il vetro della Honda, le lacrime inondano il suo viso, le offuscano la vista. Non sa dove andare, qual è il suo posto, dove è la sua casa, riuscirà mai più a sentirsi intera?

Ethan porge il casco a sua madre, osserva il volto smunto di lei, le occhiaie scure che nemmeno il trucco è riuscito a coprire.

Sara tiene lo sguardo fisso sul carro funebre, il labbro inferiore che trema, il petto scosso dai singhiozzi che sta trattenendo. «Come è possibile che sia finita così?»

Anche lui se lo chiede, non fa altro da giorni. Di notte, nei rari momenti in cui riesce a dormire, sogna suo zio, sente la sua voce che gli chiede perdono un secondo prima di spararsi, e di giorno ripercorre mentalmente la lunga lista di bugie e gli errori imperdonabili commessi da Danny, primo fra tutti l'omicidio di Scott.

A volte sente di odiarlo, di volerlo riportare in vita solo per fare giustizia con le sue stesse mani, per gridargli in faccia quanto lo disprezza. Ma i sentimenti che assillano Ethan sono altri. Il senso di perdita, il rimpianto di non aver compreso il suo stato d'animo, la consapevolezza di non essersi accorto prima del malessere che ha logorato il suo padre putativo e l'ha fatto diventare un mostro.

Avrei davvero potuto evitare questa catastrofe? Potevo impedire la morte di Danny e quella di Scott, il coinvolgimento di June? Potevo fare di più per l'uomo che mi ha cresciuto? E adesso cosa farò, come farò a rimettere insieme un club disgregato, a impedire che si sgretoli del tutto?

Sara posa una mano sulla guancia di Ethan, forza un sorriso. «Lui ti voleva bene, nonostante quello che ha fatto, non ha mai smesso di amarti come un figlio.»

Forse sua madre ha ragione, la notte in cui Danny è morto non si è pentito dei suoi peccati, ma quando ha dovuto scegliere chi sacrificare per pagarne il prezzo, ha deciso di morire piuttosto che uccidere lui.

Probabilmente, agli occhi di un uomo con la mente ormai corrotta, quello è stato un atto d'amore.

Ethan non riesce a dire a sua madre che Danny gli mancherà, fa male anche solo pensarlo e le sue emozioni sono troppo contrastanti per essere pronunciate ad alta voce. Si limita a mettere tra le mani di Sara il casco nero. «Andiamo, i ragazzi aspettano noi.» Bacia la fronte di sua madre e monta in sella alla sua 883.

Sara sale alle sue spalle e finalmente il corteo funebre esce dal parcheggio del club e si immette sulla statale. Dietro alla Mercedes che trasporta la bara di Danny c'è una carovana di motociclisti, gli Street Eagles e i loro affiliati si preparano a dare il loro addio al presidente. Gli rendono omaggio con le loro motociclette che sfilano ordinate sulla strada, che riempiono l'aria con il rombo dei loro motori truccati. Seguono Danny verso il suo viaggio finale, gli coprono le spalle un'ultima volta.

Solo i membri del club sanno cosa è successo veramente, conoscono le scelte scellerate che hanno portato il loro presidente al suicidio. Per tutti gli altri, per i poliziotti che hanno condotto le indagini, Danny Cruel è stato stroncato da un infarto e ha lasciato gli Street Eagles prematuramente e con onore.

È questa l'unica cosa che posso fare per lui, pensa Ethan mentre sua madre si stringe attorno al suo busto, *dargli una fine gloriosa.*

Raggiunto il cimitero di Roseville, la bara chiusa viene portata nella stanza che ospita il forno crematorio. Danny, i suoi peccati e i suoi meriti diventeranno polvere.

Soltanto Sara, Ethan e qualcuno dei suoi fratelli assistono alla cremazione. Restano a guardare, da dietro il piccolo oblò che dà sul forno, le fiamme che divorano il loro presidente. Nessuno piange, c'è un silenzio surreale nella stanza calda, si sente solo il crepitare del fuoco.

Quando esce di lì, Ethan fa un respiro profondo, incamera aria fresca nei polmoni e osserva le nuvole che ricoprono il cielo dopo il temporale di qualche ora prima. Quello stesso giorno, proprio lì, si è celebrato anche il funerale di Scott e Ethan si chiede dove sia adesso June.

Sarà tornata a Los Angeles mano nella mano con il suo avvocato?

Owen si avvicina a lui, gli offre una sigaretta. «Il nostro informatore alla centrale mi ha chiamato, dice che Dustin ha dato di matto. Si è messo a urlare contro l'anatomo patologo che ha fatto l'autopsia, l'ha accusato formalmente di aver manomesso il referto autoptico.»

Dustin Andersen ci ha visto bene, ha subito collegato l'incendio al Draxter, la morte di Scott e quella di Danny e ha aperto un'indagine. Per fortuna le bustarelle che Ethan e i suoi distribuiscono ogni mese hanno dato loro larga manovra di anticipo e hanno permesso di comprare il silenzio del medico legale e un falso referto. Lo sceriffo non ha nessuna prova, solo June potrebbe rivelargli la verità e far finire tutti in gabbia.

«Andersen non ha niente in mano, se anche chiedesse ulteriori accertamenti, ormai il corpo è stato cremato. Siamo coperti», conclude Owen.

Chester si intromette nella discussione. «Ammesso che la figlia di Scott non parli, in quel caso siamo fottuti.»

Ethan scatta verso di lui come una furia. Si avvicina al viso scarno di Chester. «June Summer non si tocca, non me ne frega un cazzo se è una testimone, Danny le ha ammazzato il padre, le ha distrutto la vita. Che vogliamo fare, metterci a uccidere innocenti come il nostro presidente? Non pensi che lei abbia già perso abbastanza?»

Chester sbatte le palpebre ripetutamente, fissa gli occhi rabbiosi di Ethan. «Tranquillo, Cruel, se siamo in questo casino è proprio perché Danny non ha usato il cervello, nessuno di noi le farà del male. Però tu potresti andare a parlarle, chiederle...»

«L'ho già fatto io.» Owen lascia i suoi amici senza parole.

Ethan non aveva idea che il suo migliore amico fosse andato da June.

«Sono andato a informarla della morte di Danny, le ho chiesto scusa per tutto quello che è successo e le ho spiegato che nessuno di noi era al corrente dei piani di tuo zio», dice Owen rivolto verso il suo amico d'infanzia.

Ethan vorrebbe abbracciarlo, dirgli che sentirlo finalmente dalla sua parte gli infonde speranza per le sorti del loro club, ma non riesce a pensare ad altro che a lei. June potrà mai perdonarlo?

Guarda Owen, lo ringrazia silenziosamente con lo sguardo e poi se ne va. Ha bisogno di stare solo, di sbrogliare la matassa di pensieri che lo affliggono. Ha bisogno di lei, ma preferisce lasciarla andare, dopo tutto quello che ha subìto per colpa degli Street Eagles, è giusto che il suo angelo voli lontano da un criminale come lui, quanto più lontano possibile.

Ethan è rifugiato sul tetto del club, dall'alto guarda i suoi fratelli raggruppati nel parcheggio, accanto alle loro moto fumano e parlano, annegano il dolore dentro bottiglie di whisky che si passano di mano in mano.

Che ne sarà di noi, di loro, del mio club? Se sceglieranno me come nuovo presidente, sarò in grado di prendermi cura di ognuno senza fare la fine di Danny, senza annientare del tutto la mia umanità?

Ethan si scosta i capelli dalla fronte, si allontana dal bordo del tetto e si lascia andare contro una sdraio mezza distrutta. Tiene il cellulare tra le dita, serra la mascella, fissa lo schermo su cui appare il numero di June. Vorrebbe chiamarla, sentire la sua voce, anche se per un secondo soltanto, anche se ha promesso a se stesso di lasciarla in pace.

Avverte dei passi alle sue spalle. «Ciao.»

Sussulta, si volta incredulo, June è lì di fronte a lui, un vestitino nero che fascia il suo corpo snello, il viso scavato dalla sofferenza.

Chiude gli occhi, li riapre, si accerta che lei non sia un sogno. Lei è reale, allora lui si alza, le va incontro. «June...»

Anche solo pronunciare il suo nome lo fa sentire meglio. Rimane immobile a fissare le sue pupille verdi e limpide, vede il suo dolore, lo sente rimbalzare addosso a sé e si sente morire.

Lei non potrà mai perdonarlo.

June lascia che lui le guardi dentro e poi cammina verso il muretto basso che delimita il perimetro ed Ethan la segue. Lo sguardo di lei si perde nel cielo cupo, quello di lui si perde su di lei, sulla sua bocca schiusa, sul suo petto che si alza e abbassa lentamente. Sembra che faccia fatica anche solo a respirare, June pare sottile, fragile, sul punto di rompersi.

Ethan si sforza di parlare, vorrebbe dirle così tante cose che non sa da dove cominciare. Deglutisce, sposta lo sguardo su una nuvola scura che fluttua in balia del vento. «Mi dispiace per tuo padre, avrei voluto salvarlo, per te. Non ci sono riuscito.»

Gli salgono le lacrime agli occhi, le respinge con forza, non ha il diritto di piangere per le sue colpe davanti a lei.

Lei lo guarda, spezzata, indifesa, e lui trattiene il fiato, la voglia di abbracciarla gli sbriciola le ossa.

«Lo so.» Sussurra lei con voce rotta. «Non è colpa tua.»

Ethan vorrebbe che lei gli ripetesse quelle parole all'infinito, così da imprimerle nella sua mente.

Una folata di vento scompiglia i capelli di June, le fa accapponare la pelle. Il temporale ha spazzato via la calura estiva, lei indossa un vestito leggero, sta rabbrividendo.

Ethan si sfila la giacca di pelle, vuole metterla sulle spalle di lei, ma June ha gli occhi puntati sulla toppa cucita sopra la parte anteriore. È lo stemma del club, l'aquila con le ali spianate, lei sopporterebbe di portarlo addosso?

June sembra combattuta, solleva il viso, incontra lo sguardo di Ethan. Una lacrima le scivola sullo zigomo mentre accetta il suo aiuto e afferra un lembo della giacca. Ethan gliela infila, le asciuga le guance e le prende il viso tra le mani.

Annusa il profumo dei suoi capelli prima di baciarla. Preme le labbra su quelle di lei, tiene il suo volto saldamente, lascia che i suoi polmoni la respirino, perché ha bisogno di lei, perché June gli è mancata come l'aria. Lei si aggrappa alla sua maglietta, la bocca di lui allevia la sua sofferenza, rimette insieme i pezzi del suo cuore devastato.

Ethan interrompe il bacio, resta con la fronte poggiata a quella di June, le accarezza il viso. «Pensi che possa esserci un futuro per noi, pensi di poter stare con uno come me?»

Non riesce a guardarla in faccia, tiene gli occhi serrati, ha paura di vedere che si sbaglia, che lei non è disposta a dar loro una possibilità. In quel caso non saprebbe come fare ad andare avanti giorno dopo giorno, senza il suo angelo accanto.

Le labbra di June sfiorano appena le sue, lo costringono a ricambiare il suo sguardo. «Penso che non voglio più perdere chi amo, che non voglio più avere paura di ascoltare ciò che sento. È questo il mio posto,» lei gli posa una mano sul cuore, «è qui che voglio stare.»

Ethan lascia andare un sospiro di sollievo, stringe June a sé, la tiene più stretta che può, deciso a fare l'impossibile pur di non perderla più. Lei si abbandona contro il suo petto, intreccia la mano a quella di lui, mentre il giorno sta per finire e il sole tramonta davanti a loro, irradiando il tetto e il parcheggio di una luce aranciata e brillante.

Quell'estate cruenta ha portato via molto a entrambi, persone e sogni che non torneranno, ma ha regalato loro la speranza di un domani diverso e migliore. Per Ethan è arrivato il momento di vivere la sua vita, di ricominciare, nel solo modo in cui è disposto a farlo, al fianco di June.

Printed in Great Britain
by Amazon